Gerd Friederich

Kälberstrick

Gerd Friederich

Kälberstrick

Eine schwäbische Kriminalgeschichte
aus dem Jahr 1840

Silberburg-Verlag

Gerd Friederich, Jahrgang 1944, studierte in Würzburg (Lehramt), Tübingen (Pädagogik, Philosophie, Psychologie, Landeskunde) und Nürnberg (Malerei). Er arbeitete als Lehrer, Heimerzieher, Schulrat und Lehrerausbilder. Jetzt lebt er im Taubertal, schreibt Romane und malt Porträts und Landschaften.

2. Auflage 2011

Umschlaggestaltung: Anette Wenzel, Tübingen,
unter Verwendung des Gemäldes
»Päpstliche Zollwache« von Carl Spitzweg (um 1880).
Satz: textdesign, Martin Fischer, Tübingen.
Druck: Gulde-Druck, Tübingen.
Printed in Germany.

ISBN 978-3-87407-985-3

Besuchen Sie uns im Internet
und entdecken Sie die Vielfalt unseres Verlagsprogramms:
www.silberburg.de

Die Hauptpersonen

Fritz Frank	ist Schultes (Bürgermeister), Lindenwirt, Großbauer und Weingärtner in einem und damit der erste Mann in Enzheim.
Minna Frank	trägt als Frau des Schultes mit Würde die Bürde der ersten Dame von Enzheim. Sie ist auf dem Lindenhof für das Gesinde, die Küche, die Schweine und das Kleinvieh zuständig.
Frieder Frank	will als ältester Sohn den Vater beerben. Manchmal hilft er seinem Vater in den Weinbergen. Aber in der Hauptsache ist er auf dem Lindenhof für die Landwirtschaft zuständig, zusammen mit dem Oberknecht Karl.
Christian Frank	erlernt als zweitältester Sohn beim Onkel in Oberriexingen die Kunst des modernen (sortenreinen) Weinbaus.
Margret Frank	hat den Sohn des Ochsenwirts geheiratet, heißt jetzt Margret Schäfer und spielt die Ochsenwirtin.
Lina Frank	hofft als zweitälteste Tochter auf eine gute Partie. Sie will demnächst heiraten.
Magda Frank	ist schon aus der Schule und hilft der Mutter in der Küche und dem Vater beim Bedienen in der Linde.
Wilhelm Frank	geht noch zur Schule.
Karl	war schon in vielen Stellungen. Dem Schultes dient er als Ober- und Rossknecht und ist für die Landwirtschaft verantwortlich.

Paula	hat sich bei der Lindenwirtin als Küchen- und Obermagd verdingt.
Der »Schweizer«	heißt eigentlich Hansli Wägeli und kommt aus der Schweiz. Er ist für das Großvieh verantwortlich. Nur reiche Bauern können sich in jenen Jahren einen »Schweizer« leisten, einen ausgewiesenen Fachmann fürs Milchvieh.
Hermann Häfner	heißt der Häfnerbauer mit Taufnamen. Er stirbt am Palmsonntag.
Karlene Häfner	ist die Häfnerbäuerin und jetzt die trauernde Witwe.
Willy	dient der Häfnerin als Ober- und Rossknecht und ist ihr treu ergeben.
Der »Schnellreich«	gilt als der reichste Mann in Enzheim. In Windeseile hat er ein Vermögen zusammengerafft. Jeder fragt sich: Wie hat der das gemacht?
Elsa	dient dem Schnellreich als Küchenmagd und Zeitvertreib.
August	ist Weinhändler und ein großes Schlitzohr; viele nennen ihn auch den »Langen«, zuweilen auch den »Dünnen«.
Otto Schäfer	heißt der Ochsenwirt. Er ist Margrets Schwiegervater und somit der Gegenschwieger vom Schultes. Weil er auch Posthalter ist, nennen ihn manche Leute auch Postwirt.
Paul Knöpfle	besitzt die Weinstube Rebstöckle am Weinmarkt und ist ein Verfechter der traditionellen Rebsorten und des herkömmlichen (sortengemischten) Kelterns.
Johannes Abel	ist als Pfarrer allseits sehr beliebt.
Schmidlin	verdient als Bäcker und Verleger des *Enzheimer Intelligenz-Blattes* sein Geld.

Albert Wilhelm	ist Provisor (Hilfslehrer), Dirigent des Liederkranzes und Ratschreiber, schließlich ist er auch Mitarbeiter des *Enzheimer Intelligenz-Blatts.*
Hartmann	ist Schulmeister, Dirigent des Kirchenchors, Organist und Mesner. Leider kränkelt der Siebzigjährige schon seit Jahren.
Amtsbote	Heinrich hat im Krieg einen Streifschuss am Knie erlitten und ist jetzt die rechte Hand des Schultes und zugleich Kirchendusler.
Scharwächter	ist die Lokalbezeichnung für den Hilfspolizisten; in vielen Orten sagt man »Schütz« zu ihm; er wohnt im Wengerttor und ist leider oft betrunken.
Andreas Buder	gehört zu den Dorfarmen. Er will sich als Stockmacher ein neues Leben aufbauen.
Graf Heinrich	hadert immer noch mit seinem Schicksal. Er wurde 1806 auf Napoleons Befehl zum Untertan des Königs von Württemberg degradiert.
Philipp	ist der Erbprinz von Enzheim und der ganze Stolz seiner Erlaucht.
Der »Dubbeler«	ist zwar einfältig, aber sehr beliebt in Enzheim. Eigentlich heißt er Prinz Albrecht und ist der jüngere Sohn des Grafen.

Stadtplan von Enzheim

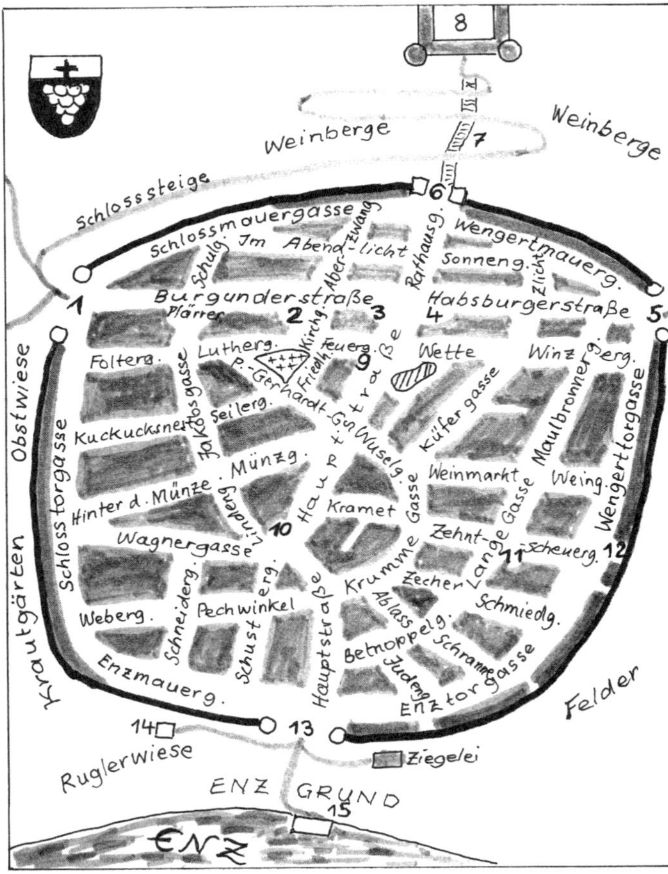

1 Schlosstor
2 Kirche
3 Ochsen
4 Rathaus
5 Wengerttor
6 Nachtwächter-turm
7 Schlossstaffel
8 Schloss
9 Volksschule
10 Linde
11 Häfnerhof
12 Zehntscheuer
13 Enztor
14 Waschplatz
15 Flößerlände

Enzheim an der Enz

Im Süden Deutschlands fließt die Enz, ein Nebenfluss des Neckars. Als Große und Kleine Enz kommt sie doppelläufig aus dem Schwarzwald, rauscht nach Norden, vereint sich, nimmt in Pforzheim die Nagold auf, besinnt sich und dreht nach Westen ins Schwäbische ab. Rechter Hand, im Süden, liegt das Strohgäu und linker Hand, im Norden, der Kraichgau, und genau dazwischen dehnt sich, enzdurchflutet, die Grafschaft Enzheim-Habsburg-Burgund aus, das geografische, geschichtliche, politische und kulturelle Zentrum Europas.

Unter Karl dem Großen dienten die Herren von Enzheim als hohe Beamte den trutzigen Schwaben und den mächtigen Franken. Keine dreihundert Jahre später, zur Stauferzeit, regierten sie im Auftrag ihrer Kaiser über ganz Europa. Die Nachfahren Friedrich Barbarossas balgten sich um diese kleine, aber feine Herrschaft an der Enz, doch den Sieg trugen die Enzheimer davon. Sie jagten ihre Adligen durch die Spieße und kürten selbstherrlich einen eidgenössischen Edelmann zum Landesherrn von Volkes Gnaden. 1478 kaufte sich das Kloster Maulbronn in Enzheim ein und erwarb ein Viertel der viel gerühmten Weinberge hoch über der Enz. 1514 schlossen die Enzheimer einen Vertrag mit den Habsburgern, die Enzheim dafür zur Stadt und zur Residenz der Grafschaft Enzheim-Habsburg erhoben. 1612 erwarb Graf Gottfried VI. durch Heirat mit Sieglinde von Burgund die Grafschaft Burgund-Bessoin hinzu. So kam französische Lebensart an die Enz. 1805 fielen die rechtsrheinischen Teile der Grafschaft im Zuge der napoleonischen Flurbereinigung an Württemberg, die linksrheinischen an Frankreich.

Der politische, wirtschaftliche und kulturelle Anteil Enzheims ist, wie Kenner wissen, die Ursache dafür, dass der Südwesten Deutschlands bis heute blüht und gedeiht. Hier wächst ein vorzüglicher Rotwein und gärt ein süffiges Bier. Hier entsteht der famose Enzheimer Apfel-Birnen-Most, der weit und breit konkurrenzlos ist. Hier ist die Wiege des badisch-schwäbisch-fränkischen Gewerbefleißes, und hier blühen Geist und Grips in fünftausend kreativen Köpfen.

Im Mittelpunkt der alten Grafschaft liegt nach wie vor das Städtchen Enzheim. Im Zentrum Enzheims steht das Gasthaus zur Linde. Und dort regiert Fritz Frank, Lindenwirt, Schultheiß (andernorts sagt man Bürgermeister) und reichster Bauer und Weingärtner im Ort, der erste Mann im Stadtrat und, nach dem Pfarrer, der zweite im Kirchenkonvent. »Frank von Enzheim«, pflegt er sich vorzustellen, »Frank wie frank und frei«, und lacht dröhnend dazu.

Palmsonntag, 12. April 1840

Aprilwetter. Sauwetter!

Sogar das Federvieh sucht Schutz und Wärme. Der Hahn hat alle Mühe, seine Hennen im Stall bei Laune zu halten. Kaum geht die Sonne über Enzheim auf, schon kräht er sich die Lunge aus dem Gefieder.

Der Lindenwirt schimpft wie ein Rohrspatz, weil er nicht mehr schlafen kann. Im Schlafrock und mit Bettmütze aus handbemaltem Kattun erteilt er durch die offene Schlafzimmertür Weisungen an sein Hausvolk.

»Karle!«

Stille.

»Karle, du Weißweinbrunzer!« Das ist im Stammland des Rotweins ein schwerer Schimpf, aber zu so unchristlich früher Stunde muss man noch nicht alles auf die Goldwaage legen.

»Was isch?«

»Steh auf! Stopf dem Gockel den Schnabel.«

Gemaule und Getrappel im Hausflur.

»Heiner!«

Drinnen rührt sich nichts, draußen kräht der Hahn.

Dem Schultes, wie man den demokratisch gewählten Schultheißen von Enzheim an der Enz nennt, platzt der Kragen. »Heiiiner!!«

Still ruhen Haus und Hof. Nur dem Gockel im Stall schwillt der Kamm.

Der Schultes merkt, dass er im Guten nichts bewirken kann. Seine Sanftmut schlägt in Zorn um.

»Heiner! Du Donderkrippel!! Du fauler Sack!!! Du Henamelker!!!!!«

»Was gibt's?«

»Ihr Pfannaflickerbande! Rrraus aus den Federn und ab in den Stall! Die Emma soll dir helfen! Die stinkt scho vor Faulheit.«

Murmeln, Raunen, Türenschlagen.

»Paula!« Ihm schwillt die Ader. »Paula, du Erzschlampe, i hab Kohldampf!«

»Isch was?«

»Aberjetza, i geb dir gleich was! In einer Viertelstund komm i in die Küch!«

Fritz Frank hört und sieht zum Glück nicht, wie ihn die Paula nachäfft. »Aberjetza, aberjetza«, bruddelt sie vor sich hin, denn in ihr brodelt es. Aberjetza ist der Spitzname unseres Schultheißen. Er schlägt die Tür wieder zu und lässt sich erschöpft aufs Bett fallen. Seine Frau schnalzt auf der Seegrasmatratze in die Höhe, denn der Schultes wiegt, französisch gewogen, stattliche zweihundert Pfund.

Fritz Frank ist stolz auf seine feiste Figur. Jedem, der es hören will oder auch nicht, sagt er, dass er sich selbst, sein Korn und sein Vieh nicht länger mit den alten württembergischen Waagsteinen wiegen lässt. Als Stadtoberhaupt geht er mit der Zeit und hat es mit den neuen französischen Gewichten. Das französische Pfund ist genau 500 Gramm schwer, das kann man sich merken. Das alte Pfund, das die Enzheimer leichtes Pfund nennen, wiegt nur 350 Gramm und noch ein ganz kleines bisschen mehr.

Der Schultes ist weich auf seinem Teil der Matratze gelandet und strackt sich wieder hin. Keck wirft er seiner Frau einen flotten Blick zu.

Minna Frank reicht es. Heute erträgt sie keine Balz. Sie richtet sich im Bett auf und giftet ihren Gatten an: »Muss denn alles hin sein, du Zitz, du blöder?« Wütend lässt sie sich wieder in die Kissen fallen.

Ihr Mann ist nämlich auf seinen Schlafrock aus feinem Zitz so stolz wie der Hahn auf seine Schwanzfedern. Nur Pfarrer Abel und der Schnellreich haben auch so ein feines Kleidungsstück aus bunt bedruckter Baumwolle. Deshalb nennt sie ihren

Fritz im Zorn oft nur den Zitz. Aber wenn sie gut drauf ist, dann lockt sie ihn flötend mit Zitzibä oder sagt honigsüß Zitzenmann von Enzian zu ihm. Sie spielt damit auf Enzheim und auf die Liebe ihres Gatten zum Enzianschnaps an, einem Überbleibsel aus der Habsburger Zeit.

»I bin a schwäbische Eiche«, weist der Schultes die Anwürfe seiner Frau mit Würde zurück, »und mein Bett isch aus Eiche. Was soll da hin wern?«

Er dreht sich im Bett hin und her und legt sich zu guter Letzt das schwere Federkissen auf den Kopf, um noch ein paar Minuten zu dösen.

Umsonst. Er hört den Hahn krähen und die Hühner gackern. Kein Kissen kann den Lärm dämpfen.

Der Schultes wirft das Kissen weit von sich, legt seinen Zitz ab, reißt sich die Mütze vom Kopf und schwingt sich wieder aus dem Bett.

Auf einem Bein balanciert er sich in seine schwarzen Langhosen aus Manchestertuch und streift die Hosenträger über. Dann zieht er das Blauhemd mit den goldbestickten Schultern über den Kopf und tastet mit den Zehen nach seinen Schnallenschuhen. In einer Minute ist er fix und fertig bewamst und für die amtliche Arbeit als Gemeindeoberhaupt und für die private als Lindenwirt und Großbauer gerüstet.

Voller Imponiergehabe dreht er sich im Kreis. »Und?«, fragt er seine Frau.

Doch Minna Frank scheint es, als balze ein rarer Vogel: »Außen wie ein Pfau und drunter wie die Sau!«

Sie rümpft die Nase, winkt ab und dreht sich im Bett um.

Der Schultes fühlt sich verkannt. Das verdrießt ihn.

Er sinniert: Rasieren? Am Sonntag selber rasieren?

Er beschließt, rasieren wird er sich später. Vielleicht kommt heute der Barbier ins Haus.

Missmutig stampft er die breite Treppe hinunter ins Erdgeschoss, die bei jedem Tritt ächzt, und geht in die Küche.

Paula kocht gerade Kaffee auf. Brot, Butter, Wurst und Käse stehen schon auf dem Tisch.

Fritz Frank setzt sich und zieht alle guten Gaben zu sich heran.

»Honig!«

Paula öffnet das Büfett und stellt ihm das Erbetene wortlos hin.

»Kaffee!«

Paula schweigt, rührt den Kaffee auf dem Herd noch mal auf, gießt ihn ab und setzt ihn vor den Hausherrn hin.

Der Bauer genießt den ersten Schluck und reibt sich die Augen.

In dem Moment tritt Lina, seine mittlere Tochter, ein, die mit dem ältesten Sohn und Erben des Schultheißen und Posthalters vom Nachbarort verbandelt ist und dieses Jahr noch heiraten will.

»Guata Morga«, sagt sie.

Keine Reaktion. Sie setzt sich zu ihrem Vater. Paula bedient sie sofort, ohne aufgefordert zu werden.

»Was schreist denn schon so am frühe Morga?«, grantelt Lina noch schlaftrunken.

»Das dät mir grad noch einfalle, morgens de Stall selber ausmiste.« Er schlägt mit dem Messer in seiner Faust den Takt zu jedem Wort, als müsse er jede Silbe betonen.

Lina überlegt und nickt. Sie stimmt ihrem Vater ohne Wenn und Aber zu, hofft sie doch, auch nach der Hochzeit von der Arbeit im Stall verschont zu bleiben.

Fritz Frank streicht die Butter fingerdick auf den angeschnittenen Brotlaib und schneidet sich dann eine mächtige Scheibe ab. Er träufelt Honig drauf, als die Tür aufgerissen wird.

»Schultes, mein Hermann isch hee.«

Der Schultes horcht auf und verfällt ins Grübeln. Was hat die Häfnerbäuerin gemeint? Mein Hermann ist hin, hat sie gesagt. Aber das kann ja in Enzheim zweierlei bedeuten: hin sein oder hingemacht sein, gestorben oder umgebracht.

Vorsichtig fragt er zurück: »Gstorben?«

»Noi.« Sie zupft sich verlegen am Ohr. »I weiß net, was i sage soll, Schultes.«

»Aberjetza setz dich her zu mir, Karlene, und vesper was. Da brauchst du jetzt noch viel Kraft.«

Die Einladung des Schultes zum Vespern ist keine schändliche Missachtung des toten Häfnerbauern. Ganz im Gegenteil. Sie ist die Höchstform von Seelentrost für die trauernde Witwe.

Die Bäuerin hat ihr Stallkleid an und das Kopftuch im Nacken verknotet. Sie setzt sich neben den Hausherrn und verströmt warmen Kuhstallduft.

»Paula! Tasse! Messer!«

Die Magd, die am Herd lehnt und im Stehen ein Brot verdrückt, öffnet erneut das Büfett und bedient die Häfnerin.

Der Bauer schmatzt, schwenkt sein Brot mit Kaffee hinunter und schluckt mehrfach. »Erzähl!«

»I han dr Stall ausgmistet«, berichtet die Bäuerin, »und no han i Heu hole welle.« Sie legt sich eine dicke Scheibe Schinkenwurst auf ihr Brot und beißt kräftig hinein. »Im Heu liegt er«, sagt sie unterm Kauen und mit offenem Mund, »dr Kälberstrick um dr Hals.«

»Und warum gehst net zum Scharwächter?«

»Der Kerl isch von gestern no bsoffen.« Sie macht eine rasche Geste, gerade so, wie man lästige Tiere verscheucht. »Scheener Hilfspolizist.«

»Aberjetza vesper was. Nachher geh ich mit dir heim, und dann wollen wir sehen, was wir mache können.«

Die Bäuerin langt mächtig zu, denn sie hat vor lauter Schreck beim Heuholen das Frühstücken vergessen.

»Und warum ist dein Hermann im Heu und net in deim Bett?«

»Weil er gestern au bsoffe gwä isch.«

»Erzähl!«

»Mit em Scharwächter isch er zum Saufe fort gwä. No isch er sternhagelvoll heim und hat an mir rumnestle welle. No han i den Saudackel nausschmeiße müsse.«

»Brav. Und jetzt?«

»Gehört älles mir. I verhunger net.«

»Dann bist du eine gute Partie. Bewerber gibt's im Städtle grad gnug.«

»Schultes, aber vorher muss i mein Hermann vergrabe.«

»Noi, Karlene, erst müssen wir seinen Mörder fangen.«

»Muss dees sei? Davon wird mein Hermann au nemme lebendig.«

Sie überqueren die gepflasterte Hauptstraße und biegen in die morastige Kramet ein. Der Schultes walzt neben Karlene zu ihrem Hof in der Langen Gasse. Es nieselt. Ein kalter Wind pfeift zwischen den Häusern durch und wirbelt in den Gassen alles auf, was nicht niet- und nagelfest ist.

Der Weg ist schmierig und schwierig. Sie umrunden große Pfützen und tiefe Löcher. Sie versuchen, dem Mist und dem Unrat, der sich nach dem langen Winter vor den Häusern auftürmt, weiträumig auszuweichen. Der Dreck stinkt zum Himmel. Eine Bäuerin öffnet ihr Schlafzimmerfenster im ersten Stock, leert ihren Nachttopf auf die Gass und beäugt das ungleiche Paar, das um die Löcher und Häufen balanciert.

»Fehlt was?«, schreit sie von oben herab.

»Mein Hermann isch hee«, antwortet die Häfnerbäuerin.

»Ja, no«, sagt die Guckerin und schmeißt das Fenster zu.

Die Häfnerin erregt sich über die Neugier der Frau, doch der Schultes beruhigt sie. Der Tod sei nichts Alltägliches, sondern eine ernste Sache, die viele Fragen aufwerfe und die Leute interessiere. Da müsse sie durch.

Das Tor zum Stall im Häfnerhof ist wagenweit auf; die Knechte und Mägde und viel Gesinde aus der Nachbarschaft stehen davor und reden sich die Köpfe heiß.

»Machet, dass ihr weiterkommet«, blafft sie der Schultes an, packt drei Knechte am Kragen und schubst sie mit Bauch und Händen weg. Eine freche Magd weist er mit wüsten Worten vom Hof. Den Rossknecht Willy fasst er am Oberarm und führt ihn und seine Bäuerin in den Stall.

Die Kühe und Ochsen stehen im Dämmer, drehen den drei Gestalten ihre großen Schädel hin und kauen ruhig weiter. Die vier Rösser recken die Hälse aus ihrem Verschlag. Und das Kälbchen schlägt hungrig mit den Vorderläufen ans Gatter.

Zwischen Viehstall und Stellplatz für Wagen, Pflug und Egge ist die schmale Heukammer. Die hintere Außenwand ist aus ungehobelten Brettern, die senkrecht an die Gerüstbalken genagelt sind. Sie haben sich im Lauf der Jahre so verzogen, dass die Sonne mal breiter, mal schmäler hereinstrahlt und die Kammer ins Zwielicht taucht.

Neben der Leiter zur Heuluke liegt der Häfner auf dem Rücken im Heu, einen Strick um den Hals. Die Augen sind weit geöffnet und auf den Heuboden darüber gerichtet.

Der Schultes beugt sich über den Toten und schließt ihm die Augen. Dann spricht er ein Gebet.

Die Bäuerin und der Knecht schauen sich erstaunt an und falten verlegen die Hände. Daran hatten sie noch nicht gedacht. Sie bewundern ihr Stadtoberhaupt, das umsichtig und zielstrebig zu Werke geht.

»Wem gehört der Strick?«, fragt der Schultes.

»Uns net«, antwortet der Knecht.

Der Schultes sieht den Willy lange forschend an und wendet sich dann mit einem fragenden Blick an die Bäuerin.

»Unser Strick ischt das nicht«, bekräftigt die Bäuerin, und zwar auf Schriftdeutsch, also nachdrücklich und keinen Widerspruch duldend.

»Strick ist Strick.« Der Schultes beobachtet beide aus den Augenwinkeln.

»Noi, Schultes«, beharrt die Häfnerin, »dr Seiler gibt immer en schwarze Faden zu, wenn er für uns Seile und Stricke mache muss. No hen mir nie Streit, wenn wir amol unser Sach suche müsse.«

Der Schultes kniet neben dem Toten nieder und prüft den Strick. Kein schwarzer Faden eingezwirbelt, wie er am aufgedröselten Ende leicht erkennen kann. Er will den Knoten um den Hals des Häfnerbauern lösen, zögert aber und richtet sich wieder auf.

»Willy, sau zum Scharwächter«, befiehlt er dem Knecht. »Auf der Stell muss der her! Seinen Rausch kann er heut Nacht ausschlafen.«

Der Knecht macht sich sofort auf den Weg.

»Aberjetza sag amol, Karlene, hen ihr Streit gehabt, du und dein Hermann?«

»Streit? Man red so hin, man red so her. Manchmal isch er bsoffe gwä, no han i ihm mit em Prügel de Weg aus em Haus zeige müsse. Aber Streit? Noi, Streit hen wir nie net gehabt.«

»Gestern au net?«

»Gestern ist er scho früh fort und erst in dr Nacht bsoffe heim.«

»War er allein?«

»Im Haus scho. Als er frech worde isch, han i ihn gleich nausschmeiße müsse. Mehr weiß i net.«

Die Häfnerbäuerin sieht ihren toten Mann versonnen an. »Saubleed. Da liegt er, wie wenn er koi Wässerle trübe könnt. Hätt er net so viel mit seine Spezl rumgsoffe, no dät er jetzt noch lebe.«

Der Schultes lehnt sich an die Tür zum Stall, hört der Bäuerin zu und schweigt.

»Grad am Palmsonntag muss er sterbe«, jammert sie, »da muss i mi ja für mein Hermann schäme.« Sie wischt sich eine Träne aus den Augen. »Stell dir vor, Schultes, und jetzt muss i wegen dem zum Pfarrer. Wie stand i bloß da?« Sie stiert vor sich hin. »Und was die Leich koscht!« Sie erregt sich, ihre Lippen beben. »Dr Pfarrer kriegt Geld, und dr Mesner will au äbbes.« Sie schluchzt auf. »Die Sargträger, dr Leichenschmaus, s Grabkreuz …«, sie winkt ab, »… älles koscht Geld.«

»Zum Glück musst koin Arzt zahle«, sagt der Schultes trocken, »da musst dem Mörder noch dankbar sei.«

Die Bäuerin wirft ihm einen schrägen Blick zu. Der Schultes hat doch gar zu schrullige Ansichten. Eben will sie ihn fragen, wie er denn das meine, als ihr Knecht den Scharwächter über den Hof in den Stall führt.

Der Hilfspolizist steht nicht fest auf den Beinen, er schwankt bedenklich. Sein Hemd hängt aus der Hose. Seine Füße stecken barfüßig in den völlig verdreckten Stiefeln. Vermutlich war die Zeit zu knapp, nach den Strümpfen zu fahnden. Der Kittel ist an den Knöpfen ausgerissen; der linke Kragen steht ab.

Mit schwankenden Schritten umrundet das Polizeiorgan der altehrwürdigen Residenzstadt Enzheim den Toten und setzt sich dann neben ihn ins Heu.

»Schultes, mel … melde mich zur Stelle.«

Unter Aufbietung aller Kräfte gelingt es ihm, aufrecht sitzen zu bleiben.

Das Stadtoberhaupt rollt die Augen.

»Schultes, was gibt's?«

Der Knecht lacht.

Der Stadtschultheiß runzelt die Stirn: »Bist du der Hilfslandjäger oder ich?«

»Warum?«, fragt der Scharwächter.

»Weil neben dir ein Toter liegt.«

»Hab i scho lang reg … reg …« Der Hilfspolizist nimmt einen neuen Anlauf: »Jetzt verreck! … Reg … reg … registriert.« Er beugt sich lange über das Gesicht des Häfnerbauern und stiert den Toten an. Dann setzt er sich ruckartig aufrecht hin und schaut den Schultes glasig an: »Und an wa … wa … was isch dr Hermann gstorben?«

»Am Kälberstrick, du Allmachtsdackl!«

Der Scharwächter wirft noch einen Blick auf den Toten neben sich, beugt sich über den Hals des Hofherrn und befingert eingehend den Strick. »Wie … wieso hat dr Hermann mein Kälberstrick um de Hals?«

»Aberjetza! Bist sicher, dass es deiner ist?« Der Schultes wird neugierig und ungehalten zugleich.

»Natürlich!« Der Scharwächter knotet zittrig und mit letzter Kraft den Strick auf und zieht ihn unter dem Hals des Toten hervor.

Der Knecht grinst, der Schultes grollt.

»Da! ... Guck!« Er deutet triumphierend auf die beiden Enden des Stricks und sieht aus trüben Augen zum Stadtvorsteher auf: »Zwei Knoten! An jedem End zwei!« Er hält den Strick wie eine Trophäe in die Höhe. »Mein heimlichs Zeichen.«

Er will sich den Strick in die Hosentasche stecken, doch der Schultes kommt ihm zuvor. »Halt, halt, mein Freund, der ist beschlagnahmt! Immerhin ist er das Mordwerkzeug.«

»Und immerhin gehört der mir«, beharrt der Scharwächter und versucht aufzustehen. Nach zwei vergeblichen Versuchen bleibt er neben dem Toten sitzen.

»Dann erklär mir, wie dein Kälberstrick an den Hals vom Häfner kommt?«

Der Scharwächter erinnert sich dunkel seines Respekt heischenden Amts und spricht nach der Schrift: »Er hat ihn mir gestohlen.«

»Du versoffnes Mannsbild«, kreischt die Bäuerin und langt nach dem Ochsenziemer, der neben der Stalltür an der Wand lehnt. »Glaubsch du, mein Hermann braucht dein alte Strick? Wir hen selber Strick! Grad gnug!« Sie holt weit aus, doch der Knecht hält blitzschnell ihre Hand fest und nimmt ihr den lederbesetzten Stock weg.

»Halt!«, brüllt der Schultes, »solang ich da bin, hältst dich zurück, Bäuerin. Morgen gehört er dir; da kannst ihm heimleuchten. Außerdem ist er dann vielleicht nüchtern und hat mehr von der Unterhaltung mit dir.« Er packt den Scharwächter am Kragen, zieht ihn mithilfe des Knechts auf die Beine, hält den Schwankenden fest und fährt ihn hart an: »Du hast dem Häfner den Strick um den Hals. Gib's zu!«

»Aber Schultes, der Hermann isch doch mein beschter Freund.«

»Dein beschter Saufbruder«, fällt ihm die Bäuerin ins Wort.

»Noi, noi, allerliebste Häfnerin, nein, nein, mein beschter Freund«, flötet der Saufkopf fies, wenn auch mit schwerer Zunge. »Dass mir dr Hermann heimlich meinen Strick geklaut hat«, er zögert, schwankt bedenklich und schützt sich vorsorglich mit dem rechten Arm gegen eventuelle Hiebe der Bäuerin, »das will ich ihm noch einmal ver ... verzeihen.«

»Oh, verreck«, schließt die Bäuerin dieses Kapitel ab und macht eine wegwerfende Geste.

Der Schultes erkennt, dass der Ordnungshüter noch zu viel Restsüße hat. Er weist Willy an, den Scharwächter wieder nach Hause zu bringen und ihm auf dem Weg einzubläuen, dass er so schnell wie möglich Meldung ans Landjägerkorps machen und sich morgen früh bei ihm in der Linde einfinden muss. Aber nüchtern!

Der Bäuerin trägt er auf, jetzt erst einmal in die Kirche zu gehen und den Palmsonntag zu ehren. Nach dem Gottesdienst solle sie den Herrn Pfarrer um ein Gespräch bitten und ihm den frühen Tod ihres Mannes sagen. Er selbst wolle kurz daheim vorbei; dann werde auch er in die Kirche kommen. Am Nachmittag sei er zum Kaffee wieder da und werde die Mägde und Knechte verhören. Bis dahin dürfe niemand den Hof verlassen, außer zum Besuch der Kirche.

»Schultes, aber i kann doch mein Hermann da net liege lasse.«

»Aberjetza, Karlene. Deine Knecht könne doch eine Zimmertür aushängen. Da sollen sie den Hermann drauflege und in deine gute Stub tragen. Und dann überlegst dir, ob du dir einen eigenen Sarg für dein Hermann leisten kannst.«

Er sieht, wie ihn die Bäuerin kritisch mustert, gerade so, als wolle sie sagen: Ich kann mir jetzt alles leisten, weil ich einen Säufer weniger durchzufüttern habe.

»Oder du leihst dir die Bahre oder den Gemeindesarg aus. Dann musst aber deinen Hermann einnähen lassen. Vergiss in dem Fall net, der Einnäherin Bescheid zu sagen. Die triffst bestimmt gleich in der Kirch.«

Die Bäuerin weiß natürlich, was der Schultes meint. Es ist nicht ihre erste Beerdigung, die sie mitmacht. Ihr wird ganz schwindlig. Eigener Sarg? Geliehene Bahre mit Bahrtuch? Gemeindesarg? Und was das kostet!

Sie nickt vor sich hin, denn eben hat sie beschlossen, sich mit ihrem Oberknecht Willy zu beraten. Das ist ein kluger Kopf. Saufen tut er auch nicht. Außerdem ist er net schiech. Nein! Das ist ein sauberes Mannsbild.

»Und beim Schulmeister, der als Mesner ja sowieso Tag und Nacht in der Kirche rumturnt und orgelt, kannst dir die Bahre oder den Sarg ausleihen.«

Sie nickt erneut.

»Musst halt Miete dafür zahlen.«

Sie zieht eine verächtliche Schnute: »Immer bloß zahle, zahle, zahle!«

Der Gedanke an Willy, der jetzt auf ihr Kommando hört, lässt sie nicht mehr los und macht sie keck. Deshalb richtet sie den Zeigefinger auf den Schultes und sagt: »Den Tag möcht i erlebe, Schultes, an dem du kommsch und mir Geld bringsch.«

Der Schultes legt die Stirn in Falten, denn er stellt erstaunt fest, dass die Häfnerin so ein Funkeln in den Augen hat. Das gefällt ihm gar nicht, deshalb weist er erneut auf die Kosten hin, damit sie wieder in ernste Stimmung kommt: »Der Gemeindesarg kostet einen halben Gulden. Wenn dir das zu teuer ist, dann kannst du beim Schulmeister für zwanzig Kreuzer auch ein Bahrtuch leihen.«

»Unverschämt, so teuer«, schimpft die Häfnerbäuerin.

Der Schultes winkt ab und geht.

Um drei Uhr ist Fritz Frank wieder auf dem Häfnerhof, genauer gesagt: in der Küche. Er sitzt rechts neben der Bäuerin, die ihrem Oberknecht Willy befohlen hat, sich an ihrer linken Seite um die Tischecke herum zu platzieren. Alle Mägde und Knechte sind um den großen Tisch versammelt. Es gibt Kaffee und Hefezopf.

Der Schultes setzt ein gleichmütiges Gesicht auf, obwohl er einen leichten Zorn aufsteigen fühlt. Schon wieder Hefezopf! Ein Schlag für Zunge und Gaumen, eine Qual für Magen und Darm. Wo er hinkommt, überall Hefezopf. Das teigige Zeug kann er bald nicht mehr schmecken. Was die Leute bloß an diesem Mehlpapp finden? Zu jedem Bissen muss man zwei Schluck trinken, sonst erstickt man an dem Mehlhaufen. Gleich nachher, nimmt er sich fest vor, gleich nachher wird er seine Minna streng ermahnen, endlich mal wieder »äbbes Gscheits« zu backen, etwas, das einer guten Hausfrau würdig ist. Einen Nusskranz vielleicht? Oder einen Gewürzkuchen? Noch besser wäre ein Apfelstrudel, den die Enzheimer den Habsburgern abgeschaut haben.

»Beerdigung isch am Dienstag, hat dr Pfarrer gsagt.«

Der Schultes erschrickt. Er hat gerade in Gedanken genüsslich einen glasierten Nusskranz zerlegt. Leider nur im Tagtraum, wie er irritiert mit einem Blick auf den trockenen Hefezopf feststellt. Er verzieht das Gesicht und blickt zur Bäuerin.

Sie sieht ihn fragend an, brockt ein großes Stück vom Hefezopf ab, tunkt es in ihren Kaffee, fischt sich mit einem Löffel einen schönen Wabbel heraus und stopft ihn in den Mund.

»Den Leichenschmaus«, Kaffee tropft ihr vom Kinn, »dät i bei dir in dr Linde ausrichte, wenns dir recht isch, Schultes.«

»Aber Karlene, das dät dein Hermann scheniere.«

»Warum?«

»Weil dein Hermann selten in der Linde gwä isch. Er war fast immer bloß im Ochse.«

»Aberjetza«, die Bäuerin klopft mit den Knöcheln der linken Hand auf den Tisch, »aberjetza gilt, was i sag.«

Der Schultes kratzt sich verlegen am Hinterkopf und merkt, wie der Ober- und Rossknecht kaum ein Grinsen unterdrücken kann.

»Ja, so schnell kann's gehen«, sagt der Schultes und sieht den Willy direkt an. Die Bäuerin bezieht das auf den Termin für die Leich. »Weil am Donnerstag und Freitag Feiertag isch, will dr Herr Pfarrer mein Hermann scho am Dienstag vergrabe. Oder passt dir's net wegen em Leichenschmaus, Schultes?«

»Noi, noi, Karlene, sag meiner Minna bis morgen, was du zum Leichenschmaus gern hättst.«

»Dees kann i dir gleich sage: Nudelsupp, Rindfleisch mit Meerrettich und Salat.«

»Und zum Trinken?«

»Wie's der Brauch isch: Moscht, Bier, Wein, Schnaps. Was halt jeder mag.« Die Bauerin zögert. »… Und zum Schluss Kaffee und Hefezopf.«

Der Schultes verdreht die Augen. Himmel hilf! Schon wieder Hefezopf! Er schlägt die Hände vors Gesicht. Das schwere Erbe der schwäbischen Backkunst lastet auf den Enzheimern wie die Blattfäule auf den Obstbäumen.

»Passt was net, Schultes?«

»Noi, Karlene.« Er macht eine wegwerfende Handbewegung. »I hab mich bloß verschluckt.« Er hüstelt, trinkt etwas und sieht über den Rand der Tasse hinweg den Rossknecht schmunzeln.

»Karlene, wie viel Leut willsch zum Leichenschmaus einlade?«

»Zweihundert wern's scho sei, Schultes.«

Der Lindenwirt nickt und berechnet im Kopf seinen Gewinn. Die Tischrunde hört und schweigt.

Nach einer kleinen Pause wird der Lindenwirt zur Amtsperson; er räuspert sich und spricht nach der Schrift: »Aber jetza bin ich als Schultes da, weil der Häfnerbauer umgebracht worden ist. Und ein Kriminalfall ist mit der Beerdigung nicht erledigt.«

Willy, der am Morgen mit im Stall war, sagt: »Der Scharwächter hat gsagt, dass durchreisendes Gesindel unsern Bauern auf dem Gewissen hat.«

Der Blick der Häfnerin ruht mit Wohlbehagen auf dem hellen Kopf ihres Oberknechtes.

»So, so, der Herr Scharwächter hat gsagt«, spottet der Schultes. »Wie nüchtern war er da?«

Die Frage erheitert den Knecht. Und auch die Bäuerin verzieht das Gesicht zu einem breiten Grinsen.

Der Schultes nimmt einen Schluck Kaffee und wiegt seinen Möckel nachdenklich hin und her. »Kann sein, kann auch nicht sein. Die Herren Verbrecher sind gern auf der Flucht.« Er sieht den Rossknecht direkt an und fragt ihn, ob er den Scharwächter für einen Mörder halte.

Der Rossknecht winkt ab und lacht. »Der hat heut Morgen de Knote kaum aufmache könne. Wie soll er dann im Vollsuff en Knote gmacht han? Der weiß doch gar nemme, was gestern Abend gwä isch.«

Fritz Frank gibt viel auf Willys Meinung, der mit seinem eigenen Oberknecht, dem Karl, eng befreundet ist.

Er beißt ein kleines Stück von seinem Hefezopf ab, sieht den Willy nachdenklich an, nippt an seiner Kaffeeschale und reibt sich das Kinn. Man sieht, dass es in seinem Hirn arbeitet.

»Außerdem«, ergänzt der Rossknecht, »hat der versoffene Kerl doch gleich gsagt, dass dees sein Kälberstrick gwä isch. Wenn der Dreck am Stecken hätt, no dät er dees doch nicht gleich zugebe.«

»Du hast recht. Mein ich auch.« Der Schultes kratzt sich im Genick. »Ich mach ein Protokoll und schreib auf, was wir heut Morgen gsehen haben. Nach dem Leichenschmaus kannst du's unterschreiben.«

Er sieht, dass die Bäuerin versonnen ihren Knecht betrachtet. Deshalb weckt er sie unsanft aus ihren Träumen. »Du au, Karlene.«

Die Häfnerin erschrickt, dreht sich auf die andere Seite zum Schultes hin und nickt.

»Dann«, sagt der Schultes, »ist der Scharwächter aus allem raus. Wenn der das Protokoll schreiben muss, dann wird der Fall bloß noch verzwickter.«

Der Gemeindevorsteher bricht einen Bröckel von seinem Hefezopf ab, schiebt ihn in Gedanken in den Mund und spürt, wie es in seinem Mund aufstaubt. Trockenes, geschmackloses Zeug! Angewidert spült er es mit Kaffee hinunter.

Alle schauen mit großen Augen auf Fritz Frank und warten, was er eigentlich von ihnen will.

Der Schultes setzt sich aufrecht hin. »Aberjetza, Karlene, wie war das gestern Abend?«

Die Häfnerin berichtet gefasst und sachlich, dass sich ihr Mann gegen sechs Uhr, mit dem ersten Ton der Abendglocken, auf den Weg zum Ochsen gemacht habe. Dort sei er jeden Samstag hin.

Die Stallarbeit, berichtet sie weiter, mussten die Knechte und Mägde am Samstag immer allein verrichten. Nicht einmal dann, wenn eine Kuh kalbte, habe sich ihr Mann von seinem Gang ins Wirtshaus abhalten lassen.

Auf die Frage, warum das so gewesen sei, weiß die Bäuerin keine schlüssige Antwort. »Da musch die Schnapsgurgler frage, Schultes … dr Scharwächter, dr Schnellreich vom Oberhof, dr Holzbauer vom Enzgrund, dr Küferschorsch und dr Dubbeler von unsrem Grafen.« Mit denen habe er mehr Zeit verbracht als mit ihr. Mit denen habe er auch mehr geredet als mit ihr.

»So, der Dubbeler gehört auch zu der Gesellschaft?«, vergewissert sich der Schultes.

»Ja«, sagt die Bäuerin, »der isch au älleweil dabei. Aber dees isch a Hungerleider. Der hat nie Geld im Hosensack, hat mein Hermann gsagt.«

Dann erzählt sie von sich aus, dass ihr Mann so gegen Mitternacht heimgekommen sei. Schon als er die Haustür falsch taxiert habe und gegen den Kleiderrechen im Flur gekracht sei, habe jeder im Haus gewusst, dass bald Ostern und Pfingsten in einem sind. Singend und auf allen vieren sei er die Holzstiege heraufgekrabbelt, habe den Mägden durchs Stiegenhaus zugerufen, er komme gleich zu ihnen. Dann sei er zu ihr in die Schlafkammer herein und habe sich auf ihre Bettkante gesetzt.

Er müsse mit ihr ein ernstes Wort reden, hat er gemeint und an ihrer Wäsche herumgenestelt. Sie habe ihm dann mit einem Hausschlappen auf den Kopf gehauen und ihm Prügel angedroht, falls er nicht sofort aus dem Haus verschwinde. Er habe widerwillig und maulend den Rückzug angetreten, sei die Treppe hinabgerumpelt und habe die Haustür hinter sich zugeschlagen.

Die Bäuerin lehnt sich auf der Sitzbank zurück und verschränkt die Arme. Sie ist offensichtlich mit ihrer Beichte fertig.

»Ja, so war's«, sagt der Oberknecht. Auch die anderen Knechte und Mägde bestätigen einsilbig die Angaben der Bäuerin.

Der Schultes schnauft tief durch, blickt auffordernd in die Runde und fragt: »Wer hat etwas gesehen?«

Achselzucken. Schweigen.

Ob jemand den Bauern über den Hof und in den Stall habe gehen sehen, präzisiert der Schultes seine Frage, drängender als zuvor.

Nein, wie denn, bekommt er zur Antwort. Alle seien um diese Zeit längst in ihren Kammern gewesen.

»Und der Himmel isch bedeckt gwä und die Nacht finschter«, ergänzt Willy. »Da hätt man sowieso nichts sehe könne.«

»Irgendwie«, sagt der Schultes, »passt das alles net zusammen.«

Er sieht den Rossknecht direkt an und erheischt von ihm mit den Augen eine Antwort. »Weißt, Willy, alle Leut sagen, dass die Schnapsgurgler auf dem Heimweg Krach gemacht haben. Und ausgerechnet der Häfner ist so still gewesen, dass ihr ihn net gehört habt?«

»Noi, Schultes«, der Rossknecht schüttelt den Kopf, »dees hasch du falsch verstande. Krach hat der Bauer freilich gmacht. Im Haus sowieso, wie die Bäuerin scho gsagt hat. Ghört hen wir den Bauern. Und wie! Aber gsehen hen wir ihn nemme.« Willy schaut sich auffordernd in der Runde um.

»Ghört han i ihn au, wie er in de Stall nüber isch«, sagt die Milchmagd.

»Genau so wars«, bestätigt Emma.

Und der Wengertknecht ergänzt: »Der Bauer hat gschimpft und gmault, wie er übern Hof isch. Manchmal han i ghört, wenn er Drecksau und Dreckschleuder gschrien hat.«

Die übrigen Knechte und Mägde nicken zustimmend.

»Au im Stall hat er koi Ruh gebe«, wirft eine der Mägde ein.

»Weisch, Schultes, zwei von de vier Gesindekammern sind zum Stall nüber. Da drin hörsch no, was im Hof und im Stall isch. Aber die zwei andern Kammern gehen auf d'Gass naus«, erklärt Willy, »da hörsch net älles, was auf em Hof passiert. Aber Krach war im Stall scho no a Weile. Dees han sogar i ghört.«

»Und? War der Häfnerbauer allein im Stall?«, hakt der Schultes nach.

Emma lacht, aber die Bäuerin braust auf und fragt zurück, wer außer ihrem Mann denn noch im Stall gewesen sein soll. So weit kommt es noch, dass ihrem Hermann nachgesagt wird, er habe sich im Stall mit einer der Mägde vergnügt. Solche Gedanken wird sie im Keim ersticken. Das spürt die Emma, und deshalb zieht sie das Genick ein und setzt ein todernstes Gesicht auf.

Willy geht darauf nicht ein. Er sieht den Schultes ruhig an und sagt: »Eins steht fest, Schultes. Koiner isch nach dem Bauern no aus em Haus.«

Und sicher sei auch, dass sich der Bauer nicht im Stall aufgehängt oder selber den Hals zugedreht hat. Also müsse noch jemand im Stall gewesen sein. Und der habe den Kälberstrick dabeigehabt.

Der Schultes hat genug gehört. Er trinkt seine Kaffeeschale leer, wischt sich mit dem Handrücken über den Mund, dankt der Häfnerin und verabschiedet sich.

Die Magd stürzt zur Tür herein: »Hen Sie's schon ghört? Der Häfnerbauer isch tot.«

»Was?«

»Dass der Häfnerbauer tot isch, hen Sie's schon ghört?«

»Blödsinn!«

»Wenn i's doch sag. En Kälberstrick um de Hals hat er ghabt.«

»Dumms Zeug!«

»Die Wahrheit isch's.« Sie ist beleidigt. »Dann frage Sie halt die Leut selber!« Erhobenen Hauptes stürmt sie aus dem Speisezimmer.

Der Schnellreich kann es nicht glauben. Der Häfner tot? Ausgeschlossen! Ja, Schlagfluss vielleicht, der haut wie der Blitz zu, von jetzt auf nachher.

Aber mit einem Kälberstrick um den Hals? Erhängt? Ermordet? Wer macht denn so etwas?

Ihm ist der Appetit vergangen. Er schiebt das Frühstück zur Seite. Kälberstrick? Das wird doch nicht am Ende der Strick vom Scharwächter sein?

Heute Morgen hat er doch die Häfnerin in der Kirche gegrüßt. Sie war wie immer. War der Hermann dabei? Er kann sich nicht erinnern, ihren Mann gesehen zu haben.

Auch der Schultes ist, wie immer, auf seinem Stammplatz schräg unter der Kanzel gehockt. Das weiß er genau. Wie ein Hahn auf dem Misthaufen hat er nach allen Seiten geschaut und kontrolliert, ob man ihm auch die erwarteten Kratzfüße macht. Jeder hat am Gesicht dieses Gockelers ablesen können, was der denkt: Schaut her, was ich für ein treues Mitglied unserer Kirche bin!

»Elsa!« Wo treibt sich das Miststück wieder herum? »Elsa!«

»Was isch?«

»Wer hat dir dees mit em Häfner gsagt?«

»Der Willy, der Oberknecht vom Häfnerhof. Vorhin, nach der Kirche, hat er's gsagt.«

»Was genau?«

»Was der Willy gsagt hat?«

Er nickt Elsa zu und beobachtet sie genau. Was weiß sie? Sagt sie alles, was sie weiß? Erfindet sie etwas hinzu?

»Dass sie de Häfner heut Morge in dr Heukammer gfunde hen. Mit em Kälberstrick um de Hals. Und dass die Häfnerin den Schultes zu Hilf gholt hat, weil der Scharwächter no bsoffe gwä isch. Und dass die Häfnerin scho beim Pfarrer gwä isch wegen der Leich.« Sie macht auf dem Absatz kehrt und will das Zimmer verlassen.

»Und wer hat dem Häfner den Strick um de Hals?«

Sie bleibt unter der Tür stehen und dreht sich um. »Dees weiß man net. Noch nicht! Aber dr Strick hat em Scharwächter ghört.«

»Was?«

»Ja! Hat der Scharwächter selber gsagt.«

Ihm muss wohl der Unterkiefer vor lauter Schreck heruntergefallen sein, denn die Magd starrt ihn entgeistert an.

Mord? Auf Mord steht doch die Todesstrafe! Wer riskiert schon seinen Kopf? Und wofür? Ob der …?

Das kann sich der Schnellreich nicht denken. Das hätte er doch merken müssen, wenn der den Häfner gemeuchelt hätte. Aber weiß man, was die Leute im Kopf haben? Gerade von seinen ältesten Freunden weiß man oft am allerwenigsten.

Aber eines weiß er genau: *Er* hat dem Hermann nicht die Gurgel zugeschnürt.

»Elsa!« Wo bleibt sie nur? »Elsa!«

»Dr Häfner«, sagt Elsa unter der Tür und sieht ihrem Herrn forschend in die Augen, »der ist doch …«

»Ja, ja, scho recht. Sag dem Knecht, er soll mir den Wallach vor den Einachser spannen.«

»Gleich?«

»Sofort!«

»Und was isch mit em Mittagessen?«

»In drei Stund bin i wieder da. Stell mir meine Reitstiefel an die Haustür!«

Er muss es wissen. Jetzt! Der August wird doch nichts damit zu tun haben? Obwohl? War der nicht der Letzte beim Häfner?

In der Schlafkammer zerrt der Schnellreich seine Reithose aus dem Kleiderkasten, zieht die lange Manchesterhose aus, wirft sie aufs Bett und steigt in die enge Reithose. Beim letzten Mal war die noch weiter. Oder ist sein Bauch schon wieder etwas fülliger geworden? Kein Wunder sagen manche im Städtchen »Dicker« zu ihm.

Elsa hilft ihm in die Reitstiefel und reicht ihm den warmen Kutscherkittel aus doppelfädigem Zwilch.

»Also bis in drei Stund«, sagt er zu ihr über die Schulter, setzt sich eine Kappe auf seinen kahlen Schädel und wirft die Haustür hinter sich ins Schloss.

In leichtem Trab fährt er enzabwärts nach Vaihingen.

Eine halbe Stunde später lässt er seinen Wallach vor Augusts Haus halten. Er richtet sich in seinem Einspänner auf und pfeift nach seinem Kompagnon mit zwei Fingern im Mund.

Als August vor die Haustür tritt, steigt der Schnellreich vom Kutschbock und geht auf August zu.

»Hasch scho ghört? Dr Häfnerbauer isch tot.«

»Red keinen Mist!«, fährt ihn der Lange an. »Heut Nacht war der noch ganz lebendig.«

»Mit em Kälberstrick bisch gleich hee.«

»Kälberstrick?«

»Dr Strick vom Scharwächter.«

»Und deswegen ist der Häfner tot?«

»Sag i doch.«

Der Lange starrt ihn durchdringend an. »Kann doch gar net sein.«

»Angst?« Der Schnellreich schaut ihn forschend an und stellt fest, dass der andere von jetzt auf nachher ernst und blass wird. Wohl deshalb kann der Schnellreich ein Lächeln nicht mehr unterdrücken.

Der Lange glotzt mit weit geöffneten Augen zurück. Dann schüttelt er den Kopf. »Und was hat das mit mir zu tun?«

Der Schnellreich hält dem strengen Blick stand, bis es ihm unbehaglich wird. »Dr Kälberstrick ghört net mir«, wirft er ihm an den Kopf.

Der Lange tippt sich dreimal kurz mit dem Zeigefinger an die Schläfe.

»I han ihm de Hals net zugschnürt. I net«, sagt der Schnellreich zu ihm und beobachtet sein Mienenspiel.

»Ich auch net!« August zupft sich nachdenklich am Ohrläppchen.

»Dann isch's dr Pelzmärte oder dr Osterhas gwä.«

»Bloß deshalb bist du gekommen?« Augusts ausgestreckter Zeigefinger sticht dem Schnellreich fast ins Auge.

Der Schnellreich zuckt mit dem Kopf zurück und spürt, wie sich seine rechte Hand zur Faust ballt und sein Gesicht verfinstert.

Der Lange hat Knopfaugen wie ein halb verhungerter Bär. Das ist dem Schnellreich bisher noch gar nicht aufgefallen. Augusts untere Augenlider sind stark gekrümmt. Auf seinem Gesicht macht sich schließlich Ratlosigkeit breit.

»Bei dir sind ein paar Dachsparren offen«, sagt August und dreht sich um. Mit einer wegwerfenden Geste ruft er dem Besucher über die Schulter zu: »Fahr heim!«

»Jetzt komm, August«, schreit ihm der Schnellreich nach, »i glaub dir's ja.«

August bleibt stehen.

»Was mache wir jetzt, August?«

»Wenn du den Häfner nicht gemeuchelt hast und ich auch nicht«, er grinst seinen Kompagnon überlegen an, »dann geht's uns nichts an.«

August ist gerissen und mit allen Wassern gewaschen, das weiß der Schnellreich wohl. Und trotzdem fühlt er eine Unruhe aus seinem Magen aufsteigen. »Du meinsch, gar nichts tun?«

»Genau. Einfach abwarten. Was kann denn der Schultes finden, wenn wir's nicht waren? Der mit seinem Mostkopf ist doch noch dümmer als seine Rindviecher.«

Montag, 13. April 1840

Gegen acht Uhr klopft es zaghaft an der Tür des Gasthauses zur Linde.

»Gute Morge, Schultes«, schallt's von draußen herein.

Der Lindenwirt schließt die Tür auf. Davor steht der Scharwächter, frisch gewaschen und gekämmt und in ordentlichem Aufzug.

»Hock dich nüber in meine Schreibstub«, sagt Fritz Frank zum Besucher. Dann verschließt er wieder die Haustür, geht durch die Wirtsstube und öffnet an jedem Fenster einen Flügel.

Die offizielle Amtsstube des Stadtoberhaupts ist natürlich in der Rathausgasse im alten Amtshaus, 1608 in Enzheims glanzvoller Zeit in der Nähe der Staffeln erbaut, die unter dem Nachtwächterturm hindurch zum gräflichen Schloss hinaufführen. Heute sind viele Räume im Rathaus leer, der Keller ist verpachtet und auf dem Dachboden hausen Fledermäuse und Marder.

Der Schultes, seit rund zwölf Jahren im Amt, führt seine Dienstgeschäfte meist von der Linde aus, wo er am Samstagvormittag sogar eine offizielle Sprechstunde abhält. Nur am Dienstag- und Mittwochnachmittag amtet er allein im riesigen Rathaus und langweilt sich.

Die Regierung in Stuttgart sieht es zwar nicht gern, wenn Gastwirte zu Schultheißen gewählt werden. Sie fragt deshalb immer wieder besorgt beim Ortspfarrer an, ob der Lindenwirt sein Amt korrekt ausübe. Aber Pfarrer Abel kann nur Gutes nach Stuttgart melden. Fritz Frank sei bei den 1084 Enzheimern sehr beliebt, gerade weil er als Lindenwirt zu jeder Zeit dienstbereit sei und nicht nur während der üblichen Amtsstunden. Das zeige sich auch an seiner Wiederwahl vor zwei Jahren, als er mit großer Mehrheit im Amt bestätigt worden sei.

Fritz Frank prüft mit einem kritischen Blick, ob im Wirtshaus alles in Ordnung ist. Dann folgt er dem Scharwächter in seine private Amtsstube, lässt aber die Tür auf, damit er die Gaststube mit dem Schanktisch im Auge behalten kann.

»So, bist wieder nüchtern?« Der Schultes setzt sich hinter seinen Schreibtisch.

Der Scharwächter rutscht auf dem Besucherstuhl hin und her und sucht, wild gestikulierend, nach Worten, wie er sich herausreden könnte.

»Warst schon beim Landjäger?«

Das polizeiliche Hilfsorgan schüttelt den Kopf. »Gleich nachher mach i mi auf de Weg.«

»Aberjetza, was sagst dem Landjäger?«

»Dass wir im Ochsen gwä sind, dr Hermann und i und die andere. Und um Mitternacht isch dr Hermann heim und hat im Haus randaliert. Da hat ihn die Karlene aus em Haus gejagt, und er isch in de Stall.«

»Woher weißt das?«

»Dees isch bei dr Karlene älle Samstag so.«

»Weiter!«

»Und im Stall hat äbber em Hermann de Hals zubunde. Mit meim Kälberstrick!«

»Wer?«

»Weiß i doch net«, braust der Gefragte auf.

Der Schultes mustert den Scharwächter kühl von Kopf bis Fuß.

»I war's net.«

»Und wie erklärst du dem Landjäger, dass ausgerechnet dein Strick beim Häfner im Stall gewesen ist, wenn du in der Nacht net selber dort warst?«

»Isch doch klar. I han em Ochsenwirt am Samstag drei Gicker verkauft … gschlachtet und grupft. I han die Gicker mit em Kälberstrick zsammenbunde und über mei Schulter ghängt.«

»Lugebeutel«, lacht der Schultes höhnisch.

»Dees han i scho oft gmacht. Kannsch de Ochsenwirt frage.«

»Und was hast mit dem Strick gmacht?«

»Den hab i auf de Stammtisch glegt, neben mein Bier. Mehr weiß i net.«

»Hast du den Strick auf dem Tisch liegen lassen, als du heim bist?«

Der Scharwächter schaut den Schultes treuherzig an.

»Dein Strick ist wohl allein in die Scheune vom Häfner spaziert?«

»Dees glaub i net.«

»Und wie bist du heim?«

»Dees weiß i net.«

»Warum?«

»I weiß net, wie i heimkomme bin.«

Der Schultes runzelt ärgerlich die Stirn.

»Wir sind doch Kameraden, Schultes. Da hilft einer älle andere.« Der Scharwächter macht sich ganz klein. »Da guckt man, dass keiner auf dr Mischte landet oder in a Loch fällt und net wieder rauskrabble kann.«

Innerlich muss der Schultes grinsen. Er kann sich gut vorstellen, wie der Scharwächter auf dem Misthaufen landet. Äußerlich rollt er die Augen: »Auf gut Schwäbisch: Sternhagelvoll! Du hast einen Kanonenrausch ghabt. Gib's zu!«

»Bloß wenn man kein Mitgefühl für seine Mitmensche hat, no kann man dees so sage.«

Der Schultes macht eine wegwerfende Geste und steht auf. »Du Hornochs, du blöder«, sagt er und schimpft, dass ein Ochse gewiss mehr heile Zellen im Hirn habe als ein versoffener Hilfslandjäger.

Er geht, die Hände auf dem Rücken verschränkt, in der Stube auf und ab. Er steigert sich in die Erregung hinein, und das lässt er den Scharwächter auch deutlich spüren: Er liest ihm die Leviten. Man könne ja, ereifert er sich, mal einen Rausch haben, aber jede Woche zwei-, dreimal? Und dann so besoffen, dass man nicht mehr weiß, wer man ist? Nein, das gehe zu weit! Vor allem, wenn man für Ordnung und Wohl der ganzen Stadt mitverantwortlich sei.

»Du Saufkopf! Du Krautseckl! Merkst du net, dass du en Depp bist?«, schnauzt er ihn an.

Und als der Scharwächter widersprechen will, legt er nach: »Hamballe! Halbdackel!! Hosascheißer!!!«

Der Schultes wird wieder ruhiger, dafür aber ernster. Ob der Scharwächter noch lange sein Amt ausüben könne, das müsse man bezweifeln. Wie könne ein Besoffener die Landjäger unterstützen und seiner Aufgabe als Hilfspolizist gerecht werden? Wie könne so ein Kerl an Kirchweih und Neujahr, auf dem Jahrmarkt und bei der Sonnwendfeier für Ruhe und Ordnung sorgen, wenn er den letzten Funken Autorität verspiele? Wie wolle ein solcher Saufkopf Verbrecher fangen, wenn er nicht einmal mehr auf den Beinen stehen könne? Wie wolle ein solcher Allmachtsdackel Sittenstrolche verhaften, wenn man ihn selbst für einen moralisch verkommenen Kerl halte? Ob er schon einmal bedacht habe, dass er Scharwächter sei? Schar komme doch von scharf. Er aber sei nur noch eine Witzfigur von einem scharfen Wächter.

»Du Lällabäbbl!«, fasst der Schultes seinen Rundumschlag zusammen und setzt sich wieder.

Der Scharwächter zieht das Genick ein. Er ist zerknirscht und verspricht hoch und heilig, sich zu bessern. Hermanns Tod nehme ihn arg mit und gebe ihm sehr zu denken. Er fleht den Schultes an, man möge noch einmal Gnade vor Recht ergehen lassen und dem Kommandanten des Landjägerkorps nichts verraten. Denn er sei auf die Einnahmen als Hilfslandjäger angewiesen.

»Gleich nachher gehst zum Landjäger und meldest, was mit dem Häfner passiert ist. Kapiert?«

»Klar, Schultes.« Der Scharwächter steht dienstbeflissen auf und will gehen.

»Halt, erst das Protokoll. Hast schon vergessen, was du bei jedem Kriminalfall tun musst?«

Der Scharwächter setzt sich wieder.

Der Schultes nimmt hinter seinem Schreibtisch Platz. Seufzend zieht er einen Kanzleibogen aus der Schublade, taucht seine Feder in die Tinte und beginnt zu schreiben. Der Mund ist halb geöffnet. Die Zunge ist nach unten gerollt und hinter die untere Zahnreihe gesteckt. Mit den oberen Zähnen beißt er sich auf die Zunge.

Das Schreiben bereitet ihm wenig Freude, aber er hat schon eine Lösung in Sicht: Der neue Provisor, der kann schnell und schön schreiben. Letztes Jahr hat er ihn überredet, den kurz zuvor gegründeten Gesangverein zu dirigieren, der in der Linde seine Singstunden abhält und jeden Mittwochabend für eine volle Schankstube sorgt. Mit ihm will er ein ernstes Wort reden und ihn als Ratschreiber gewinnen. Die Stadträte haben schon zugestimmt.

Protokoll, schreibt der Schultes in großen Buchstaben mittig auf die erste Zeile. Und darunter berichtet er in krakeliger Schrift, wie er gestern früh den Häfner in seiner Heukammer vorgefunden und was die Bäuerin und die Knechte und Mägde gesagt haben. Das genaue Protokoll folge demnächst, schreibt er. Und schließlich setzt er hinzu, dass der Kälberstrick zwar dem Scharwächter gehöre, der Hilfslandjäger jedoch nach übereinstimmenden Aussagen nicht als Mörder infrage komme.

Der Schultes legt die Feder zur Seite und liest dem Scharwächter das Geschriebene vor. Der ist höchst entzückt und bedankt sich für das Wohlwollen.

»I nimm's gleich mit«, sagt er.

»Zum Landjäger?«

»Natürlich.«

»Also, nimm's mit.« Der Schultes nickt. »Dann weiß man im Oberamt, was für helle Köpf in Enzheim sind.«

Der Schultes unterschreibt das Protokoll und faltet den Briefbogen so zusammen, dass das Geschriebene verdeckt ist. Dann zündet er die Kerze auf seinem Schreibtisch an, erhitzt den Siegellack in der Flamme und streicht ihn über die Falzstelle. In den weichen Lack drückt er das kleine Siegel der ehemals gräflichen Residenzstadt Enzheim, das er aus der Hosentasche zieht. Diese Art der Besiegelung ist zwar bei den Schultheißen nicht üblich. Aber Fritz Frank hat sich die vornehme Art der amtlichen Beurkundung in der ehemals fürstlichen Verwaltung abgeguckt. Sie hat ihn so beeindruckt, dass er inzwischen seine gesamte Dienstpost versiegelt.

Der Schultes will gerade die Haustür hinter dem Scharwächter schließen, als er den Amtsbüttel rufen hört. Und schon steht der hinkende Bote mit gezogener Dienstmütze vor ihm und grüßt militärisch.

»Schultes, melde mich zur Stelle.«

»Heinrich«, sagt der Schultes, »hast schon ghört?«

»Was?«

»Dass der Häfner tot ist.«

Der Büttel nickt und setzt sich seine blaue Mütze mit dem roten Band über dem schwarzen Lackschirm wieder auf. Er hat als Grenadier etliche Napoleon-Feldzüge mitgemacht, wurde von einer Kugel am linken Knie gestreift und ist mit einem steifen Bein nach Enzheim zurückgekehrt. Seither dient er den Schultheißen seiner Heimatstadt als Amtsbüttel und Kirchendusler.

Er ist das Auge und Ohr des Stadtoberhaupts und durchstreift vormittags und nachmittags das Städtchen, immer auf der Suche nach Unrat und drohenden Gefahren. Zweimal am Tag muss er sich beim Schultes melden und neue Aufträge abholen: Akten aufs Rathaus tragen, Amtliches ausschellen, den kleinen Dienstverkehr zwischen Rathaus und Pfarramt besorgen und die Stadträte zu den Sitzungen einladen. Tagt der Stadtrat oder der Kirchenkonvent, dann hockt er vor dem Sitzungssaal und wartet auf Befehle. Einmal wöchentlich inspiziert er das Armenhaus und sieht nach dem Rechten. Säumige Steuer- und Gebührenzahler stöbert er zu Hause auf und schleppt sie zum Rathaus. Und während des Gottesdienstes geht er mit einer langen, dünnen Stange in der Kirche umher und stupft damit die Eingeduselten, wie man die Schlummernden hier nennt.

Natürlich hat der Büttel schon vom Tod des Häfnerbauern gehört. Auch das Gerücht, durchreisendes Gesindel sei am frühen Ableben schuld, ist bereits bei ihm angekommen. Deshalb ordnet der Schultes an, der Amtsbote solle den Nachtwächter, der im Nachtwächterturm haust, befragen, ob er etwas gehört oder gesehen habe. Und dann solle er sich auch vor den beiden Haupttoren der Stadt, dem Schlosstor und dem Wengerttor, umhören und ihm gleich nach dem Mittagessen berichten.

Der Büttel grüßt militärisch und hinkt davon.

Minna Frank sitzt am großen Küchentisch, schneidet Zwiebeln und trocknet die tränenden Augen mit einem Zipfel ihrer Schürze. Paula, die Küchenmagd, schält Äbire, wie man zu den Kartoffeln in Enzheim sagt. Lina hobelt Blaukraut für den frischen Krautsalat. Und Magda, die jüngste Tochter des Schultes, steht vor dem offenen Herdfeuer und wirft Wacholderbeeren in den großen Kessel, in dem das selbst eingemachte Sauerkraut köchelt. Von Zeit zu Zeit rührt sie mit einem langen Holzlöffel um.

Die Frauen bereiten das Mittagessen fürs Gasthaus vor, gebratene Schweinswürste mit Kartoffelsalat und Kraut. Nur das Sauerkraut ist für die ganze Woche bestimmt. Mit jedem Aufwärmen schmeckt es besser, was die Gäste zu schätzen wissen.

Der Schultes kommt zur Tür herein. »Denkst auch an den Meerrettich«, sagt er und setzt sich an den Tisch.

»Wieso?« Die Bäuerin hält inne und drückt sich beide Handballen auf die Augen.

»Wieso? Wieso?«, höhnt der Lindenwirt. »Streng dein Spatzenhirn an!«

»Ach so.« Sie winkt ab und trocknet sich erneut die tränenden Augen. »Für die Leich vom Hermann? Meinsch dees?«

Der Hausherr nickt.

»Zitz, blöder!«

Sie humpelt zum Herd und zeigt mit dem Löffel auf einen Zuber. Da sei der Meerrettich drin, gerieben und in feuchte Tücher eingeschlagen. So bleibe der ein paar Tage frisch und verliere auch nicht seinen Geschmack.

Sie schiebt die Zwiebelringe mit dem Löffel in einen großen Topf, in dem schon die Butter über dem Herdfeuer schwitzt, und bläfft Magda an, die neben ihr steht, weil sie keinen Schurz anhat. Dann hilft sie Lina beim Krautschneiden.

Der Schultes sieht verwundert zu: »Blaukraut zu Ostern? Wo hasch dees her?«

»Himmel, Arsch und Zwirn!«, schreit die Wirtin und richtet einen entsetzten und verzweifelten Blick zur Decke. »Aberjetza ka i gar nemme!«

Der Schultes zieht das Genick ein.

Ob der Herr Stadtregent mit seinem dicken Ranzen nicht mehr durchs Kellerloch passe, fragt sie voller Hohn und droht ihm mit dem Löffel.

Die anderen Frauen am Herd werfen sich belustigte Blicke zu und richten ihre Ohren zum Küchentisch aus. Auf die Antwort des Lindenwirts sind sie gespannt.

Doch der macht sich klein und hält die Luft an. Es könnte ihm ja sonst ein unflätiges Wort entschlüpfen.

Dafür lässt seine Gattin gehörig Dampf ab. »Zitz, saubleeder!« Sie bruddelt vor sich hin und haut in ihrem heiligen Zorn die Zwiebelringe mit dem Löffel im Kreis herum. »Krautseckel!« Sie schüttelt den Kopf. Wie man im Rathaus regieren könne, wenn man das Einmaleins des Lebens nicht beherrsche, das sei ihr ein Rätsel. Ob im Spatzenhirn des Herrn Stadtschultheißen noch nicht angekommen sei, dass man Blaukraut seit tausend Jahren bis in den Juni hinein aufbewahre, im feuchten Keller unter Stroh oder eingegraben in einem Gartenloch? Ob Ihro Exzellenz Enzian von der Linde Stroh im Hirn habe, denn sonst müsste Exzellenz doch aufgefallen sein, dass im eigenen Keller Stroh liege – in der linken hinteren Ecke. Wahrscheinlich haben Exzellenz das Stroh für die Bettdecke der Mäuse gehalten.

Der Schultes kratzt sich verlegen am Kopf und schweigt eisern.

Die Frauen grinsen in ihre Kochtöpfe hinein, während sich die Wirtin langsam beruhigt.

Einige Minuten lang hört man nur Töpfe klappern, Löffel rühren und Messer schneiden.

Dann wendet sich die Hausherrin huldvoll an ihren Mann: »Und für wie viel Leut solle wir koche, verehrter Zitzenmann von Enzian?«

»Ha, zweihundert wern's schon.«

»Hasch gehört, Paula?«, fragt die Bäuerin.

Die Magd nickt.

»Wir koche 's Rindfleisch glei in dr Nudelsupp, Paula. No isch's glei fertig. Zerscht kriegt jeder en Teller Supp. No stelle wir auf jeden Tisch a großes Brett mit Rindfleisch, a Schissele mit Meerrettich und en Kratte Brot. No kann jeder selber nehme, was er möcht.«

Magda seufzt, und Lina verdreht ihre Augen zur Decke.

Der Wirt steht auf und ist zufrieden. »Ich geh zum Ochsenwirt.«

»Langt dir deine eigene Schankstub net? Musst scho beim Otto am frühe Morge rumsaufe?«, mault seine Frau.

»Blödsinn. Ich muss wissen, wer vorgestern beim Hermann dabei war und wer ihn zuletzt gesehen hat.«

Der Schultes hat sich am Morgen lange überlegt, ob er gleich in den Weinberg stapfen oder sich erst um den Mord am Häfner kümmern soll. Sein Pflichtgefühl als Stadtoberhaupt hat über den Wengerter in ihm gesiegt, vielleicht war auch die Furcht vor der harten Arbeit im Spiel.

Jedenfalls pocht er an die Haustür zum Ochsen und ruft: »Mach auf, Otto! Ich bin's, der Fritz!«

Als sich drinnen nichts regt, schlägt er heftig ans Holz und schreit: »Aberjetza, mach auf, Otto, ich muss dich was fragen!«

Schlurfende Schritte, dann eine Stimme. »Die Tür ist doch net abgschlossen.«

»Tatsächlich«, der Schultes klinkt die Tür auf und ist bass erstaunt. »Du schließt net ab?«, fragt er seinen Kollegen und gibt ihm die Hand.

»Awa! Warum denn?« Der Ochsenwirt zuckt die Achseln und kratzt sich am Kopf. »Was will man denn bei mir stehle? Die paar Schnäps und Bier?« Er weist jeden Einwand mit einer energischen Handbewegung zurück. »Bei dir isch dees äbbes anders, Fritz. Du bisch der Schultes. Bei dir könnt man scho was hole.«

»Aberjetza, Otto, mal den Teufel net an d'Wand. Seit du Posthalter bisch, dät sich's bei dir au rentiere.«

»Awa!«

Sie setzen sich an einen Gästetisch.

Der Ochsenwirt ruft zur Küche hin: »Margret, dein Vater isch da. Geh, bring uns en Moscht.« Er wendet sich wieder an seinen Gast: »Du trinksch doch mit mir en Moscht, Fritz?«

Der Lindenwirt nickt, und der Ochsenwirt erklärt: »I hab ein neues Fässle angstoche, Fritz, halb Epfl, halb Birne; dees isch dr beschte Moscht.«

Ottos Schwiegertochter ist Fritz Franks älteste Tochter. Sie hat Ottos einzigen Sohn geheiratet. Jetzt spielt sie die Ochsenwirtin und Posthalterin. Ottos Frau ist nämlich schon bald nach der Hochzeit ihres Sohnes gestorben.

Margret kommt mit einem Krug und zwei Henkelgläsern in die Schankstube, begrüßt ihren Vater mit Handschlag, schenkt ein, stellt den Krug auf den Tisch und verabschiedet sich wieder in die Küche.

Der Ochsenwirt hält sein Glas gegen das Fensterlicht, das helle Kringel auf den Tisch zaubert. »Mein neuer Moscht isch goldgelb und schmeckt wie dr bescht Riesling.« Er beißt und gurgelt ein wenig. »Spritzig, fruchtig!« Er äfft die studierten Weinzähne nach, grinst über beide Ohren und wird akademisch: »Das schmeckt nach lauter guten Äpfeln und Birnen. Und beim Abgang ist noch ein Gschmäckle von Himbeeren und Quitten im Gaumen.« Er erhebt sein Glas und trinkt seinem Gast zu. »Proscht, Fritz.« Dann stellt er sein Glas wieder ab.

Auch der Lindenwirt riecht, beißt, gurgelt, prüft und prostet seinem Kollegen mit Kennermiene zu.

Sie plaudern übers Geld. Der Ochsenwirt klagt, der Liederkranz übe jede Woche in der Linde und danach blieben die Gäste dort hocken. Deshalb sei die Linde oft voll und binde viele Männer des Ortes an sich. Und die Wengerter gingen am liebsten ins Rebstöckle.

»Was bleibt no mir, Fritz?«

Der Lindenwirt kratzt sich verlegen das Kinn. »Aberjetza komm, Otto, mal den Teufel net an die Wand.« Der Ochsen liege doch an der Durchgangsstraße, sei Poststation und bekomme immer ein paar Fremde ab. Und den Gesangverein habe er zusammen mit dem Schulmeister gegründet. Deshalb sei die Linde von allein zur Heimat der Sänger geworden. Er wolle seinem Kollegen nicht schaden, seiner Tochter schon gar nicht.

Der Ochsenwirt nickt, beharrt aber darauf, dass der Gesangverein sein Gasthaus in den Ruin treiben könnte.

Sie schweigen sich ein Weilchen an, obwohl sie sich gut verstehen, und nippen verlegen am Most.

Plötzlich steht der Schultes auf: »I weiß was.«

»Jetzt bin i aber neugierig.«

»Neulich sind ein paar junge Männer bei mir gwä.«

Der Schultes umrundet den Tisch und setzt sich wieder. »Wichtiger als Singen isch Turnen, hen sie gsagt: Turnen isch eine vaterländische Pflicht!«

Der Ochsenwirt hört mit offenem Mund zu und staunt nicht schlecht. Er kapiert sofort. »Du meinsch, i soll en Turnverein gründe?«

»Aberjetza, musst bloß de junge Leut gut zureden, sie solle en Verein selber mache.«

»Wie dr Liederkranz bei dir, Fritz?«

Der Schultes nickt.

»Fritz, das vergess i dir nie.«

Der Schultes macht eine großzügige Geste. »Und ich sorg dafür, dass der Stadtrat im Enzgrund ein Turnplatz will. Neben der Ruglerwies ist noch genug Platz.«

Der Ochsenwirt ist in Gedanken versunken.

Fritz Frank stößt ihn am Ellbogen an: »Also, auf geht's, Otto, du Vorturner!«

»Proscht, Fritz!« Der Ochsenwirt strahlt übers ganze Gesicht.

»Zum Wohl, Otto!« Der Schultes lupft sein Glas und kommt auf den Mord zu sprechen: »Die Schnapsgurgler meldest glei bei dem neuen Verein an. Die sind im Saufen scho saumäßig gut.«

Der Ochsenwirt lacht schallend, wird ernst und stiert in sein Glas. »Stimmt dees, Fritz, was de Leut sage?«

Der Schultes wehrt ab und dreht sich auf die Seite. »Was sagen denn die Leut?« Dass der Häfner einen Strick um den Hals gehabt habe, wisse jeder im Städtle. Und doch meinten alle, kein Enzheimer könne so etwas Schändliches tun.

»Ja, wer denn sonst?«

»Awa! Jetzt komm, Fritz!«

»Der Osterhas?«

»A Bagasch halt!«

»Von wo?«

»In de große Städt gibt's älleweil so Lumpekerle, die schaffet 's ganz Jahr nix. Und seit mir neue Straße hen …« Der Ochsenwirt winkt ärgerlich ab.

»Jetzt komm, Otto!«

»Wenn i dir's aber sag. Fuffzigtausend Leut wohnet in Stuttgart. Was glaubsch, wie viele da davon Spitzbuben sind?«

Der Schultes merkt auf.

»Mindeschtens … wenn net no meh!«

»Kann schon sein, Otto, aber erst muss ich wissen, ob einer aus unserem Städtle seine Finger im Spiel gehabt hat.«

Der Ochsenwirt schweigt.

»Zum Beispiel die Schnapsgurgler.«

Otto wehrt sofort ab. »Awa! Nie, Fritz, nie!«

Der Schultes wiegt seinen Möckel und will wissen, ob der Häfner am Palmsamstag vom Abendläuten bis gegen Mitternacht hier gewesen sei.

Ja, bestätigt der Ochsenwirt, unterm Sechsuhrläuten sei der Häfner zur Tür herein und habe sofort einen Schnaps bestellt, wie jeden Samstag. Den ersten Schnaps im Stehen, mit dem letzten Glockenschlag an den Stammtisch der Schnapsgurgler sitzen und warten, bis der Nächste kommt. Jeder Schnapsgurgler mache es genauso: hereinkommen, den ersten Schnaps im Stehen kippen, hinsitzen, schweigen. Aber kaum sei die Runde vollzählig, dann gehe das Geschrei los: »Eins, zwei, drei und vier! Schnaps und Bier, Schnaps und Bier!«

»Und warum heißt man sie die Schnapsgurgler?«

»Die gemeinsame Schnäps trinket sie net, die gurglet sie. Dabei hen sie's Maul offe. Lang, saumäßig lang gurgle sie zsamme. Und dabei machen die au no Musik.«

Der Schultes schüttelt fassungslos den Kopf.

»Ja, Fritz, dees isch wie a Choral.«

»Ja, und dees hasch du dir jeden Samstag biete lasse, Otto?«

»Die hen ja koine andre Gäst beleidigt oder vertriebe. Dees sind halt Spinner, die Schnapsgurgler. Die sind auf ihre Musik stolz. Bei dir in dr Linde singet se, und bei mir gurglet se. Musik isch Musik. Was willsch mache? So sind d'Leut, wenn se ein paar Schnäps intus hen.«

»Und wer ghört zu den Schnapsgurglern?«

»Der Häfnerbauer, der Schnellreich vom Oberhof, der Holzbauer vom Enzgrund, der Küferschorsch, der Scharwächter und der Dubbeler.« Der Ochsenwirt lässt die Figuren nochmals vor seinem inneren Auge vorüberziehen. »Die sechs sind immer da. Und manchmal hat sich dr Halb-Elfe au dazughockt.«

Der Halb-Elfe heißt so, weil er schielt und sein Blick beim Gradausgucken auf halb elf Uhr stehen bleibt. Und der Dubbeler ist der jüngste Spross aus gräflicher Familie. Der habe einen Schlag weg, behaupten die Enzheimer, und genieße im Schloss und im Städtchen Narrenfreiheit.

Auf die Frage, welche Rolle der Hermann Häfner bei den Schnapsgurglern gespielt habe, berichtet der Ochsenwirt, der sei so etwas wie der Obergurgler gewesen. Er sei immer oder fast immer als Erster erschienen. Und um Mitternacht habe er das Zeichen zum Aufbruch gegeben.

»Otto, und was hen die von sechs bis um zwölf gmacht? Bloß daghockt und gsoffe?«

»Dreimal Schnapsgurgeln mit Choral, um sechs, um acht und um zwölf.«

Der Schultes lacht dröhnend. »Im Ochsen geht's ja zu wie in der Kirch.«

Otto nickt und schmunzelt. »Ja, ja. Der Schnellreich hat beim Gurgeln dirigiert, damit's au schön klingt.«

»Und sonscht, was haben die noch gmacht?«

»Kartelt … de ganze Abend. Meischtens hen sie en Gaigel gspielt. Und um zehn isch Andacht gwä.«

Der Schultes sieht den Ochsenwirt fragend an.

»Drei Bratwürst für jeden. Genau um zehn. Jeden Samstag. Dazu Äbirasalat oder Kraut, was halt in dr Küche da gwä isch.«

»Und am Palmsamstag sind sie wie immer heim?«

»Ja! Nach em Mitternachtsgurgeln hat dr Hermann gsagt: ›Auf geht's Männer!‹ Und no sind sie naus.«

»Und den Kälberstrick hast net gsehn?«

»Freilich. Beim Scharwächter isch er neben em Bierkrug glegen.«

»Und wer hat dann den Strick mitgnomme?«

»Ja, isch dees dr Strick, den dr Hermann um de Hals ghabt hat?«

Der Schultes nickt.

»Au verreck!«, sagt der Ochsenwirt betroffen und stiert nachdenklich vor sich hin. Dann hebt er plötzlich den Kopf. »Fritz, dr Scharwächter isch nomal in mei Gaststub komme.

Erst isch er mit den anderen naus, und no isch er wieder komme und hat sein Strick gsucht.«

»Und?«

»Kein Strick mehr da! Der Scharwächter isch fuchsteufelswild gwä und hat gsagt, i soll ihm sein Strick rausrücke. Aber i han ihn net ghabt.«

»Aber sonst war alles wie immer? Ich mein, so wie an den Samstagen davor?«

Der Ochsenwirt fährt sich nachdenklich übers Gesicht. »Mir fällt nichts mehr ein.« Er steht auf, geht hinter den Schanktisch und ruft zur Küche hinein: »Margret, komm nomal.«

Als die Schwiegertochter unter der Küchentür erscheint, erklärt ihr der Ochsenwirt, ihr Vater möchte sie was fragen. Die beiden setzen sich zum Schultes an den Tisch, und der wiederholt seine Frage: »Waren die Schnapsgurgler am Palmsamstag so wie sonst auch?«

Margret denkt eine Weile nach und sagt dann: »Jetzt, wo du fragsch, Vater, fällt mir ein, dass die an dem Tag mehr gsoffe hen als sonscht.«

»Noch mehr? Ja, geht das überhaupt?«

»Noi, Vater, sonscht waren die gar net so bsoffe. Der Schnellreich hat überhaupt nie viel getrunken. Die hen halt bloß auf em Heimweg gsunge und laut gschwätzt.«

»Und warum hen die am Samstag mehr gsoffe als sonst?«, will der Schultes wissen.

Seine Tochter zuckt die Schultern. »Vielleicht, weil bald Ostern isch. Oder weil dr Schnellreich wieder amol a guts Gschäft gmacht hat.« Die junge Ochsenwirtin steht auf und sagt beim Weggehen: »I weiß net, Vater. Wirklich net.«

Um die Mittagsstunde rollt der Schultes die Burgunder Straße bis zur Martinskirche vor, stapft dann die Kirchenstaffeln zum Friedhof hinab, wendet sich nach links und erreicht durchs Feuergässle das Schulhaus.

Beschwingt von den drei Gläsern Most, die er beim Ochsenwirt gedudelt hat, sucht er schnurstracks und mit festem Tritt den Schulsaal im Erdgeschoss auf. Er lauscht an der Tür und hört, dass drinnen die Schüler der Unterstufenklasse beim Schlussgebet sind. Er tritt etwas von der Tür zurück und wartet. Er war auch einmal in der Schule und weiß, was jetzt kommt.

Die Tür fliegt auf, und eine wilde Horde rennt johlend aus dem Saal, durch den Flur und aus dem Schulhaus hinaus. Nur wenige Kinder beachten ihr Stadtoberhaupt und grüßen es.

Gerade will der Schultes ins Schulzimmer, als ihn eine zweite Kinderschar in große Bedrängnis bringt, denn auch die Oberstufenklasse im ersten Stock hat jetzt Mittagspause. Die Buben und Mädchen springen, immer zwei Stufen auf einmal, die breite Treppe herab und nehmen den Schwung bis ins Freie mit. Sie rennen die schwäbische Eiche beinahe über den Haufen.

Endlich wird's wieder ruhig und gesittet im Schulhaus.

Der Schultes betritt den Schulsaal und schreitet zum Lehrerpult, das auf einem Podest steht.

Der Lehrer, ein blutjunger Mann, gerade einmal neunzehn Jahre alt, sitzt am Tisch und ist in ein Schriftstück vertieft. Plötzlich bemerkt er den Besucher und springt verdattert auf.

»Herr Bürgermeister«, stottert er verlegen und wird rot, »was führt Sie in meine Schulstube? Habe ich etwas falsch gemacht?«

Der Schultes lacht und gibt dem jungen Mann die Hand. »Tut mir leid, Provisor, dass ich dich erschreckt hab.«

In der Schule spricht der Rathauschef immer nach der Schrift, zumindest bemüht er sich, denn der neue Lehrer ist kein Hiesiger und spricht hochdeutsch. Auch tritt der Schultes im Schulhaus zurückhaltend auf, denn das ist kirchliches Hoheitsgebiet. Der Herr Pfarrer ist nämlich Schulvorstand, und die Volksschule gehört der Kirche. Die Volksschullehrer sind deshalb Kirchendiener, wie es im Verwaltungsdeutsch heißt. Und der junge Mann, der da oben auf dem Podest thront, ist in

Wahrheit die ärmste Kirchenmaus im Revier. Als Hilfslehrer ist er ärmer dran als das ärmste Dorfschulmeisterlein. Außerdem ist er noch ohne feste Anstellung und von der Gnade des Pfarrers und auch vom Wohlwollen des Schulmeisters abhängig.

»Ich lad dich zum Mittagessen ein.« Der Schultes klopft dem Provisor gönnerhaft auf die Schulter. »Ich hab mit dir was zu reden«, fährt er geheimnisvoll fort, »und beim Essen redet sich's leichter.«

Der Provisor druckst herum, doch der Schultes bleibt hart, packt ihn am Oberarm und führt ihn aus dem Schulsaal und aus dem Schulhaus. Erst auf der Hauptstraße lässt er ihn los und kommandiert ihn in die Linde.

Im Wirtshaus lässt sich der Lindenwirt an seinen gewohnten Platz vor dem Schanktisch fallen.

»Hock dich hin, Provisor!«

Der junge Mann setzt sich artig auf den angebotenen Stuhl und legt beide Hände auf den Tisch, so wie er es seinen Schülern eingebläut hat.

Der Schultes drückt den Arm seines Gastes und schaut ihn freundlich an. »Ein Bier, Herr Lehrer?«

Er wartet die Antwort nicht ab, steht auf und schenkt zwei Gläser Bier ein. Dann setzt er sich wieder. »Prost, Herr Lehrer«, sagt er, hebt sein Glas, und stößt mit seinem Gast auf gute Gesundheit an.

Zuerst lobt der Schultes den jungen Mann. Die Eltern seien mit seinem Unterricht sehr zufrieden. Und die Enzheimer lobten sein Engagement als Dirigent. Schließlich kommt er auf die Hauptsache zu sprechen. Als Rathauschef brauche er einen tüchtigen Ratsschreiber, denn als Bürgermeister, Lindenwirt, Bauer und Weingärtner ersaufe er in der Arbeit.

»Ich brauch dich, Provisor. Du musst mir helfen. Außerdem, und da bin ich ganz ehrlich, hab ich keine Geduld für das Gekritzel.«

Der Provisor weiß die Ehre sehr zu schätzen, die mit dem Schreiberamt verbunden ist, aber er ziert sich.

»Ich weiß nicht, ob das dem Herrn Pfarrer recht ist«, sagt er. »Als Lehrer bin ich doch Kirchendiener. Ohne Zustimmung vom Pfarrer darf ich kein Geschäft annehmen.«

Der Schultes tröstet ihn. Natürlich habe er mit Pfarrer Abel schon gesprochen. Von kirchlicher Seite gebe es keinen Einwand, zumal das Gehalt als unständiger Junglehrer recht schmal ausfalle und ein kleines Zubrot auch im Interesse der Kirche sei.

»Und wenn mir der Schulmeister das neue Amt neidet?«, wendet der Provisor ein.

Auch hier weiß der Schultes die passende Antwort. Natürlich habe er mit dem Schulmeister gesprochen. Dass der alte Lehrer das Angebot abgelehnt hat, weil es ihm zu dürftig dotiert erschien, das verschweigt der Schultes.

»Und warum wird nicht der Lateinlehrer Ratschreiber, Herr Bürgermeister?«

Der Schultes verzieht das Gesicht. »Kann der überhaupt Deutsch, der Lateiner?« Und als der junge Mann zusammenzuckt, verkündet der Lindenwirt mit erhobenen Händen: »Der Stadtrat hat dich zum Ratschreiber gewählt, Provisor. In dich haben die Enzheimer mehr Vertrauen als in den lateinischen Gockel.«

Dem Provisor fällt kein Gegenargument mehr ein. Also hört er sich das Angebot genauer an: zwanzig Gulden jährlich, zusätzlich zu den hundert Gulden Jahresgehalt als Pädagoge, dazu jeden Sonntag ein kostenloses Mittagessen mit Getränk in der Linde.

Und welches Schreibzeug er bekomme, will der Provisor wissen, und wie lange er wöchentlich dafür arbeiten müsse. Das Lehramt dürfe nämlich unter der Schreiberei nicht leiden, denn sonst werde er von der Kirche nicht fest angestellt.

Der Schultes steht auf, geht in seine Schreibstube und bringt ein paar Kanzleibogen, ein Tintenglas und eine Gänsefeder.

Der Provisor verzieht das Gesicht. »Damit kann man weder schön schreiben, Herr Bürgermeister, noch schnell.«

Der Schultes sieht den jungen Mann ratlos an.

»Doch nicht Gänsefedern, Herr Bürgermeister! Haben Sie noch nie etwas von den englischen Stahlfedern gehört?«

Der Schultes schüttelt den Kopf, aber er hat sofort kapiert, dass es dem jungen Mann weniger auf den Lohn als auf die Ehre und das moderne Schreibgerät ankommt. Zutiefst bereut er, dass er schon zwanzig Gulden geboten hat. Aber zurück kann er nicht mehr.

Also fragt er kleinlaut, was denn das neumodische Zeug koste.

»Mit einem halben Gulden sind Sie dabei, Herr Bürgermeister«, sagt der Provisor.

»Für so ein bissle Blech so viel Geld?«

»Handgeschmiedet, Herr Bürgermeister, und aus England.« Der Lehrer merkt, dass er den Schultes am Stolz packen kann. »Die Herren im Oberamt werden vor Neid platzen, wenn Ihre Schreiben wie gedruckt aussehen.«

Der Schultes schluckt. Seine Hand zuckt über den Tisch. »Abgemacht, Provisor, schlag ein.«

Der junge Mann zögert. »Aber nur einen halben Tag in der Woche. Nicht länger?«

Der Schultes nickt.

»Und Papier, Tinte und Stahlfedern aus der Stadtkasse?«

Der Schultes nickt wieder.

»Nur mittwochs nach der Schule?«

»Ja!«, drängelt der Schultes, »aberjetza gilt's, Herr Lehrer!« Mit einer energischen Geste fordert er ihn auf, endlich einzuschlagen.

Der junge Mann tut ihm den Gefallen.

»Und wo kriegen wir die englischen Federn her?«, will der Schultes wissen.

»Die besorg ich«, sagt der Provisor und verschweigt, dass er vor etlichen Wochen ein halbes Dutzend von einem Kollegen erworben hat. Dem Schultes wird er sie stückweise und für den doppelten Preis abtreten.

»Aberjetza schreib!«, befiehlt der Schultes und lehnt sich auf seinem Stuhl zurück.

Der neue Ratschreiber schraubt das Tintenglas auf, taucht die Gänsefeder in den übel riechenden Saft und sieht den Schultes mit großen Augen an.

Das Stadtoberhaupt schließt huldvoll die Lider und diktiert blind. Er genießt es, nicht mehr ans Buchstabenmalen denken zu müssen.

»An den Kommandanten Hornschuh des königlich württembergischen Landjägerkorps.« Er öffnet seine Augen einen winzigen Spalt und linst, ob der junge Mann mitkommt. Doch der ist schon fertig und sieht ihn aufmerksam an.

Der Schultes schluckt und setzt sich wieder aufrecht an den Tisch. »Aberjetza machen wir's anders.«

Er steht auf, holt sich noch ein Bier und kommt zurück. »Ich erzähl dir, was ich gesehen und gehört hab. Und du nimmst das ganze Glump heim und schreibst einen schönen Bericht an unseren Polizeikommandanten. Einverstanden?«

Der junge Mann nickt dienstbeflissen und legt die Feder zur Seite. Der Schultes rückt dichter an den Tisch heran, schiebt die Gläser zur Seite und stützt seinen Kopf in beide Hände.

Und dann erzählt er dem Lehrer alles, was er im Stall mit eigenen Augen gesehen, was er von der Häfnerin und den Knechten und Mägden gehört und was ihm der Ochsenwirt erzählt hat.

Der Provisor lauscht mit offenem Mund und fragt schließlich: »Und wer hat dem Häfnerbauern den Strick um den Hals gelegt?«

Der Schultes schlägt mit der Hand auf den Tisch, dass die Gläser klirren. »Respekt, Provisor.« Er legt seine Hand wieder auf den Arm des jungen Mannes und rückt ihm vertraulich auf den Pelz. »Genau! Das muss ich wissen! Hilfst mir dabei?«

Der Junglehrer nickt.

»Die Leut schwätzen viel, wenn der Tag lang ist«, vertraut das Stadtoberhaupt seinem Schreiber an. »Gesindel soll es gwesen sein, Spitzbuben aus der Stadt … behaupten die Leute.«

»Wer?«

»Der Ochsenwirt ... und der Scharwächter auch.«

»Das glaube ich nicht«, entgegnet der Provisor.

Der Schultes kneift die Augen zusammen und sieht den jungen Mann aus schmalen Schlitzen listig an. »Wieso?«

»Reisendes Gesindel muss hindurch, Herr Bürgermeister.«

Ungläubiges Staunen.

»Durch unseren Ort hindurch. Sie verstehen?«

Der Schultes schüttelt den Kopf.

»Geflogen sind die bestimmt nicht. Durchreisen heißt nämlich: durch Enzheim hindurch ... reiten oder gehen oder schleichen. Egal wie, Spuren hinterlässt man immer.« Der junge Mann sieht den Schultes stät an. »Haben Sie die Leute schon befragt, die in den Gassen zum Häfnerhof wohnen?«

»Nein. Warum?«

»Vielleicht hat jemand etwas gehört oder gesehen. Durchreisende sind keine Gespenster, die sich in Luft auflösen können.«

Lina serviert das Mittagessen: Bratwürste mit Blaukraut und Kartoffelsalat.

Der Schultes taxiert die beiden Portionen und schiebt dem Junglehrer die größere zu. »Aberjetza, bevor ich's vergesse«, sagt er, »alles, was amtlich ist, musst du hälinge machen, streng vertraulich.«

»Sie können sich auf mich verlassen, Herr Bürgermeister«. Heißhungrig macht sich der Provisor über das Essen her.

Gerade schiebt der Hilfslehrer den Teller von sich und spült sich mit dem letzten Schluck Bier den Mund aus, da steht der Amtsbüttel neben dem Tisch, salutiert und setzt sich ungefragt dazu.

Er habe sich bei ein paar Bekannten rund um die oberen Tore umgehört. Das Geschrei vor dem Ochsen sei wüst gewesen. Aber Fremde habe man weder gesehen noch gehört.

»I bin zum Nachtwächterturm nauf«, berichtet der Büttel weiter. »Der Nachtwächter war scho wach, aber no im Bett.«

Jede ungerade Stunde habe der Wächter in jener Nacht aus dem Turm geschaut und sein Lied gesungen. Und jede gerade Stunde habe er seine Runde durchs Städtle gedreht.

Etwa eine Viertelstunde nach Mitternacht habe der Nachtwächter den Dubbeler vor dem Schlosstor getroffen. Der habe schwere Schlagseite gehabt und sei vermutlich deshalb nicht die steilen Staffeln durch die Weinberge zum Schloss hinauf, sondern der Fahrstraße nach durchs Schlosstor und über die Schlossberghalde heim. Nach halb eins sei der Wächter wieder auf seinem Ausguck im Turm gehockt: Nichts Besonderes. Eine halbe Stunde später habe er seinen dritten Rundgang durchs Städtle gemacht, durch die Schlosstorgasse und die Enzmauergasse bis zum Enztor hinab und die Hauptstraße wieder in die Oberstadt hinauf. Dabei habe er niemand gehört oder gesehen.

Dienstag, 14. April 1840

Das Begräbnis ist um ein Uhr. Eine Stunde vorher, gleich nach dem Zwölf-Uhr-Schlagen der Kirchenuhr, läuten alle Glocken. »Übers Grab läuten« nennen das die Enzheimer. Um halb eins erklingt zur Erinnerung und Mahnung nur eine Glocke; in Enzheim ist das die hellste Glocke, das Sterbeglöckchen. Wenn diese Glocke ertönt, dann heißt es im Städtle: »Hörst du das Zeichen?« Denn jetzt machen sich der Pfarrer, der Schulmeister als Mesner, die Oberstufenschüler und die Mitglieder des Gesangvereins auf den Weg zum Trauerhaus.

Zur selben Zeit sind im Häfnerhaus die Verwandten und engsten Bekannten des Toten versammelt. Auch die vier Sargträger sind schon da. Schweigend stehen und sitzen die Angehörigen und die Gäste in der Wohnstube und in der Küche und warten auf das Zeichen. Sobald es ertönt, nehmen die Männer den Hut vom Kopf, und alle Anwesenden falten die Hände und beten ein stilles Vaterunser. Kaum ist die Glocke verklungen, legen die Sargträger den Toten in den Sarg, der mit Hobelspänen ausgepolstert ist. Dann nageln die vier Schwarzen, wie man in Enzheim sagt, den Deckel auf den Sarg. Für alle, die in und ums Haus sind, wird so hörbar, dass die Karlene ihrem Hermann einen eigenen Sarg gekauft hat. Denn bei den meisten Beerdigungen werden dem Leichenzug der Leihsarg, der natürlich nicht zugenagelt wird, oder die verhüllte Leichenbahre vorangetragen. Die Mietleich, wie man hier sagt, nehmen dann die Schwarzen vor der Grablegung aus dem Sarg oder von der Bahre und bestatten sie, von der Einnäherin eingenäht, im Tuch. Nur die besseren Leute gönnen ihren Toten einen eigenen Sarg.

Die Schüler stellen sich vor dem Trauerhaus auf und singen, dirigiert vom Schulmeister, das Lied »Die Christen gehen von Ort zu Ort«. Die Häfnerbäuerin merkt, dass es an der Zeit ist, Trauer zu zeigen. Sie zieht den schwarzen Tüll von ihrem Hut übers Gesicht und schnäuzt sich demonstrativ die Nase. Die Kirchenglocken melden sich zum dritten Mal und läuten dem Häfnerbauern zur Leich.

Die Sargträger haben nur auf dieses Läuten gewartet. Sie schultern den Sarg, und der Trauerzug setzt sich in Bewegung, langsam, getragen, dem Anlass entsprechend – und der Ausdauer der Leute. Denn es geht immer bergauf: aus dem Haus, über den Hof, ein paar Schritte die Lange Gasse hinauf, links durch den vorderen Zehntscheuerweg, das Wuselgässle entlang, über die Hauptstraße hinweg und die Paul-Gerhardt-Gasse hinauf bis zum Friedhof. In jeder Gasse schließen sich neue Trauergäste an, denn das ganze Städtle geht mit zur Leich. Der Pfarrer zuerst, dahinter die Witwe, dann die Verwandten und Hermanns Gesinde und schließlich die Enzheimer. Jedes Haus, so ist es Brauch, muss beim Begräbnis mit wenigstens einem Bewohner vertreten sein.

Das Wetter ist dem Anlass gemäß: bewölkt, trüb und kühl. Aber zum Glück für die Trauergemeinde regnet und windet es nicht.

Der Schultes reiht sich gleich hinter den Verwandten in den Trauerzug ein. Rechts neben ihm geht der Schulmeister als Mesner und Dirigent des Schülerchores, links der Provisor als Chorleiter des Gesangvereins.

»Hast das Protokoll fertig?«, zischt der Schultes.

Der junge Lehrer nickt. Er zieht einen Kanzleibogen, auf allen vier Seiten eng und musterhaft beschrieben, aus seinem Kittel und gibt ihn dem Stadtoberhaupt. Der wirft einen kurzen Blick drauf. »Sauber, sehr schön«, lobt er und klemmt sich das Papier hinter die Hosenträger, die er unter der schwarzen Feiertagsjacke trägt. »Wir reden nachher im Wirtshaus.«

Die Häfnerin wirft dem Schultes einen fragenden Blick zu, deshalb flüstert er ihr von hinten ins Ohr: »Älles isch in Ordnung, Karlene. Aberjetza kannsch dein Hermann anständig vergrabe.«

In der Linde sind die Tische reich gedeckt. Die Gäste setzen sich in Gruppen, die wie von allein entstehen: In der Saalmitte die Trauerfamilie, daneben die Verwandten und engsten Freunde des Häfnerbauern. Drumrum die reichen Handwerker, Bauern und Weingärtner von Enzheim, die drei und mehr Pferde und einen Hof mit Wohnhaus, Stall und Scheune besitzen. Dann folgen in der Sitzordnung die Zweirössler, die zwei Pferde im Stall stehen haben. Und mit den Katzentischen, die an den Wänden der Gaststube entlang aufgereiht sind, müssen sich die Seldner begnügen, die nach der bäuerlichen Rangordnung ganz unten stehen und denen vielleicht eine oder zwei Kühe gehören, ganz selten auch ein Pferd. Jeder Hagelschlag und jede Dürre bringt sie in Not, weshalb sie sich als Tagelöhner bei den reichen Bauern und Weingärtnern verdingen oder auf kommunale Fleckendienste hoffen, die ihnen wenigstens den Sommer über etwas Geld einbringen.

Als alle Gäste Platz gefunden haben, spricht der Pfarrer den Segen. Die Häfnerin geht von Tisch zu Tisch und bittet die Gäste, kräftig zuzugreifen; es sei genug da. Nach der Suppe werden Fleisch, Meerrettich und Brot serviert. Lina schenkt reichlich Alkoholisches aus. Die Stimmung im Saal kommt allmählich aus dem Keller der Betroffenheit, erholt sich im Erdgeschoss der Lebensgeister und steigt viertelstündlich bis auf die Höhe der allabendlichen Lebenslust hinauf.

Ja, beim Leichenschmaus in Enzheim geht's oft lustiger zu als bei einer Stuttgarter Hochzeit. Auch der Lärmpegel steigt. Die Häfnerin geht in die Küche und bittet die Lindenwirtin, Käse und Leichenwecken anzubieten, gewissermaßen als kleine Zwischenmahlzeit, damit der Alkohol nicht gar so rasch wirkt.

Schließlich, es sind inzwischen über drei Stunden vergangen, kommen Kaffee und Hefezopf auf den Tisch. Das ist für jedermann das Zeichen, dass in etwa einer halben Stunde der Leichenschmaus vorüber ist und der Alltag beginnt. Aber viel zu tun bleibt den Leichgängern nicht mehr, denn es ist schon fünf Uhr. Bis man zu Hause ist und wieder die Alltagskleidung angelegt hat, läuten auch schon bald die Glocken den Feierabend ein. Also entschließt sich der eine oder andere, sitzen zu bleiben und den Tag auf eigene Rechnung in der Linde ausklingen zu lassen.

Der Lindenwirt hat dem Provisor in dem Augenblick, als der Hefezopf auf den Tisch kam, ein heimliches Zeichen gegeben und ist mit ihm in seiner Amtsstube verschwunden. Die Tür hat er fest verschlossen. Seine Tochter überwacht für ihn in der Zwischenzeit die Schankstube.

Er liest den ausführlichen Bericht teils laut, teils leise durch, fragt hier nach und kommentiert dort noch einen Satz. Aber insgesamt ist er mit dem, was da steht, sehr zufrieden.

»Eins noch, Herr Lehrer«, der Schultes kratzt sich vor Verlegenheit am Hinterkopf. »Ganz zum Schluss schreibst noch hin, dass kein Enzheimer schuldig ist.«

»Aber, Herr Bürgermeister …«

Der Schultes fällt ihm ins Wort: »Ich weiß, durchreisendes Gesindel und Spurensuchen. Aber mir geht's ums Ganze. Du verstehst?«

Der junge Mann ist verwirrt. Hilflos schaut er um sich.

»Aberjetza könnt's ja sein, wir finden nichts. Wie steh ich dann da?«

Dem Lehrer dämmert's. Er grinst.

»Aber noch blöder wird's, wenn wir etwas finden. Wenn einer aus unserem Städtle den Häfner im Suff gemeuchelt hat, soll ich den dann deswegen köpfen lassen?«

Der Provisor nickt versonnen, bittet den Schultes um Feder und Tinte und ergänzt seinen Bericht mit einem einzigen Satz: *»Nach einhelliger Meinung in der Bevölkerung als auch nach*

Lage der Dinge ist durchreisendes Gesindel für diese Tat verantwortlich.« Weil die Schlussbemerkung mit der Gänsekielfeder geschrieben ist, die sehr viel breiter schreibt als die Stahlfeder, wirkt der letzte Satz herausgehoben und sticht sofort ins Auge.

»Sehr gut«, sagt der Schultes. Wortlos verschwindet er in der Gaststube und kehrt gleich drauf mit der Häfnerin und ihrem Knecht Willy zurück.

»Der Lehrer ist unser neuer Ratsschreiber«, erklärt er die Anwesenheit des jungen Mannes. »Provisor, lies vor, was ich an den Polizeikommandanten geschrieben habe.«

Der junge Mann liest laut und zügig den ganzen Bericht vor und betont den letzten Satz.

»Unterschreiben!«, befiehlt der Schultes und will nach der Feder greifen, doch der Lehrer kommt ihm zuvor.

»Erst muss ich doch noch hinschreiben, wer die zwei sind«, entschuldigt sich der Provisor. »Der Herr Landjägerkommandant kennt doch die Leute in unserem Städtchen nicht.«

Der Schultes deutet mit einem Wink an, dass er einverstanden ist.

Der neue Amtschreiber vermerkt also unter dem letzten Satz: »*Die vorstehenden Angaben bestätigen Karla Häfner, Witwe des Verblichenen, und Willy, Knecht am Häfnerhof.*«

»So, bitte«, sagt er, taucht die Feder in die Tinte, streift sie am Glas ab und reicht sie zunächst der Häfnerin. Mit dem Zeigefinger pocht er auf den freien Platz unter ihrem Namen und passt auf, dass sie sein Dokument nicht im letzten Augenblick noch verschmiert. Die Bäuerin macht ihr Handzeichen, also drei Kreuze. Dann ist der Knecht an der Reihe; er kann seinen Namen zügig schreiben.

Mittwoch, 15. April 1840

Der Schnellreich geht so bedächtig vor sich hin und will gerade von der Habsburger Straße in die Hauptstraße einbiegen, als ihm August über den Marktplatz entgegenkommt.

»Grüß Gott, August, was schaffsch?«, fragt er betont freundlich.

»Gschäft, Gschäft.«

»Und jetzt?«

»Fahr ich weiter … Wein kaufen.« Der Lange streicht sich mit zwei Fingern die Wange hinauf und grinst den Schnellreich an. »Und was schaffst du? Geld zählen?«

Die steten Hinweise aufs Geld ärgern den Schnellreich schon lang. Alle tun so, als würde er zu Hause die Gold- und Silbergulden mit der Schaufel zählen. Dabei hat er nur einen guten Riecher fürs Geld. Dass er ein bisschen schneller als andere ist, wenn es darum geht, ein gutes Geschäft zu machen, das anerkennen die Leute nicht. Aber er lässt sich nichts anmerken. »I bin in dr Zehntscheuer gwä und han guckt, ob no älles da isch.«

»Hast nach dem Tod vom Häfner noch recht viel auf die Seite gschafft?«

Dem Schnellreich verschlägt es die Sprache. Das geht zu weit. Das lässt er sich nicht gefallen.

»Juckt's dich net am Hals?« Damit er richtig verstanden wird, ahmt er das Geräusch des Fallbeils nach: »Fffft!« Mal sehen, wie dünnhäutig der Lange ist.

Schlagartig gefriert dem August das Grinsen. Er wirft den Kopf zurück. Seine Züge werden hart und die Augen zu schmalen Schlitzen. Wütend starrt er zurück.

»Und?«, reizt ihn der Schnellreich weiter. »Warum warsch geschtern net auf dr Leich vom Hermann? I bin dort gwä. I han saubere Händ.«

Das hat gesessen. August kratzt sich an seinen weit abstehenden Ohren.

»So a schöne Leich kriegsch du net«, entfährt es dem Dicken, ironischer als er es eigentlich beabsichtigt.

Der Lange hält dem Blick stand. »Du weißt ganz genau, dass der Hermann noch am Leben war, als ich naus bin.« Er wirft dem Schnellreich einen verächtlichen Blick zu.

»Aber du warsch dr Letzte!«

»Was meinst damit? Komm, sag's mir ins Gesicht!«

Volltreffer! Jetzt ärgert er sich richtig. »Dr Büttel horcht sich im Städtle um.«

»Euer Kirchendusler?« August verzieht sein Gesicht zu einem süßlichen Lächeln.

»Dr Schultes will halt wisse, wer de Häfner auf em Gewisse hat.«

»Deshalb rat ich dir gut: Halt dein freches Maul!«

»Isch net mein Strick.«

»Meiner auch net. Hab ich dir schon einmal gsagt. Außerdem ist der Schultes viel zu blöd, als dass er etwas rauskriegt.« Der Dünne macht eine wegwerfende Geste.

»Und wenn doch?«

»Dann bist du der Erste.«

»Warum?«

»Weil die Leut dich net leiden können, wegen deinem Geld.« August sieht den Schnellreich überheblich an. Dass er sich mit dem Kerl eingelassen hat, ärgert den Schnellreich schon lange. Ein Geschäft noch, dann ist Schluss. Dann sucht er sich einen neuen Kompagnon, einen, der mehr Respekt vor ihm hat.

»Schmeiß ihm halt einen Köder hin?« August grinst.

»Wem?«

»Dem Schultes!«

»Dass dr Schultes anbeißt, dees glaubsch doch selber net.«

»Der ist genauso geldgierig wie du.« August wendet sich ab und schlendert zu seinem Wagen hinüber.

Plötzlich wird dem Schnellreich klar, dass er sich jetzt nicht mit August zerstreiten darf, sonst ahnt der Schultes etwas. Er eilt dem Langen hinterher. »Komm, August, lass gut sein.«

August bleibt stehen und sieht den Dicken kühl an.

»Was mache wir jetzt, August?«

»Maul halten und in aller Ruhe weiterschaffen.« Er kickt einen flachen Kiesel, der auf dem Marktplatz liegt, mit einem kräftigen Stoß weg. Der Stein flitzt über den Platz, springt mehrmals von Pflastersteinen weg und hüpft schließlich in ein Loch.

»Und wann krieg i mei Geld, August?«

Der Lange sieht den Schnellreich überlegen an und grinst. »Wenn du mir auch den Rest gliefert hast. Vorher net. So ist's abgmacht.«

Als der Schnellreich widersprechen will, fährt ihn der August hart an.

»Aber August …«

»Nix August! Du hast von mir was wollen, net ich von dir.«

»Jetzt komm, reg di net auf.«

»Du hast mir das Zeug angedreht, net ich dir. Also wart gefälligst, bis …«

»Ich han doch große Ausgabe ghabt, August.«

»Du nagst net am Hungertuch. Ob du dein Geld heut oder morgen kriegst, ist doch egal.«

Jeden Mittwochvormittag verzieht sich der Schultes im Wengerthäs in seine Weinberge, und jeden Mittwochnachmittag waltet er im Rathaus seines Amtes als Stadtoberhaupt. Nur heute dreht er den Zeitplan um. Erst will er sehen und hören, ob an dem Gerücht vom durchreisenden Gesindel doch etwas dran ist.

Gegen acht Uhr macht er sich ins Städtle auf. Er geht die Hauptstraße bis zum Enztor hinab, das unbewohnt und nachts unbewacht ist. Von dort schlendert er wieder stadtaufwärts, die Enztorgasse und die Judengasse hinauf bis zur Betnoppelgasse, die zur Langen Gasse und damit zum Häfnerhof führt.

Unterwegs schaut er in diesen und jenen Hof hinein, sagt hier ein paar Worte und lässt sich dort ein paar Bemerkungen entlocken. Er sucht den Kontakt zum Volk und legt es darauf an, dass ihn die Leute von sich aus nach dem Tod des Häfnerbauern fragen. So kann er durch bloßes Zuhören erkunden, ob Fremde in den letzten Tagen im Ort gesichtet wurden.

Nach neun Uhr sei es still auf den Gassen und in den Höfen gewesen, versichert man ihm, denn die Arbeit im Stall sei um die Zeit längst erledigt. Aber die Schnapsgurgler habe man nach Mitternacht lärmen hören, mal lauter, mal leiser, mal näher, mal weiter entfernt. Besonders den Scharwächter habe man herausgehört.

Der Schultes will es genauer wissen. Er betritt, dem alten Beginenkloster gegenüber, das letzte Haus in der Betnoppelgasse. Von dort aus kann man die Lange Gasse hinauf bis zum Häfnerhof sehen.

Es ist das Haus des katholischen Webers, ein Taglöhnerhäuschen, unten der Stall und oben die winzige Wohnung und die Werkstatt. Durchs Stallfenster sieht man zwei Kühe und drei Schweine im Dämmerlicht stehen. Für die Hühner ist ein Loch in die Außenwand geschlagen, über das von innen ein Stofflappen gehängt ist. Auf einer kleinen Hühnerleiter gelangt so das Federvieh aus dem Stall direkt in einen kleinen, umzäunten Auslauf.

Der Schultes geht ums Haus herum und hört, noch ehe er die Werkstatt betritt, den Webstuhl klappern. Über eine halsbrecherische Außentreppe erreicht er den ersten Stock, wo zuerst die Tür zur Weberei ist und drei Schritte weiter der Eingang zur Wohnung.

Je näher er der Werkstatt kommt, desto lauter klingen die hölzernen Schäfte mit den Litzen im Takt, wenn sie abwechselnd unterschiedliche Kettfäden heben und senken. Und dazwischen immer ein dumpfer Doppelton, wenn der Kamm zweimal an das schon fertige Gewebe geschlagen wird.

Der Schultes hält einen Augenblick inne und überlegt, wie er seinen Besuch erklären könnte. Dann geht ein Wetterleuchten über sein Gesicht. Er klopft energisch an die Tür und öffnet sie, ohne das »Herein« abzuwarten.

In der engen, düsteren Kammer sitzt der Weber und bedient mit Händen und Füßen den Webstuhl. Er ist ein kleiner Mann, abgeschafft, dürr, zierlich, aber mit einem heiteren Gesicht. In Enzheim ist er sehr beliebt, weil er für jeden ein freundliches Wort hat. Auch für seine Gerechtigkeit, Ehrlichkeit und Geradlinigkeit ist er im ganzen Städtle bekannt. Der Weber haust mit Frau und acht Kindern in der engen Wohnung.

Wahrscheinlich, fährt's dem Schultes beim Eintreten durch den Kopf, schläft hier in der Werkstatt ein Teil der Familie. Es ist übrigens die einzige katholische Familie im Ort. Deshalb fühlt sich der Schultes erst recht verpflichtet, dem ehrbaren Handwerker von Zeit zu Zeit seine Aufwartung zu machen. Er unterstützt ihn so gut er kann, ohne die beiden anderen Weber im Ort, die zwar evangelisch, aber lang nicht so beliebt sind, vor den Kopf zu stoßen.

Der Weber hat offenbar das Klopfen nicht gehört. Als er das Stadtoberhaupt so plötzlich vor sich stehen sieht, schrickt er zusammen und stoppt sofort seinen Arbeitstakt.

»Guten Morgen, Schultes. Was verschafft mir die Ehre?«

»Morgen, Robert. Aberjetza brauch ich mal wieder ein paar Tischdecken für meine Wirtschaft.«

Der Weber krabbelt von seiner Bank herunter und schlüpft unter seinem Webstuhl durch. Neben dem Schultes, der ihn fast um einen Kopf überragt, scheint er nur aus Haut und Knochen zu bestehen. Daran sind nicht nur die Armut im Weberhaus schuld, sondern auch die schlechte, stickige Luft in der Werkstatt und die langen Arbeitstage. Eine Familie mit acht Kindern auf ehrliche Weise zu ernähren, das kostet viel Kraft, eigentlich mehr als der Weber hat. Bis vor wenigen Jahren hat er seine Kundschaft in den Dörfern um Enzheim herum aufgesucht und als Lohnweber auf der Stör gearbeitet.

Nun hat er zum Glück so viel Kundschaft, die zu ihm nach Hause kommt, dass er als Stückweber seinen Unterhalt verdienen kann.

»Im Schrank hab ich das Aufmaß«, sagt der Weber und geht hinaus. Er kommt gleich wieder und hat ein Heft in der Hand, sein Auftragsbuch.

Er blättert darin, vertieft sich einen Moment in seine Notizen und fragt: »Willst wieder braune Decken? Und die gleichen Maße wie beim letzten Mal?«

»Noi, Robert. Die Maße wie letzthin, klar. Aber meine Minna will mal was Grünes in der Linde. Was Lindgrünes, hat sie gsagt.«

»Rosa wär aber was ganz Feines, Schultes«, empfiehlt der Weber, »ich hol dir ein Muster.«

Doch sein Besucher winkt gleich ab. Die Farbe sei zwar schön, aber schmutze doch arg. Da müsse man ja jede Woche eine frische Decke auflegen. »Noi, noi, Robert, wir bleiben beim Grün.«

»Heller oder dunkler?«

»Lieber dunkler.«

»Lindgrün ist aber Hellgrün.«

»Noi, Robert, du weißt schon, dunkler wegen der Sauberkeit. Ratzfatz schmeißt einer sein Bierglas um …«

»Wart einen Augenblick, Fritz. Bin gleich wieder da«, sagt der Weber und geht nochmals hinaus. Als er wiederkommt, hat er fünf Stoffmuster in der Hand. Die hängt er sich über den ausgestreckten linken Arm und präsentiert seinem Kunden die Farben.

Der Schultes prüft die Muster. Ausgiebig reibt er sie zwischen Daumen und Zeigefinger, eins nach dem andern. Und zu jedem sagt der Weber, wie viel Jahre der Stoff hält und wie teuer er ist. Dem Schultes gefällt ein dunkelgrüner Stoff am besten, den ein brauner Kettfaden durchzieht.

»Aberjetza, was meinst, Robert?« Der Schultes tritt einen Schritt zurück und kneift ein Auge zu. »Das Muster ist net derb und gibt der Gaststub einen flotten Pfiff.«

»Da hast du dir ganz was Feines rausgsucht, Schultes. Deine Minna wird mit dir zufrieden sein.«

»Also machst mir zwanzig Stück.«

»Bis wann willst die Decken, Schultes?«

»Bis Pfingsten?« Der Lindenwirt sieht den Weber prüfend an. »Meine Minna dät sich bestimmt freuen, wenn sie am Pfingstsonntag die neuen Decken auflegen könnt.«

Der Weber legt die Stoffmuster auf seinen Webstuhl und wirft einen kurzen Blick in sein Auftragsbuch. »Bis Anfang Juno, meinst?«

Er überlegt kurz und sieht seinen Kunden nachdenklich an. Dann kratzt er sich am Ohr, weil er sich den Termin abringen muss. Schließlich überzieht ein Lächeln sein Gesicht: »Einverstanden.« Er hält dem Lindenwirt die Hand hin, und der schlägt ein.

Der Schultes wendet sich zum Gehen, bleibt jedoch für eine Sekunde ruckartig stehen und seufzt, gerade so, als drücke ihn eine schwere Last.

Der Weber, der nicht neugierig ist, will Anteil nehmen am schweren Los seines Stadtoberhaupts. »Musst viel schaffen, Schultes?«

»Ha no«, Fritz Frank schnauft tief auf, »viel Geschäft in der Linde, im Wengert, im Rathaus … Ich sag bloß Jörgentag … Und jetzt auch noch die Sach mit dem Häfner.«

Der Weber hört aufmerksam zu, fragt aber nicht nach.

Deshalb fährt der Schultes fort: »Aber wenn du mich schon so fragst, was reden denn die Leut über die Sach?«

Der Weber wiederholt, was alle sagen: Der Tod sei für den Hermann viel zu früh gekommen und ein Unglück für die Witwe und den Hof obendrein. Manche meinen, der Häfner wäre noch am Leben, wenn er einen anderen Umgang gehabt hätte. Aber einen Mord? Nein, einen Mord traue er niemandem im Ort zu.

»Aberjetza Robert, der Osterhas war's bestimmt net.«

»Natürlich net, Fritz. Aber überleg doch. Wer in unserem Städtle dreht dem Hermann die Gurgel zu? Weißt einen?«

Der Schultes schüttelt den Kopf.

»Siehst! Ich weiß auch keinen.«

»Fremde Bagasch?«

»Ja, so sagen d'Leut. Aber ich hab keinen Fremden in der Nacht auf Palmsonntag gsehen und ghört.«

Er habe an jenem Abend, wie jeden Samstag, bis weit in die Nacht hinein gearbeitet und einfache Meterware hergestellt. Die könne man auch bei Dunkelheit und im Schlaf weben. Immer wieder habe er eine kleine Pause gemacht und in die Nacht hinausgehorcht. Kein Geräusch, erst recht keine Schritte, weder auf der Gasse, noch in den Höfen.

Er führt den Schultes ans Fenster. »Schau, Schultes, die Lange Gass seh ich fast bis zum Weinmarkt nauf. Wenn da wer zwischen den Häusern rumschleicht, dann seh ich den, auch ohne Laterne.«

Der Weber überlässt seinem Gast den Fensterplatz, stellt sich hinter den Schultes und fährt mit seinem Bericht fort: Nach Mitternacht habe er die Schnapsgurgler die Maulbronner Gasse herab lärmen hören. Aber auf die versoffenen Kerle achte er schon lange nicht mehr; das sei samstags immer so.

Komisch, meint der Schultes, alle Leute sagen, nur Fremde kämen für den Mord infrage, aber niemand habe Auswärtige gesehen oder gehört.

Die Lange Gasse, die zum Häfnerhof führt, habe zwei Enden, entgegnet der Weber. Von unten, vom Enztor her, habe er den Einblick. Und für diesen Zugang zur Stadt und zum Häfnerhof könne er bezeugen: keine Fremden in jener Nacht. Aber ob jemand von der Oberstadt her in den Ort gekommen sei, das wisse er nicht. Am besten könne der Schuster Meder Auskunft geben. Der wohne genau gegenüber vom Ochsen und sehe die ganze Burgunder Straße hinunter bis zum Schlosstor. Und dann müsste man noch einen fragen, der am Ende der Habsburger Straße wohnt und das Wengerttor im Blick hat.

Der Schultes hat genau zugehört, auch wenn er immer noch wortlos die Lange Gasse hinaufstiert.

Der Schultes verabschiedet sich und wünscht dem Weber ein gesegnetes Osterfest. Und der Weber dankt für den Auftrag und bittet, der Lindenwirtin seine besten Grüße zu sagen.

Das Mittagessen nimmt der Schultes schon in Arbeitskleidung ein. Er trägt jetzt eine abgeschabte gelblederne Kniehose mit Knieriemen, wie sie vor gut zwanzig Jahren noch in Mode war. Die Hosenträger spannen sich über ein ausgefranstes und oft geflicktes Leinenhemd. Seinen Ranzen, wie man zum Bauch in Enzheim sagt, bedeckt ein alter Zwilchkittel, den sein Vater noch als Sonntagsrock getragen und den ihm der Schneider mit Ölfirnis wasserdicht gemacht hat. Darüber hat er einen blauen Schurz geschnürt. Die Füße stecken in genagelten Halbstiefeln. Und die dichten, störrischen Haare werden von einer blauen Schildkappe mit lackiertem Lederschild zusammengehalten.

Gerade legt der Schultes den Löffel beiseite und will sich in seinen Wengert aufmachen, als der Provisor zur Gasthaustür hereinkommt.

Der Schultes schaut ihn fragend an und schlägt sich dann an die Stirn.

»Ja, verreck, heut ist Mittwoch, gell?«

Er bittet seinen Schreiber um Entschuldigung, dass er die Absprache vergessen hat. Sie sei halt neu und noch ungewohnt. Eigentlich habe der junge Mann mit dem Brief an die Gendarmerie seine Arbeit für diese Woche schon gemacht.

Der Provisor wendet sich zur Tür, doch der Schultes hält ihn fest und fragt ihn, ob er sich den Lohn für den ganzen Monat April verdienen möchte. Dann datiere er den Beginn der Schreiberei auf den Monatsanfang zurück. Das komme der Gemeinde und ihm sehr zugute, denn am 23. sei Jörgentag.

Der junge Mann ist dazu bereit, fragt aber vorsichtig, ob sich das auch aufs zugesagte Essen und Trinken beziehe.

»Freilich«, sagt der Schultes.

Der junge Mann nickt.

»Also hast bei der Gemeinde auch noch zwei Essen gut.«

Der Provisor nickt erneut.

Aber er hat nicht verstanden, was sein neues Amt mit dem Jörgentag zu tun hat. Deshalb bittet er um Aufklärung.

Der Schultes setzt ihm lang und breit auseinander, dass jede Gemeinde ihre Buchhaltung von Georgi bis Georgi führen müsse. Georgi ist nämlich so etwas wie der behördliche Neujahrstag. Auf diesen Termin muss jeder Schultheiß Soll und Haben seiner Gemeinde bilanzieren, offene Rechnungen begleichen und alte Schulden abrechnen.

Außerdem hat er an dem Tag die Fleckendienste neu zu besetzen und allerlei obrigkeitliche Berichte und Tabellen anzufertigen.

Der Provisor schüttelt den Kopf: »Fleckendienste?«

»Das ist unser Sommerpersonal, das von Georgi bis Martini fürs Rathaus schafft«, sagt der Schultes und zählt auf, wofür es in Enzheim Fleckendienste gibt: Waldschütz, Feldschütz, Nachtwächter, Amtsbüttel, Gemeindehirte, Kelterknecht, zwei Holzknechte, Farrenhalter, Gemeindeschäfer, Fronmeister, zwei Obsthüter, zwei Wengertschützen, drei Wegknechte, die als Vorspann den Fuhrleuten helfen die Schlaglöcher zu füllen, und die Hebamme.

»Jetzt versteh ich gar nichts mehr, Herr Bürgermeister«, sagt der Provisor.

Die Hebamme zähle von alters her auch zum Sommerpersonal, sagt der Schultes, weil die meisten Kinder im Sommer und Herbst auf die Welt kommen.

»Warum, Herr Bürgermeister?«

»Weibersach. Das musst die Hebamm fragen.« Er packt den jungen Mann am Arm und ruft seiner Tochter beim Hinausgehen über die Schulter zu: »Geh, Lina, bring dem Provisor nachher a Krügle Moscht ins Rathaus.«

Er führt ihn, weil das sowieso auf seinem Weg in die Weinberge liegt, die Hauptstraße hinauf ins Rathaus.

In seiner Amtsstube öffnet er den großen Eichenschrank, der hinter dem Schreibtisch steht. Darin ist die Registratur, vor allem die Schultheißen-, Gerichts- und Gemeinderatsprotokolle sowie die Bau-, Feuerbeschau- und Waisengerichtsakten.

Er holt dieses und jenes Stück aus dem Schrank, bläst den Staub der Jahrhunderte weg und erklärt seinem neuen Gehilfen, was man als Schultes zu schreiben hat.

Zum Schluss deutet er auf ein Buch mit Lederrücken. »Da drin sind die Gemeindevisitationen.« Und als er den fragenden Blick des jungen Mannes sieht, ergänzt er: »Alle paar Jahre kommt der Oberamtmann und prüft, wie ich mein Amt führe.«

Am Jörgentag, fährt der Schultes fort, müssen drei Arbeiten fertig sein: die Haushaltsbilanz, die Liste des Sommerpersonals und der Feuerbericht.

Der Schultes nimmt ein dickes Aktenbündel aus dem Schrank, knotet die Hanfschnur auf und sagt: »Heut machst den Fleckendienst und nächste Woche den Feuerbericht.«

Das vorgesetzte Oberamt wolle jedes Jahr Auskunft über Feuerglocke, Feuerspritze, Feuerreiter und alles andere, was man zum Feuerlöschen brauche. Er rät dem jungen Mann, die ledernen Löscheimer und die Feuerleitern, die im Erdgeschoss liegen, zu zählen, denn jeder Neubürger müsse der Gemeinde außer dem Bürgergeld auch einen neuen Ledereimer stiften. Alles andere könne er vom letztjährigen Bericht abschreiben.

Der Provisor grinst und nickt, er hat verstanden. »Sie können sich auf mich verlassen, Herr Bürgermeister.«

Er kramt aus der Hosentasche ein Papier hervor, faltet es auseinander und entnimmt ihm eine englische Stahlfeder.

Der Schultes schaut neugierig und irritiert zu. »So viel Geld für so ein bissle Blech?«

Der Provisor macht ein bedenkliches Gesicht.

»Aber schön schreibt's, dees Glump.« Der Schultes will seinen Lederbeutel aus der Hosentasche ziehen und schlägt sich an die Stirn: »Der ist in meiner andre Hos!« Treuherzig schaut er auf. »Dreißig Kreuzer, so wars doch ausgmacht?«

Der Provisor nickt.

»In meiner Schaffhos hab ich nie Geld. Kriegst morgen einen halben Silbergulden.«

Der junge Mann deutet mit einer Geste an, dass er einverstanden ist.

»Setz dich auf meinen Platz, Provisor«, sagt der Schultes, »ich muss jetzt schaffen!«

Er hat schon die Türklinke in der Hand.

»Probier den Most, wenn ihn die Lina bringt. Vergiss es net, gell! Beim Abendläuten bin ich wieder da. Und dann reden wir übers Mörderfangen.«

Er schließt die Tür von außen und lässt seinen Schreiber allein.

Bald nach dem Sechsuhrläuten kehrt der Schultes abgeschafft und verschwitzt ins Rathaus zurück.

Er schiebt sich die Mütze ins Genick und strahlt übers ganze Gesicht: Sein Schreiber hat den Feuerbericht samt Übersicht über die Backhäuschen fertig. Außerdem hat er die Liste des neuen Sommerpersonals geschrieben und auf den 23. April vordatiert.

Und die Belege für den Haushaltsbericht hat er auch schon sortiert und dazu Fragen notiert, die ihm der Schultes rasch beantwortet.

Fritz Frank klopft dem jungen Mann auf die Schulter, bedankt sich überschwänglich für die gute Arbeit und fordert ihn auf, in die Linde mitzukommen. Dort warte das erste nachträgliche Sonntagessen auf ihn.

Gemeinsam gehen sie die Hauptstraße hinab.

In der Linde hockt sich der Schultes auf seinen Platz. Er ist müde und durstig. »Lina!«, schreit er und nimmt die Kappe ab, »geh, bring uns zwei Bier!«

Gönnerhaft fordert er den Provisor auf, sich zu ihm zu setzen.

Lina eilt im Laufschritt herbei und serviert zwei Bier. Sie bleibt am Tisch stehen, denn sie weiß, was jetzt kommt.

Der Schultes schnappt sich ein Glas, sagt knapp »Prost!«, leert es in einem Zug und reicht es wortlos seiner Tochter, die es sofort wieder füllt.

Und dann erzählt der Schultes lang und breit. Heute ist er auf dem Schlossberg mit dem Aufbinden der Reben fertig geworden. »Ein Saugeschäft! Provisor, das glaubst du nicht, wenn du es nicht schon einmal selber gemacht hast.«

Er gähnt und fährt sich mit der Hand übers Gesicht, steht auf, geht in die Küche, wäscht sich Gesicht und Hände am Spülstein und kommt in die Schankstube zurück.

Gestern, sagt er zum Lehrer und setzt sich wieder, habe er sich in der Unterstadt umgehört. Jeder weise den Gedanken von sich, ein Enzheimer könnte der Mörder sein. Und trotzdem habe man in der fraglichen Nacht keinen Fremden in Enzheim gesehen.

Der Provisor hört aufmerksam zu und starrt vor sich hin. In Gedanken dreht er das Bierglas zwischen seinen Händen hin und her. »Also, Herr Bürgermeister«, sagt er endlich, »der Häfnerbauer ist tot; das steht fest. Und warum ist er tot?«

»Weil ihm einer den Strick …«

»So mein ich's nicht, Herr Bürgermeister. Warum hat der Mörder das gemacht?«

»Vielleicht hat's Streit gegeben.«

»Mit seiner Frau hatte der Häfnerbauer doch Ärger.«

»Die hen doch net gstritte. … Nein, nein, da bist du auf dem Holzweg. Außerdem, Provisor, wenn die Karlene im Stall gewesen wäre, dann hätten das ihre Knechte und Mägde gehört. Die Holztreppe knarrt bei jedem Schritt, und die Haustür quietscht. Ich hab's selber gehört. Und der Hermann hätte auf dem Weg durchs Haus geplärrt, wenn sie mit ihm gegangen wäre. Der war doch sternhagelvoll. In dem Zustand ist man nicht leise.«

»Oder der Häfnerbauer ist überfallen und ausgeraubt worden.«

Der Schultes hebt überrascht den Kopf und sieht den jungen Mann lange an. Mit der Zunge beult er seine rechte Wange aus und denkt nach. »Ausgeraubt?«

Er reibt sich das Kinn. »Ausgeraubt?« Er kratzt sich an der Schläfe. »Dazu müsste der Häfner Geld bei sich gehabt haben.«

»Oder im Stall war etwas versteckt«, ergänzt der Provisor.

»Oder das.« Der Schultes verspricht, beides noch in dieser Woche zu klären. »Wissen dät ich gern«, sagt er und schaut nachdenklich vor sich hin, »was im Kopf von einem Mörder vorgeht?«

»Ich wüsst schon ein paar Gründe«, erwidert der junge Mann. »Im Lehrerseminar haben wir gelesen, was der berühmte Pestalozzi dazu geschrieben hat.«

Der Schultes hebt neugierig den Kopf: »Und?«

»Da hat eine ledige Magd ihr neugeborenes Kind mit einem Federkissen erstickt, weil sie die Schande fürchtete. Und eine Mutter hat ihre zwei kleinen Kinder ertränkt. Sie konnte sie nicht ernähren.«

»Abartig«, kommentiert der Schultes.

»Aber wahr ist's und kommt leider oft vor. Und Erwachsene meucheln sich, weil sie sich hassen oder missgünstig sind. Oder weil sie erben wollen. Oder weil sie Schulden haben, die sie nicht begleichen können. Oder …«

»Halt, Provisor, mir wird ganz schwindlig. Da muss ich ja noch viele Wochen im Städtle herumfragen.«

»Wir …«, der junge Mann bezieht sich bewusst in die Nachforschungen mit ein, »… wir müssen herausfinden, wer einen Vorteil davon hat, dass der Häfnerbauer tot ist.«

Der Schultes hat sofort kapiert: »Und jetzt etwas hat, was eigentlich dem Häfnerbauern gehört.«

»Oder demnächst etwas erbt, das er erst in ein paar Jahren oder vielleicht nie geerbt hätte.«

Der Schultes nickt.

»Oder …«, ergänzt der junge Mann, »… sich einen Feind vom Hals geschafft hat.«

Der Lindenwirt steht auf und schreit zur Küche hin: »Lina, wo bleibt das Essen für den Lehrer?«

Gründonnerstag, 16. April 1840

Der Gründonnerstag ist nach altem Brauch ein Feiertag, auch in Enzheim.

An diesem Tag dürfen seit alters her die zwölf Ärmsten von Haus zu Haus gehen und betteln. Der Pfarrer legt ihre Namen auf Vorschlag der Armenkommission fest und verkündet sie eine Woche vor Palmsonntag von der Kanzel herab, damit niemand im Städtle das Bettlerdutzend überhört oder übersieht.

Gleich nach dem Morgenläuten ziehen die zwölf Hungerleider durch die Gassen und klopfen an die Türen. Gemeinsam sagen sie ihr Sprüchlein auf:

»Anklopfe Hämmerle,
's Brot liegt im Kämmerle,
's Messer liegt danebe,
sollsch uns au was gebe.«

Es ist dasselbe Verschen, das auch die armen Kinder singen, wenn sie sich zu Weihnachten kleine Gaben erbetteln.

Für die etwas betuchteren Enzheimer ist es an Gründonnerstag eine Ehre, den Armen etwas zu spenden, dem Feiertag entsprechend etwas Grünes wie Salat, Kraut, mit Grünzeug gefüllte Maultaschen oder auch ein Stück Brot, ein paar Äpfel oder Birnen, Nüsse oder Kartoffeln.

Auch die Lindenwirtin hat sich, unterstützt von ihren Töchtern und Mägden, speziell auf den heutigen Tag und generell auf Ostern gut vorbereitet. Gleich nach dem Leichenschmaus hat sie sich mit ihren Helferinnen an die Arbeit gemacht, hat zweihundert Eier gekocht und gefärbt und viele Osterbrezeln im eigenen Backhäuschen gebacken, das hinter dem Gasthaus steht. Weil in der Fastenzeit keine Eier verspeist werden durften, gibt es Eier im Überfluss.

Als es gegen sieben Uhr klopft, öffnet Minna Frank die Tür und gibt jeder zerlumpten Gestalt zwei gefärbte Eier und eine Brezel. Sie weiß, was sie als Frau des Schultheißen und reichste Frau im Ort zu tun hat.

Dann geht sie in die Küche und hilft Paula, Lina und Magda, das festliche Frühstück vorzubereiten, zu dem sich an Gründonnerstag alle im Haus zu versammeln pflegen.

Nach und nach tröpfeln die Knechte und Mägde zur Tür herein und stehen in der Küche herum. Sie haben die Stallarbeit bereits hinter sich.

Kurz vor halb acht betritt der Schultes die Küche, frisch gewaschen und feiertäglich gekleidet: Langhose, Leinenhemd, Weste, Rock, schwarzes Halstuch, weil noch Passion ist, sowie Sacktuch und Taschenuhr. Frisch rasiert ist er auch. Denn wie jeden Sonn- und Feiertag hat der Barbier bereits seine Runde durchs Städtle gemacht, zuerst zum Pfarrer, dann zum Schultes und dann zu den Herren Stadträten, Weingärtnern, Handwerkern und Bauern. Wie immer war er sehr in Eile, denn alle Kunden wollen frisch rasiert in die Kirche, und fast alle haben die Woche über keine Zeit, sich selbst zu rasieren oder sich vom Barbier den Bart abnehmen zu lassen. Der Schultes ist ihm der liebste Kunde in der Runde, denn der offeriert ihm immer einen Enzianschnaps vor dem Rasieren und einen danach.

Der Hausherr setzt sich sofort an den Tisch, Zeichen und Aufforderung für das ganze Hauspersonal, den Stammplatz aufzusuchen und still zu werden.

Er spricht das Morgengebet und wünscht allseits einen guten Appetit.

Etwa zehn Minuten lang hört man nur ein vielstimmiges Kauen, Schmatzen und Schlürfen.

Dann schluckt der Schultes ein paar Mal, räuspert sich und sagt: »Die Sach mit dem Häfnerbauern geht mir net aus dem Kopf.«

»Die Spitzbube«, fährt ihm die Bäuerin ärgerlich in die Parade, »die sind scho lang fort. Da brauchsch dir koin Kopf meh mache.«

Frieder, ihr Ältester, fragt: »Isch dr Landjäger scho da gwä?«

»Noi«, der Schultes schüttelt den Kopf, »dem pressiert's au net, weil ihm dr Scharwächter gsagt hat, was alle schwätze.«

»Schad«, sagt sein jüngster Sohn Wilhelm, der noch die Volksschule besucht und gerade im Stimmbruch ist, »i dät so gern amol a ächte Hinrichtung sehe, wenn's Blut spritzt.«

Allgemeines Gelächter.

»Wer hat eigentlich äbbes davon, dass der Häfnerbauer tot isch?«, fragt der Schultes listig und eröffnet damit eine heftige Diskussion. Auch die Knechte und Mägde mischen sich jetzt, da die Herrschaft gesprochen hat, in das Gespräch ein.

Karl ist mit Willy, dem Rossknecht vom Häfnerhof, befreundet und berichtet, der älteste Sohn des Häfners sei bei den Soldaten, der mittlere bei einem Weingärtner in Cleebronn zur Ausbildung und der jüngere auf der Landwirtschaftsschule. Für die drei komme, wie ihm Willy geflüstert habe, der Tod des Vaters viel zu früh, um einen Vorteil daraus ziehen zu können.

Und die vier Töchter des Ermordeten, ergänzt Lina, die mit Leni, der zweitjüngsten des Häfners in der Schule war, sind schon aus dem Haus. Ob die etwas erben, sei sehr fraglich. Vorgestern habe sie die Leni getroffen, die in den Kornbauernhof eingeheiratet hat. Und die Leni habe angedeutet, dass ihre Mutter nicht daran denke, ihre Töchter auszuzahlen, bevor die Söhne nicht verheiratet sind. Keine der Töchter bekomme also einen Kreuzer.

»Die Oinzig, die jetzt reicher isch, dees isch d'Karlene«, sagt die Bäuerin.

»Aberjetza, komm«, braust der Schultes auf.

»I sag doch net, dass sie em Hermann d'Luft abgestellt hat«, wehrt sich die Lindenwirtin. »I mein ja bloß, dass bloß d'Karlene äbbes gwonne hat. Aber die wars net.«

»Vielleicht hat dr Häfner heimlich en Feind ghabt«, philosophiert Lina.

Der Frieder macht diese Ansicht gleich zunichte. Der Häfner habe nur Freunde gehabt. Wenn der nüchtern war, dann sei der eine Seele von einem Menschen gewesen. Wer in Not war, dem habe der Häfner geholfen, besoffen erst recht. Nein, Feinde habe er keine gehabt. »Dees isch so sicher wie 's Amen in dr Kirch.«

»Dann isch dr Häfner ausgraubt worde«, bilanziert Wilhelm das Gespräch.«

»Und von wem?«, will der Schultes wissen.

»Spitzbuben!«, sagt Frieder.

Der Schultes sieht seinen Sohn stirnrunzelnd an, hat aber ein leichtes Grinsen im Gesicht.

»Seit die neue Chaussee fertig ist, sind viele Spitzbuben auf der Durchreise«, meint der Schweizer, der fürs Vieh da ist. Er ist erregt und gibt eine gruselige Geschichte von einem reisenden Serientäter zum Besten, der schon fünf brave Schwaben ermordet habe und sich damit ein fideles Leben leisten könne. Auf Nachfrage des Schultes bestätigt der Schweizer, dass der Scharwächter das erzählt habe, und der habe es vom Landjäger.

»Also sind wir wieder bei den Herren Reisemördern«, stellt der Schultes zufrieden fest und lenkt das Gespräch auf das Osterfest und den Jahresabschluss an Georgi. Als er am Palmsonntag mit der Karlene hinüber zum Häfnerhof gegangen sei, habe er gemerkt, wie dreckig die Gassen sind. Das könne und wolle er als Schultes nicht mehr dulden, sagt er.

Frieder greift das Thema sofort auf. Das freut den Schultes, weil er im Stillen hofft, dass sein Ältester auch einmal zum Stadtoberhaupt von Enzheim gewählt wird.

Die Vizinalstraße, die zwischen Schloss- und Wengerttor durchs Städtle verläuft, sei in einem erschreckenden Zustand, sagt Frieder. Auch die Gassen im Ort müssten repariert werden, denn mit dem Fuhrwerk riskiere man einen Achsbruch. Sogar zu Fuß seien die Gassen gefährlich, vor allem abends, müsse man doch befürchten, in ein Loch zu fallen und ohne Hilfe nicht wieder herauszukönnen.

Gleich nach Georgi werde er dem Stadtrat vorschlagen, die gröbsten Schäden zu beseitigen, legt sich der Schultes fest.

»Und was willsch dene Herre vorschlage?«, will Frieder wissen. »Die hocke doch älle am Tisch und schnarche.«

»Du Obergscheitle! So viel Geld isch gar net in der Stadtkass.«

Die Mägde und Knechte reden durcheinander und schlagen allerlei Lösungen vor. Karl bringt es schließlich auf den Punkt: »Frondienst.«

»Ha no!«, sagt der Schultes, »Respekt!«

Und dann hört er aufmerksam zu, was ihm die eigenen Leute empfehlen.

Frieder und Karl führen das große Wort. Nach langem Hin und Her schlagen sie endlich folgende Lösung vor: Wenn man jede Familie mit Grundbesitz verpflichte, einen Mann für sechs Tage zum kostenlosen Frondienst zu schicken, dann entstünden der Gemeinde nur Materialkosten. Und jeder Bauer, der mindestens drei Rösser besitze, müsse zudem ein Fuhrwerk stellen und Schotter vom Steinbruch holen. Das sei nur gerecht, denn die Fuhrwerke machten auch die Straßen und Gassen kaputt. Wer keinen Frondienstler stelle, der müsse pro Tag einen Gulden zahlen. Für das Geld könne man dann arme Tagelöhner anstellen.

»Aber …«, wendet Rosa, die Hilfsmagd, schüchtern ein und gibt das wieder, was sie von anderen gehört hat, »… aber in vier Woche isch älles genauso dreckig wie vorher.«

Man müsse halt verbieten, dass die Leut ihre Nachthäfen auf die Gasse leeren, kommt mehrstimmig die Antwort.

»Oder man muss es so machen wie die alten Württemberger«, wirft Karl ein, der schon in der Tübinger und Uracher Gegend in Diensten war.

Alle Köpfe wenden sich ihm zu: Wie machen es denn die alten Württemberger?

»Kehrwoch! Jeden Samstag muss jeder vor seim Haus kehre.«

»Und wenn oiner a Drecksau isch und die Gass wieder zur Sau macht?«, wendet Frieder ein.

»No muss man dem de Ranze vollschlage und ällen Dreck in sei Haus schmeiße.«

Der Schultes hat aufmerksam zugehört und wieder einmal gelernt, dass die einfachen Leute keinesfalls dümmer sind als die Großkopfeten. Dass sich sein Ältester für die Belange der Stadt interessiert, freut ihn besonders.

Er hat jetzt einen fertigen Plan für die nächste Stadtratssitzung: Straßenreparatur im Frondienst, Nachthafenverbot und Kehrpflicht.

Frohgelaunt frühstückt er zu Ende und plaudert huldvoll mit seinem Gefolge. Außerdem weiß er jetzt, dass man den Enzheimern eigentlich keinen Einheimischen als Mörder präsentieren darf.

Die Bäuerin stellt einen Korb mit gefärbten Ostereiern auf den Tisch. Jeder greift sich ein Ei, und dann sagen sie gemeinsam den Gründonnerstagsvers auf: »Has, Has, sitz ins Nest, jetzt kommt bald das Osterfest.«

Abschluss und Höhepunkt des jährlichen Frühstücks ist das beliebte Eierspitzen: Einer hält das stumpfe, der andere das spitze Ende von seinem Ei hin.

Das Ei, das beim Aufeinanderschlagen zerbricht, muss sofort aufgegessen werden. Die Paula gewinnt das Spiel, sie hat das stärkste Ei und ist die Eierspitzerin. Sie bekommt von der Bäuerin den begehrten Gründonnerstagsgulden und eine Osterbrezel.

Die zwölf Dorfarmen klappern die letzten Häuser von Enzheim ab. Durchs Fenster beobachtet der Schnellreich, wie sie seine Gasse heraufziehen. Vom vielen Schnaps, der ihnen auf ihrer Bettelei eingeschenkt worden ist, sind sie wie gerädert. Und vom Herunterleiern des immer gleichen Spruches: »Anklopfe Hämmerle …« wirken sie schon von Weitem wie ausgefranst.

Blitzartig kommt ihm der Gedanke, dass er sich die zwölf Hungerleider zunutze machen und dem Schultes ein paar Felsbrocken in den Weg legen könnte. Die selbstsichere Art des Stadtvorstehers geht ihm schon lange auf den Geist. Das wäre doch zu schön, wenn der einmal so richtig aufs Maul fallen würde.

Wahrscheinlich ist die Ausbeute der zwölf nicht so groß wie in den letzten Jahren. Es sind schlechte Zeiten. Die Leute sind knauserig. Also kann der Schnellreich die Armen mit ein paar milden Gaben leicht ködern und für seine Zwecke einspannen.

Jetzt biegen die Bettler in seinen Hof ein.

Da sind sie schon.

Einer klopft mit seinem Hämmerle müde an die Haustür. »Anklopfe …«

Der Schnellreich reißt die Tür auf. »Komm, hör auf! Lass dein Hämmerle beim Teufel!«

Die zwölf starren ihn ungläubig an.

»Ihr habt mich vielleicht erschreckt!«, sagt er zu ihnen und macht ein besorgtes Gesicht. »Grad hab i im Städtle ghört, dass beim Häfner auch mit em Hämmerle angklopft worden isch. Und bald drauf isch er gstorben.«

Sie reißen Mund und Augen auf, denn nur mit Aberglauben und Hexerei können sie sich erklären, warum sie vom Schicksal so untergepflügt werden.

Nur mit dem Glauben an ein Wunder haben sie sich die Hoffnung bewahrt, irgendwann doch noch dem Elend zu entfliehen.

»Ja, ja«, setzt der Schnellreich seine Magie fort, »und dr Scharwächter hat gsagt, dass er seinen Kälberstrick im Ochsen vergessen hat. Aber dann isch der Strick durch die Luft gflogen. Eine Nachbarin vom Häfner hat ihn über der Scheuer vom Häfner fliegen sehen. Und dort hat sich dr Strick dem Häfner um de Hals gwickelt.«

»Von selber?«, fragt einer der Hungerleider.

»Ganz von selber«, beteuert der Schnellreich und nickt kräftig, »so hat man es mir gsagt.«

»Warum?«

»Weil der Häfner die Geisterstunde zum Palmsonntag entweiht hat.«

Entsetzen bei den zwölfen. »Deswegen hat dr Häfner sterbe müsse?«

»Ja, so sagen d'Leut.«

Betretenes Schweigen. Sie glauben noch an Zauberei und Hexenwahn, an ruhelose Geister und rasende Teufel.

»Gell, ihr seid arg müd?«

Sie nicken.

»Also, seid mit eurem Hämmerle vorsichtig. Nicht dass noch einer sterben muss, wenn ihr anklopft.«

Sie nicken.

Den Schnellreich reitet jetzt der Schabernack. »Bloß bei den Geizkrägen könnt ihr kräftig anklopfen. Denen geschieht's ganz recht, wenn sie bald der Teufel holt.«

Sie nicken. Vierundzwanzig Augen richten sich auf ihn. Zwölf Münder bleiben stumm, aber zwölf einfältige Gehirne denken das Gleiche.

»Habt ihr heute schon genug von den Leuten gekriegt?«

Zwölfmaliges Kopfschütteln.

»Lauter Entenklemmer?«

Zwölf Köpfe nicken.

»Was hat euch der Pfarrer gegeben?

»Für jeden ein Ei und ein Stück Brot«, sagt einer der zwölf.

»Und der Schultes?«

»Zwei gefärbte Eier und eine Brezel ... für jeden«, sagt eine andere Bettelgestalt.

»Dann kriegt ihr von mir das Doppelte«, sagt der Schnellreich und zieht sich ins Haus zurück, lässt aber die Haustür offen. Elsa treibt er an, jeder der zwölf Bettelgestalten vier Eier und zwei Brezeln zu geben. Die Gaude ist ihm das wert.

Nach dem Gottesdienst stehen die Enzheimer in Gruppen vor der Kirche und tratschen. Der neueste Klatsch macht die Runde.

Derweil waltet der Büttel seines Amtes als Kirchendusler. Er springt, angefeuert vom Gejohle der Burschen, zwischen den Kirchgängern hin und her und kassiert bei den Angestupften seine zwei Kreuzer Duslergeld.

Der Schultes geht von einem Grüppchen zum nächsten, spricht hier ein paar Worte, spendet da einen kleinen Trost und gibt dort einen kostenlosen Rat. Mit einem Auge schielt er zum Kirchenportal. Er hält nach seinem Kollegen Ausschau, dem Ochsenwirt.

Kaum sieht er ihn die Stufen vor dem Portal herabsteigen, eilt er auf ihn zu und zieht ihn in ein Gespräch.

Der Ochsenwirt strahlt übers ganze Gesicht. Die ersten Gespräche mit ein paar jungen Männern waren erfolgreich; sie wollen noch vor Pfingsten den Turnverein Frischauf gründen. Deshalb ist er sehr gesprächig und erzählt haarklein, was die Turner planen.

Der Schultes hört sich das eine Weile geduldig an, dann unterbricht er: »Otto, was ich dich noch fragen wollt: Hat der Häfner Geld bei sich ghabt?«

»Ja Fritz, treibt dich die Sach immer no um? I han gmeint, die Spitzbube sind längst über älle Berg.«

»Scho. Aber der Scharwächter hängt doch in der Sach mit drin, weil es sein Kälberstrick ist. Darum muss ich den Bericht machen. Und da muss ich melde, wie viel die Spitzbuben hälinge …« Er macht eine raffende Handbewegung, um das Schlüpfrige und heuchlerisch Verborgene dieses altschwäbischen Wortes zu verdeutlichen.

Der Ochsenwirt ist begriffsstutzig.

Deshalb wiederholt der Schultes die Geste und sagt: »Wie viel die Spitzbuben ergaunert haben, muss ich wissen.«

Der Ochsenwirt sieht zu Boden. Die Frage verwirrt ihn, weil er daran noch gar nicht gedacht hat. Er überlegt ein Weilchen und erzählt dann, dass die Schnapsgurgler ihre Zeche nie sofort bezahlen. Die haben Kredit bei ihm und lassen anschreiben. »So älle vier bis acht Woche zahle sie ihre Schulde. Und wenn einer amol koi Geld hat, no dauert's halt a weng länger.«

»Und am letzten Samstag? Hat da der Häfnerbauer Geld dabei ghabt?«

»Awa! Glaub i net. Der hat sei Sach in der Woch vorher zahlt.« Und ungefragt fügt der Ochsenwirt an, er habe die drei Bratwürst, fünf Bier, vier Viertele Rotwein und sieben Obstler notiert, die der Häfner am letzten Samstag konsumiert hat. »Und jetzt guck i in de Mond. I kann doch net zur Karlene gehe. Sie dät mir's Geld scho gebe, aber i mag net wie en Bettler dastehe. Könntescht du net für mi …«

»Aber sicher bist net, ob der Häfner Geld im Sack ghabt hat?«, bohrt der Schultes weiter.

Der Ochsenwirt schüttelt den Kopf: »I glaub net.«

»Ja, und warum hen no die Spitzbube em Häfner die Gurgel zudreht, wenn sie nix hen hole könne?«

Der Ochsenwirt lacht so schallend, dass andere Gottesdienstbesucher neugierig herübersehen. »Fritz, da musch die Verbrecher selber frage.«

Der Schultes tippt sich an den Hut und geht in die Kirche zurück. Er schaut sich um und entdeckt den Provisor auf der Empore vor der Orgel.

Der junge Mann hat das Stadtoberhaupt längst gesehen, beugt sich über die Brüstung und fragt herab: »Warten Sie auf mich, Herr Bürgermeister?«

»Ja, aber lass dir nur Zeit.«

Der junge Mann beeilt sich, rafft seine Noten zusammen und hastet die schmale Wendeltreppe ins Kirchenschiff hinab.

»Ich wollte dich fragen, Provisor, ob du heut dein zweites Essen bei mir haben willst. Es gibt grüne Maultaschen.« Entschuldigend zieht der Schultes die Schultern hoch. »Heut ist halt Gründonnerstag, du verstehst schon.«

»Und wenn ich am Sonntag …«

»Am Sonntag kriegst doch dein Mittagessen für letzten Montag.« Er fasst den jungen Lehrer am Oberarm. »Jetzt komm scho und mach koin Aschtand«.

Der junge Mann sieht den Bürgermeister verwirrt an.

»Ach so, du bist ja nicht von hier. Also pass auf. Ein anständiger Enzheimer lehnt zerscht alles ab und sagt ›nein‹, auch wenn er etwas haben will. Das fordert der Anstand so. Und dann sagt man ihm: Mach keinen Anstand! Das heißt: Jetzt darfst du ja sagen und bleibst trotzdem ein anständiger Mensch.«

Der Provisor schaut und schweigt. Es dämmert ihm.

Der Schultes grinst ihn an. »Außerdem muss ich's net zahlen.«

Der Lehrer grinst zurück.

»Die Ratschreiberei gehört zu meinem Amt als Schultes. Und alles, was du kriegst, hol ich mir aus der Stadtkasse.«

Es fängt zu nieseln an.

Dem Schultes macht das nichts aus. Sein breitkrempiger Hut schützt sein würdevolles Antlitz. Er schlägt den breiten Überfallkragen seines wadenlangen Mantels hoch und rollt seine ausladende Persönlichkeit über die Friedhofsgasse und die Paul-Gerhardt-Gasse bergab zur Linde.

Der gertenschlanke Provisor, der nur ein schwarzes Käppchen ohne Schild auf dem Kopf hat, wischt sich immer wieder die Tropfen aus dem Gesicht und tippelt nebenher.

Auf dem kurzen, aber schlüpfrigen Weg klärt der Ältere den Jüngeren auf, wie man die Kosten fürs Schreiberamt verbuchen muss: für jeden Monat zwei Kassenbelege, einen fürs Bargeld und einen für die Spesen.

»Spesen?« Der Provisor bleibt stehen und sieht den Schultes fragend an.

Das Stadtoberhaupt fordert ihn mit einer Geste auf, weiterzugehen. »Speisen … Spesen«, erklärt er, »Du verstehst? Wie oft du als Schreiber in der Linde auf Kosten der Gemeinde zu essen und trinken kriegst.«

»Und warum für jeden Monat extra?«

»Wenn du nur einen Beleg fürs ganze Jahr hinlegst, dann kriegst auch nur einmal im Jahr Geld. Der Oberamtmann will, dass wir jeden Monat extra abrechnen.«

Der Schreiber nickt und rechnet laut: »20 Gulden sind 1200 Kreuzer. Macht 100 Kreuzer im Monat, stimmt's?«

»Ich habe gestern Abend mit dem Fuhrmann gesprochen.«

Der Schultes kneift die Augen zusammen.

»Keine Sorge, Herr Bürgermeister, ich halte mich an unsere Abmachung: Nur den Leuten die Zunge lupfen und zuhören.«

Und dann berichtet er, was er erfahren hat: Auf dem Heimweg vom Rathaus habe er gestern den Finkenberger auf der Gasse getroffen. Der wollte wissen, wie sich sein Sohn in der Schule mache und was man als Ratschreiber schaffen müsse. Und schließlich habe er den erfahrenen Fuhrmann aus Neugier nach seinem Geschäft gefragt.

Der Finkenberger habe ihm lang und breit erklärt, dass er vorletztes Jahr ein Fuhrwerk gekauft habe und zweimal die Woche nach Pforzheim und Stuttgart fahre und immer öfter auch Leute mitnehme. Er denke schon über eine neue Route nach.

Der Schultes kennt diese Geschichte und fragt stirnrunzelnd: »Und? Was hat das mit dem Häfner zu tun?«

»Gleich, Herr Bürgermeister, gleich kommt der entscheidende Punkt.« Der Provisor rückt näher an den Schultes heran. Ob er denn auch auf den neuen Chausseen unterwegs sei, habe er den Finkenberger gefragt. Und der habe ihm erzählt, dass er im Umkreis von zwanzig Meilen inzwischen jeden Numerostutzen, jeden Straßengraben und jede Brücke kenne. Auch auf den Rastplätzen und Haltstationen sei ihm jedes Gesicht vertraut.

Auf die Frage, ob viel Gesindel auf den Fernstraßen und Chausseen unterwegs sei, habe der Finkenberger bloß gelacht. Er kenne mittlerweile alle Fuhrleute und Postkutscher aus der Gegend. Das seien lauter ehrliche Männer, die ihren Lohn hart verdienten. Der Straßenwärter von Vaihingen habe ihm erst neulich im Vertrauen verraten, dass er den durchgehenden Verkehr zählen und aufschreiben müsse. Zum Beispiel seien auf der Chaussee nach Enzheim täglich 380 bis 430 Fuhrwerke, Kutschen und Postwagen unterwegs. Dazu noch die Equipagen der reichen Kaufleute und vornehmen Herrschaften.

In den Postkutschen und auf den Wagen der Fuhrleute säßen vor allem Schreiner und Schneider auf der Stör. Gelegentlich kämen auch Zimmerleute, Hutmacher und Ziegler vorbei. Und ganz rar seien die Kammmacher, Seckler, Mühlsteinmacher, Seifensieder und Salpeterer.

Jeder Straßenwärter, jeder Postkutscher und jeder Posthalter kenne fast alle Fuhrleute und Kutscher persönlich. Und jeder Fuhrmann und Kutscher kenne seine Mitreisenden. Und sei mal doch ein Fremder unterwegs, dann werde das sehr aufmerksam registriert und auf den Poststationen erzählt. Da achte man auf Unbekannte besonders genau und frage auch mal einen Straßenwart oder einen anderen Postwirt oder einen vertrauten Kutscher, wer das sei.

Der Schultes macht ein saures Gesicht. Er liebt kurze Berichte.

»Ganz zum Schluss ist mir plötzlich der Häfner eingefallen. Darum habe ich den Finkenberger gefragt, ob denn am letzten Wochenende Fremde auf den Straßen gewesen seien.«

»Und? Jetzt red scho!«

»Nein. Auswärtige wohl, aber keine Unbekannten. Kein Gesindel weit und breit.«

Der Schultes runzelt die Stirn.

Der Provisor hat sein Gegenüber durchschaut und meint aufgeregt: »Der Finkenberger war am Dienstag wieder mit seinem Zweispänner unterwegs. Beim Postwirt von Asperg haben die Fuhrleute Neuigkeiten ausgetauscht. Auf die Nachricht, der Häfner sei an Palmsonntag mit einem Strick um den Hals gefunden worden, habe der Postwirt gesagt: Merkwürdig, am Wochenende seien nur zwei Fremde durchgereist, der Erbprinz von Langenburg mit seinem Gefolge und ein Tuchhändler aus Augsburg.«

»Kein Wort davon«, der Schultes hebt den Zeigefinger und macht ein strenges Gesicht, »oder du bist dein Amt gleich wieder los.«

Der Provisor grinst. »Wie abgemacht, Herr Bürgermeister.«

»Aber du musst mir noch etwas versprechen, Provisor.«

Der junge Mann zieht schuldbewusst das Genick ein und sieht den Vordenker von Enzheim fragend an.

»Dass du gleich einen Bericht schreibst.«

»Ja, ist denn heute schon wieder Mittwoch?«

»Noi, du schreibst, Gesindel hat den Häfner auf dem Gewissen.«

Dem Lehrer lacht in sich hinein und schüttelt den Kopf.

Der Schultes wird wütig: »Zusammenzählen können net bloß die Lehrer. Ich kann das auch.«

Der junge Mann zieht den Kopf ein.

»Nichts für ungut! Aber wenn kein Fremder bei uns im Städtle war, dann kann's doch nur ein Enzheimer gewesen sein!«

»Wer, Herr Bürgermeister?«

»Dem Schnellreich trau ich alles zu.«

»Warum?«

»Weil der hinterm Geld her ist wie der Teufel hinter der armen Seele. So schnell wie der kann kein normaler Mensch so reich werden.«

»Aber aus dem Tod des Häfnerbauern kann er doch keinen Vorteil ziehen.«

»Vielleicht hat der Häfner Geld im Hosensack gehabt ...«

»… oder in der Scheune war etwas Wertvolles, Herr Bürgermeister.«

»Oder so!« Der Schultes fällt ins Grübeln.

»Und wenn wir die Heukammer auf dem Häfnerhof umschaufeln? Vielleicht ist etwas unterm Heu versteckt.«

»Spinnst du! Dann weiß doch jeder im Städtle, dass der Mörder unter uns ist. Was glaubst du, was dann bei uns los ist!«

Der junge Mann sieht den Schultes hilflos an.

»Dann will der Stadtrat in der nächsten Sitzung wissen, wann und wo die Hinrichtung sein soll!«

»Verzeihung, Herr Bürgermeister … Dann schreibe ich jetzt nochmals ans Oberamt, dass durchreisendes Gesindel …«

»Net ans Oberamt!«

»Sondern?«

»In die Zeitung!«

»Ich soll einen Bericht in die Zeitung setzen?«

»Genau, Provisor. Geh gleich nüber!« Der Schultes deutet mit dem Kinn auf seine Schreibstube und schaut den jungen Mann so lange an, bis sich auf dessen Gesicht ein pfiffiges Grinsen zeigt.

»Nach dem Essen bring ich den Zettel zum Schmidlin und sag ihm, er soll's in die Zeitung setzen.«

Der Provisor reißt die Augen auf.

»Ich sag dem Bäcker, dass du der beste Schreiber fürs *Enzheimer Intelligenz-Blatt* wärst.«

Der junge Mann verzieht das Gesicht.

»Der Schmidlin gibt dir Geld dafür. Wie viel willst?«

»Zwanzig Gulden?«

»Abgemacht«, der Schultes hebt mahnend den rechten Zeigefinger, »aber fürs ganze Jahr.«

Das Gesicht des Lehrers hellt sich auf.

»Gleich nachher geh ich zum Bäcker und red mit ihm. Aber du gehst jetzt nüber an meinen Schreibtisch und schreibst ein paar schöne Sätze für die Zeitung.«

Karfreitag, 17. April 1840

Der Karfreitag ist der höchste Kirchentag in Enzheim. Die Gasthäuser, Bäckereien und Handwerkerstuben bleiben geschlossen. Alle Lustbarkeiten sind untersagt.

An Karfreitag wird in der ganzen Grafschaft gefastet. Traditionsgemäß gibt es für die Männer ein Gänseei und für die Frauen ein Hühnerei zum Frühstück. Zu Mittag löffelt man eine Milchsuppe, in die Brotstücke eingebrockt oder breite Nudeln eingerührt sind. Und zum Abendvesper gibt es weder Fleisch noch Wurst, sondern nur Butterbrot, Käse und ein zweites Ei. Auch Alkohol ist an diesem Tag verpönt, denn für einen kirchentreuen Protestanten ist, angesichts der Leidensgeschichte Jesu, ein Schweinsbraten mit Spätzle und einem Viertele Rotwein eine arge Gotteslästerung.

Zweimal, am Vormittag und am Nachmittag um drei, mahnen sämtliche Kirchenglocken zum Besuch des Gottesdienstes. Und beide Male ist die Kirche bis auf den letzten Platz besetzt. Die Kirche ist buchstäblich schwarz vor Leuten, weil in Enzheim schwarze Kleidung zwingend vorgeschrieben ist. Wer nichts Schwarzes anzuziehen hat, der muss sich Trauerkleidung ausleihen. Die Gottesdienste an Karfreitag sind nämlich Trauergottesdienste. Die Gemeinde betrauert den Tod Christi.

Den Kirchgang zu schwänzen, ist bei Strafe verboten. Noch hat der Kirchenkonvent in Enzheim das Sagen, auch wenn viele Liberale dafür plädieren, dieses kirchliche Sittengericht, bestehend aus Pfarrer, Schultheiß, Heiligenpfleger und zwei Mitgliedern des Stadtrats, abzuschaffen. Noch gibt es die Angeber, die alle, die nicht in der Kirche waren, dem Kirchenkonvent heimlich verpetzen. Für jeden Angezeigten bekommen die Hinterbringer eine kleine Belohnung, das Angeberdrittel, wie man in Enzheim sagt. Denn der Kirchenkonvent verurteilt jeden Kirchenschwänzer zu einer saftigen Geldstrafe und gibt ein Drittel davon an den Angeber weiter; zwei Drittel behält er für Armen- und Schulzwecke ein. Das Angeberdrittel, das die Gegner des Kirchenkonvents hälinge Judaslohn nennen, wird von den Armen im Städtle gerne genommen, bessert es doch erheblich ihre löchrige Kasse auf.

Wie jeden Karfreitag ist der Gottesdienst vierspännig, wie man in der Grafschaft sagt. Noch ist der letzte Ton des Glockengeläuts nicht verklungen, schon schlägt der Provisor die Orgel, er hat alle großen Register gezogen. Der Pfarrer zieht im schwarzen Talar feierlich durch das Mittelschiff in die Kirche ein, gefolgt von den Mitgliedern des Kirchenkonvents. Der Kirchenchor unter der Leitung des Schulmeisters steht unter der Kanzel mit gespitzten Mündern. Und der Kastenpfleger, der für die Armenfürsorge zuständig ist, stellt sich mit seinen Kastenknechten vor das Hauptportal der Kirche und baut den Armenkasten auf. Der Nebenausgang ist heute zugesperrt. So muss jeder Besucher des Gottesdienstes beim Verlassen der Kirche seine Spende für die Armen in den offenen Geldkasten werfen. Und die Nachdrängenden passen genau auf, wie viel die Vorgänger spenden. Der Kirchendusler hat es heute besonders wichtig. Denn an Karfreitag im Gottesdienst duseln, das kostet sechs Kreuzer Strafe.

Nach Kyrie Eleison, Epistel, Evangelium auf den Tag und Trauerpredigt singt die Gemeinde, wie jeden Karfreitag, auch an diesem zweiten Gottesdienst des 17. April 1840 voller Inbrunst das Predigtlied »O Haupt voll Blut und Wunden«. Es ist das Lieblingslied der Enzheimer. Jeder Erwachsene und jeder Schüler kann die zehn Strophen auswendig. Sie singen aus voller Kehle die Verse, die Paul Gerhardt geschrieben hat. Orgel und Kirchenchor haben alle Mühe, sich gegen die stimmgewaltige Gemeinde zu behaupten.

Und wie jeden Karfreitag strömen die Besucher des Spätgottesdienstes nach den Abkündigungen und dem Schlusssegen ins Freie und sammeln sich in Grüppchen auf dem

Kirchplatz. Keiner hat es eilig, nach Hause zu gehen. Die Gasthäuser sind geschlossen, also bleibt man noch ein Weilchen beisammen, auch wenn es nieselt und kalt ist. Die Enzheimer sind ein zähes Völkchen, das sich vom Wetter nicht beeindrucken lässt. Außerdem trägt man ja Hut oder Haube, und wer sich das nicht leisten kann, hat selber Schuld.

Der Schultes ist einer der Ersten, die sich im Freien positionieren. Mit seinem dreiteiligen schwarzen Feiertagsgewand, das aus einem Rock mit schwarzen Hornknöpfen, einer Weste und einer langen Hose besteht, macht er inmitten der Enzheimer etwas her. Nur wenige Leute können sich ein solches Männerkleid leisten, wie man in Enzheim zu diesem modernen und vornehmen Dreiteiler sagt, denn es kostet mindestens zehn Gulden. Nur an den höchsten kirchlichen Feiertagen, bei wichtigen Empfängen im Rathaus und zu amtlichen Terminen im Schloss trägt das Stadtoberhaupt dieses kostbare Kleidungsstück.

Der Schultes schaut und schaut.

Endlich kommt auch der Ochsenwirt mit Sohn und Schwiegertochter aus der Kirche.

Auf diesen Augenblick hat der Schultes nur gewartet. Zielstrebig eilt er auf seinen Kollegen zu.

»Otto«, er packt den Ochsenwirt am Ärmel, »komm auf die Seit. Ich muss dich was fragen.«

Der Ochsenwirt wundert sich: »Scho wieder?«

Der Schultes nickt und drängt seinen Kollegen zur Seite. Sie gehen ein paar Schritte in Richtung Friedhof.

»Du, Otto, was ich dir jetzt sag, ist mir selber peinlich.«

»I denk, du willsch mi äbbes frage.«

»Gleich. Aber erst muss ich dir was sagen.«

»No sag's halt.«

»Es ist wegen den Schnapsgurglern. Du weißt schon.«

»Noi, i weiß nichts.«

»Also beim Heiligenpfleger und bei mir haben ein paar Leut wegen denen eine Anzeige gmacht.«

»Und jetzt soll i vor de Kirchenkonvent?«

Der Schultes zieht eine Augenbraue hoch. »Kannst du noch verhindern.«

»Und wie?«

»Schau, Otto, die Leut regen sich auf, weil die Schnapsgurgler jede Samstagnacht Geschrei machen und die Nachtruhe stören.«

»Was kann i dafür?«

»Du weißt, Otto, dass du damit nicht durchkommst.«

»Wieso?«

»Hast du die Bestimmung mit dem Saufgulden vergessen?«

»Awa! ... Gilt die no?«

»Natürlich. Für jeden zu langen oder zu häufigen Wirtshausbesuch einen Gulden Strafe für den Wirt und einen für den Gast.«

»I hab's ja scho immer gsagt: De ganze Kirchenkonvent hätt man scho lang zum Teufel jage solle.«

»Otto, das kann doch nicht sein, dass wir einen Nachtwächter zahlen, damit die Leut ruhig schlafen können. Und ein paar Besoffene bringen sie jeden Samstag um den Schlaf.«

Der Ochsenwirt wird böse. »Fritz, jetzt hör mir auf mit solche Sprüch.«

»Reg dich net auf, Otto. Ich will dir doch helfen.«

»Und du ghörst au zu dem scheinheilige Verein, Fritz.«

»Von mir aus bräuchte man den Kirchenkonvent nimmer. Aber ich hab in Stuttgart nichts zu sagen.«

»Aber du hocksch au in dem Verein.«

»Freiwillig net. Bloß weil ich Schultes bin. Und deshalb red ich ja mit dir, bevor die Sache in den Kirchenkonvent kommt. Lass dir doch helfen, Otto.«

»Und was soll i mache?«

»Schmeiß die Schnapsgurgler halt schon um zehn oder halb elf nach dem Bratwurstessen naus. Wie viel Gäst hast noch bis Mitternacht?«

»Die Schnapsgurgler.«

»Sonst keine?«

»Selten.«

»Normalerweise ist Polizeistunde doch um zehn, das weißt doch. Bloß samstags dürfen wir bis um zwölf unsere Gäste bedienen, wenn wir wollen. Mach doch auch am Samstag rechtzeitig Schluss. Auf die paar Kreuzer, die du an den Schnapsgurglern nach zehn verdienst, kannst verzichten. Dann kommst auch früher ins Bett. Ich mach's auch so.«

»Und was macht der Knöpfles Paul vom Rebstöckle?«

»Der macht mit, wenn du auch mitmachst.«

Der Ochsenwirt verfällt ins Grübeln.

»Denk drüber nach, Otto. Und sag mir bis Ostermontag, wie du dich entschieden hast. Wenn die Sache dann vor den Kirchenkonvent kommt, könnt ich sagen, sie sei schon aus der Welt.«

Der Ochsenwirt sieht seinen Kollegen düster an, fährt sich übers Gesicht und nickt.

»Jetzt meine Frage, Otto. Hast du im Ochsen in den letzten Tagen Fremde ghabt?«

»Ja! Leut halt, die mit dr Postkutsche unterwegs gwä sind. Weisch du doch selber.«

»Und in der Nacht zum Palmsonntag?«

»Aha! … Suchsch du immer no de Mörder vom Häfner?«

Jetzt wird der Schultes ärgerlich. »Erstens muss ich einen Bericht an den Kommandanten von den Landjägern schreiben. Glaubst du vielleicht, ich schreib da Märchen hinein? Und zweitens hast du doch selber gsagt, dass durchreisendes Gesindel den Häfner auf dem Gewissen hat.«

»Isch gut, Fritz«, besänftigt ihn der Ochsenwirt. Er dreht sich um und ruft: »Margret, komm amol!«

Dann fragt er seine Schwiegertochter: »Weisch no, ob wir am Palmsamstag fremde Gäst ghabt hen?«

Margret überlegt kurz. »Siebe Leut sind mit dr Postkutsch um halb sechse komme. No hen sie äbbes gesse und sind mit der nächsten Kutsch um halb siebene wieder fort.« Sie denkt nach. »Halt! … Einer isch bliebe. Der isch abends bei uns in dr Gaststub gwä. … Weisch's nemme?«, fragt sie ihren Schwiegervater.

Der überlegt kurz. »Dr Blonde? Dr am Tisch bei de Schnapsgurglern gwä isch? Und de ganze Abend bloß zwei Bier trunke hat?«

»Ja, genau! Dr hat bei uns au in dr Gaststub auf em Bode gschlafe. Er hat gsagt, er isch Wagnergesell und auf dr Walz. Am andere Morge war der scho fort. Aber auf em Tisch sind drei Kreuzer glege.«

Der Schultes fragt nach. »Und wie der heißt, weisch net, Margret?«

»Noi, Vater, aber dr Postillion. Der schreibt sich nämlich älle Namen auf.«

Karsamstag, 18. April 1840

Der Schultes sitzt allein in seiner Gaststube und liest seelenruhig in der Zeitung.

Jeden Samstagvormittag hat er Sprechstunde in der Linde. Bis jetzt, es ist kurz vor elf, waren noch keine Besucher da, denn heute haben die Enzheimer keine Zeit für die Obrigkeit. Heute haben sie alle Hände voll zu tun, sich aufs Osterfest vorzubereiten.

Der Schultes dagegen lässt heute arbeiten, im Stall, im Hof und am Herd. Erst am späteren Nachmittag, wenn sich die Linde bis auf den letzten Platz gefüllt hat, wird er sich seinen Gästen widmen und auch beim Ausschenken helfen.

Aber jetzt gönnt er sich eine Pause und genießt die Zeitungslektüre.

Seit Martini 1829 erscheint jeden Mittwoch und Samstag das *Intelligenz-Blatt für die Grafschaft Enzheim,* das der Bäcker Andreas Schmidlin verlegt. Der hatte sich als junger Mann vom Verkauf einer Zeitung auch mehr Kunden für seine Backwaren erhofft.

Der gewünschte Effekt ist mittlerweile auch tatsächlich eingetreten. Allerdings musste Schmidlin anfangs viel Lehrgeld zahlen. Er hatte sich nämlich den Lateinlehrer als Redakteur angelacht. Aber das lateinische Gefasel ist den Lesern bald mächtig auf den Geist gegangen. Also hat Schmidlin den überkandidelten Lateiner entlassen und die Redaktion selbst übernommen. Die Zeit dazu hat er ja. Denn in der Backstube ist er nämlich schon am Vormittag fertig. Erstens, weil viele Hausfrauen ihr Brot und ihre Kuchen selber backen. Zweitens, weil zu allem Überfluss noch ein Bäcker in Enzheim um Kundschaft buhlt.

Auf der letzten Seite des *Intelligenz-Blattes* vom 18. April 1840 ist unter »*Lokales*« ein kurzer Artikel abgedruckt, betitelt »*Tod des Häfnerbauern*«. Darin heißt es:

»*Wie aus maßgeblichen Kreisen zu hören ist, soll der Häfnerbauer, der in der Nacht zum Palmsonntag mit einem Strick um den Hals in seinem Stall aufgefunden wurde (wir berichteten darüber in der Mittwochausgabe), von durchreisendem Gesindel erwürgt worden sein. Das Landjägerkorps hat alles in die Wege geleitet, um die verbrecherische Brut dingfest zu machen. Die schreckliche Tat ist ein weiterer Beleg dafür, dass Enzheim als ehemalige Amtsstadt und Mittelpunkt einer bedeutenden Grafschaft dringend eines eigenen Landjägerpostens bedarf, um in Zukunft Ruhe und Ordnung zu gewährleisten.*«

Der Schultes hat die Meldung schon zum zweiten Mal Wort für Wort gelesen. Er ist damit sehr einverstanden und genehmigt sich einen großen Schluck aus seinem Mostglas, denn er kennt den Artikel ja seit vorgestern. Eigenhändig hat er den Bericht des Provisors am Donnerstag in die Backstube getragen.

»Weißt«, hat der Schultes zum Bäcker Schmidlin gesagt, »wenn dir der Provisor beim Zeitungmachen hilft, dann kannst bald noch mehr schöne Artikel drucken. Und mehr Artikel bringen mehr Leser. Und mehr Leser bringen dir mehr Anzeigen.«

Der Zeitungsbäcker hat sofort kapiert, dass er damit zwei Fliegen mit einer Klappe schlagen kann. Er gewinnt einen schreibkundigen Mitarbeiter, der zudem als Dirigent des Gesangvereins beliebt ist und hoffentlich alle Sangesfreunde als Zeitungsleser gewinnen wird.

Und er tut dem Schultes einen Gefallen, der offensichtlich an dem jungen Mann einen Narren gefressen hat. Außerdem, so denkt sich der Bäcker, kann er seine Zeitung mit der Zeit vielleicht zum Vereinsorgan für die Sänger und Turner ausbauen.

»Musst dafür aber dem Lehrer zwanzig Gulden zahlen. Im Jahr, versteht sich.«

Die heutige Zeitung hat sechs Seiten, denn sie enthält Anzeigen über Anzeigen. Mit wachsender Sorge liest der Schultes, dass viele Menschen ihr Hab und Gut verganten und zum Schleuderpreis verkaufen müssen. Und von Woche zu Woche steigt die Zahl derer, die sich per Zeitung für immer nach Amerika verabschieden.

Etliche Kleinbauern und Handwerker in und um Enzheim sind nach den Missernten der letzten Jahre in Not geraten. Jetzt, nach einem langen Winter ohne Einkommen, sind sie am Ende. Ihr Eigentum kommt nun unter den Hammer. Einige sind so verzweifelt, dass sie alles bis aufs letzte Hemd verkaufen, um schuldenfrei zu werden und die Überfahrt nach Amerika bezahlen zu können. Über dem Atlantik wollen sie einen Neuanfang wagen.

Maria Keppler zum Beispiel. Er kennt sie gut. Ihr Mann ist vorletztes Jahr gestorben; jetzt ist auch sie pleite. Das königliche Notariat hat die folgende Anzeige in die Zeitung setzen lassen:

»Gerichtlichen Auftrags zufolge wird die zur Gantmasse der Maria Keppler, verwitwete Bäuerin und Weingärtnerin, gehörigen Liegenschaften und Fahrnisse im Wege öffentlichen Aufstreichs zum Verkauf gebracht. Die Fahrnis besteht aus Kleidern, Küchengeschirr, Schreinwerk, Fass- und Bandgeschirr, Hausrat und 1 Eimer Wein. Die Liegenschaft besteht aus ¼ Morgen Weinberg auf der Lug, ½ Gärtlein nahe der Enz und 2 Morgen Dinkelfeld in der obern Arkau. Zum Verkauf ist Termin auf Montag, 27. April dieses Jahres, morgens um 8 Uhr im Hause der Kepplerin gesetzt. Kaufliebhaber werden eingeladen, sich zur festgesetzten Zeit an genanntem Ort einzufinden.«

Der Schultes ärgert sich doppelt. Er stellt sich vor, wie der Schnellreich am übernächsten Montag in der ersten Reihe steht, mit seinen Gulden im Hosensack klimpert und seinen

Profit macht. Und er rechnet aus, dass mit jedem Auswanderer weniger Geld in die Stadtkasse kommt und die Handwerker im Ort einen Kunden verlieren.

Er lässt die Zeitung sinken und überlegt, wie er die in Not Geratenen in Enzheim halten kann.

Die Zahl der Fleckendienste vergrößern? Zinsgünstige Kredite aus der Stadtkasse gewähren? Dann könnte der eine oder andere ein Gewerbe anfangen, wie der Finkenberger.

Fritz Frank ist so in Gedanken, dass er zu Tode erschrickt, als plötzlich der Landjäger neben ihm steht und salutiert: »Grüß Gott, Schultes! Schreibsch mir in mei Büchle?« Er wirft sein Dienstbuch auf den Tisch.

»Aberjetza bringen wir's gleich hinter uns, dann vergessen wir's net«, sagt der Schultes, steht seufzend auf und geht in seine Amtsstube.

Drei Minuten später ist er zurück und schmeißt das Büchle auf den Tisch.

Der Landjäger setzt sich und schlägt es auf. Mit dem Finger unter jedem Buchstaben liest er, dass er heute, am Karsamstag, um elf Uhr in Enzheim gewesen ist. Er nickt und steckt das Büchle in seine Kutka, den dunkelblauen, bis zu den Knien reichenden Uniformrock. Dann zieht er sich den Tschako, die Dienstmütze aus schwarzem Filz, vom Kopf und knallt ihn auf den Tisch.

Lina, die in der Küche hilft, hat ein Geräusch aus der Gaststube gehört. Sie kommt herein, begrüßt den Landjäger etwas von oben herab und fragt, ob er einen Wunsch habe.

Er bestellt einen Enzheimer Grafenstolz, die Hausmarke des Lindenwirts, und will wissen, was es heute zu essen gibt.

»Flädlessupp und saure Kutteln.«

»Dann bring mir Supp und Kutteln.«

»Supp *und* Kutteln?«, fragt Lina entsetzt, »Supp reicht dir net?«

»I han Hunger. Was glaubsch du, wie viel Meilen i heut scho gloffe bin.«

Lina zieht das Genick ein, und der Schultes grinst.

Der Landjäger kratzt sich am Kopf, weil die Mütze juckt. »Aber zu de Kutteln will i Bratkartoffel.«

Während Lina den Wein holt, schlägt der Schultes die Zeitung auf und liest dem Landjäger die kurze Notiz über den Tod des Häfners vor.

Der Landjäger macht eine wegwerfende Geste. »Und? Isch doch nix Neis.«

Der Schultes lacht hell auf. »Aber jetzt musst du das Gesindel fangen, net ich.«

Lina stellt den Wein auf den Tisch.

»Warum i?« Der Landjäger zuckt die Achseln und nimmt einen großen Schluck aus seinem Glas. »Die Spitzbube sind längst über älle Berg, hat mei Kommandant gsagt.«

»Ja, wenn das so ist, dann wünsch ich dir einen guten Appetit«, sagt der Schultes.

»Ja, so ischt es, Schultes«, sagt der Landjäger auf Schriftdeutsch und fragt, ob es Beweise gäbe, dass in der Nacht auf Palmsonntag Fremde in Enzheim waren.

Der Schultes erzählt, was er von seiner ältesten Tochter und vom Ochsenwirt weiß. Ein Wagnergeselle habe im Ochsen übernachtet und sei in aller Herrgottsfrüh verschwunden.

»Ohzahlt?«

»Doch, zahlt hat er.«

»Und wie heißt er?«

»Frag halt den Postillon.«

Dann müsse er nach dem Mittagessen zum Ochsen hinauf, sagt der Landjäger, und zieht aus seiner Patronentasche ein dünnes Heftle.

»Kennscht du scho das Neueste? Unser Fahndungsblatt?« Der Landjäger klopft auf das Heftchen. »Jeden Samstag krieg i die neueschte Steckbrief. Und die leg i da nei.«

Der Schultes wird neugierig. Er hat davon gehört, aber er hat noch keinen Steckbrief gesehen. Deshalb bittet er den Landjäger, ins Heftchen schauen zu dürfen.

Der schiebt es ihm hin und sagt: »Ganz vorne, da steht im Erlass, wie i en Steckbrief schreibe muss.«

Der Schultes schlägt die Seite auf und liest laut vor:

»*Steckbrief nennt man eine erlassene Requisition zur Habhaftwerdung eines Verbrechers, dessen Person, Bekleidung u.s.f. zu beschreiben ist. Der Steckbrief muss die Anzeige des Verbrechens enthalten, dessen der Requirierte beschuldigt wird, darf nur bei hinreichend schweren Verbrechen und hinreichend dringenden Verdachtsgründen erlassen werden. Im Aufgreifensfalle ist der steckbrieflich Verfolgte festzuhalten und an das Landjägerkorps abzuliefern, von welchem er requiriert worden ist.*«

»Respekt«, sagt der Schultes, »das ist der Fortschritt.« Dann blättert er die Steckbriefe durch, die man dem Gendarmen als lose Blätter liefert.

»Wenn i vom Otto und deiner Tochter genaue Angabe krieg, na kommt dr Steckbrief in dr next Woch au in dr Zeitung.«

Selbstverständlich liest auch der Schnellreich das *Enzheimer Intelligenz-Blatt*. Jeden Samstagvormittag macht er es sich im Lehnstuhl gemütlich. Von hier hat er einen guten Blick durchs Fenster auf die Gasse vor seinem Haus. Neben ihm auf dem kleinen runden Tisch steht ein Glas Rotwein.

Er liest zuerst den hinteren Teil der Zeitung, die Verkaufsanzeigen der verarmten Bauern und Handwerker, denn da ist immer etwas zu holen.

Dann sieht er die Notiz: »*Wie aus maßgeblichen Kreisen zu hören ist …*«

»Gschwollener geht's nemme«, bruddelt er vor sich hin. Der Schultes weiß nichts und ist unfähig, den Tod aufzuklären: Das ist die Wahrheit! Doch die steht nicht in der Zeitung. Maßgebliche Kreise? Etwa der aufgeblasene Schultes, der Provisor, der hinter den Ohren noch nicht trocken ist, und der hinkende Kirchendusler? Maßgebliche Kreise! Da muss er lachen.

»Elsa!«

»Das Landjägerkorps hat alles in die Wege geleitet, um die verbrecherische Brut dingfest zu machen.«

Der Schnellreich grinst. Intelligenz-Blatt? Heißt das nicht so viel wie kluges Blatt?

»A Zeitung für de Bleede«, nuschelt er. Die Enzheimer werden für dumm verkauft. So schaut's aus! Hat der plattfüßige Landjäger jemals einen erwischt? Der und der Scharwächter, zwei Witzfiguren zum Fürchten. Und jetzt will der Schultes einen eigenen Landjäger nur für unser Städtle. Noch so ein Hanswurst, der auf die Enzheimer aufpassen soll. Noch einer, der das sauer verdiente Geld der Steuerzahler verschleudert.

»Elsa!«

Elsa kommt mit dem Weinkrug. »'s Gläsle isch ja no halb voll«, stellt sie überrascht fest. Sie ist zwar schnell eingeschnappt, aber sonst ist sie eine treue Seele.

»Noi, deswegen hab i dir net grufen.«

Er riskiert einen scharfen Blick: Wenn man sie genau betrachtet, dann ist sie ein sauberes Weibsbild, viel appetitlicher als seine eigene Frau, die gleich im ersten Wochenbett das Zeitliche gesegnet hat.

»Ich muss dich was fragen.«

Sie bleibt aufreizend dicht neben ihm stehen und sieht ihn mit einem leichten Lächeln von oben herab an.

»Willsch au en Rote zum Probiere?«

»Gern.«

»No holsch dir a Gläsle und kommsch her zu mir.«

Elsa eilt in die Küche, trabt in die Wohnstube zurück, ein Glas in der Hand, schenkt sich ein und setzt sich ihm gegenüber. Die Neugier platzt ihr aus den Augen.

Der Schnellreich prostet ihr zu und liest ihr die Zeitungsnotiz über den Häfnermord vor. Dann fragt er sie, was es Neues im Städtle gibt.

Elsa tischt all die wilden Gerüchte auf, die unter den Dienstboten in Enzheim kursieren und gewiss Tagesgespräch in den Gassen und Häusern sind.

Der Häfnerbauer habe nicht um Hilfe geschrien. Also sei er wahrscheinlich verunglückt, sagen die Leute. Er habe die Nacht zum Palmsonntag entweiht und dafür mit seinem Leben büßen müssen.

Wahrscheinlich habe er sich in jener Nacht mit Fremden eingelassen, die ihn zu irgendeinem Frevel angestiftet haben, um ihn auszurauben. Der Kälberstrick gehöre dem Scharwächter.

Der sei aber genau zu der Zeit besoffen im Bett gelegen, als dem Häfner die letzte Stunde geschlagen habe. Und den Kälberstrick hätten mehrere Enzheimer über die Häfnerscheuer fliegen sehen.

Das sei ein untrügliches Zeichen dafür, dass finstere Mächte ihre Hände im Spiel hätten.

»Ja«, sagt der Schnellreich, »dees älles han i au scho ghört. So steht's auch in dr Zeitung.«

»Dr Scharwächter hat gmoint, a fremde Bagasch hat dr Häfner auf em Gewisse«, sagt die Magd. »Dr Landjäger isch im Ochsen gwä und hat gsagt, dass er genau weiß, wer dr Kerle isch, der wo de Häfner gmeuchelt hat.«

»Wer denn?«

»I weiß net. En Wagnergesell von auswärts, sagt dr Landjäger.«

Die Nachricht ist ihr Geld wert. Deshalb kramt der Schnellreich in seiner Westentasche und zieht ein kleines Geldstück aus seiner ärmellosen grünen Brustbekleidung heraus.

»Für dich«, sagt er zur Magd, drückt ihr die Münze in die Hand und streichelt über ihren Arm.

»Isch die echt?«

»Glaubsch du, i trag Falschgeld spaziere?«

»So a Geldstück han i no nie gsehe.«

»Dees sind die neue Kreuzer: ein Kreuzer, drei Kreuzer, sechs Kreuzer. Und seit letzter Woch gibt's au en halbe Kreuzer.«

Die Magd stiert die Münze an, die kleiner als ein Wäscheknopf ist. »Drei Kreuzer, gell?«

Er bestätigt es durch Kopfnicken.

»Und die sind für mi?«

»Freilich! Echt Silber! Du bisch halt a saubers Weibsbild. Kriegsch no meh, wenn du Zeit für mi hasch.«

»Dank schön.«

»Komm, sitz her zu mir«, sagt er und klopft auf seinen Schenkel.

Bereits eine halbe Stunde nach dem Abendläuten ist die Linde rappelvoll. Der Schultes steht hinter dem Schanktisch und füllt die bestellten Getränke ab, die Magda austeilt. Lina pendelt zwischen Küche und Gaststube hin und her und serviert auf Bestellung Flädlesuppe, saure Kutteln und Bratwürste mit Kraut.

Kurz vor sieben steht Christian vor dem Schanktisch, streckt seinem Vater die Hand zur Begrüßung hin und setzt seine Rückentrage aus geflochtenen Weiden ab.

Der Onkel habe ihm über Ostern freigegeben, sagt er, und ein Fuhrmann, der auf der Heimfahrt nach Pforzheim sei, habe ihn mitgenommen. Übermorgen müsse er wieder nach Oberriexingen zurück.

»I freu mi, dass du da bisch«, sagt der Schultes und bittet seinen Zweitältesten, gleich zur Mutter in die Küche zu gehen.

Er zieht das Genick ein, denn er weiß, was jetzt kommt.

Kaum ist der junge Mann durch die Küchentür verschwunden, schon hört man aus der Küche das allergrößte Geschrei: »Mei Bub isch da! Mei Bub isch da! Hasch Durscht? Gell, hasch mächtig Hunger!«

Die Essensausgabe stockt, denn das Küchenpersonal scharwenzelt um den Buben herum.

Die Küchentür fliegt auf: Die Lindenwirtin höchstpersönlich serviert ihrem Bub das Beste, was sie gerade im Angebot hat. Magda trägt Löffel und Messer wie Reliquien hinterher. Und Lina stellt ihrem Bruder einen großen Bierkrug hin.

»Zitzenmann von Riexingen«, flüstert der Schultes seiner Frau zu, als die an ihm vorbeigeht, und streckt ihr die Zunge raus.

Die Lindenwirtin wirft den Kopf in den Nacken und grinst gnädig. An ihr prallen heute solche Neckereien ab, denn ihr geliebter Bub ist da.

Der Schuster Meder, der vor dem Schanktisch steht, hat die kleine Bosheit beobachtet.

»Meine Minna tut mit unsrem Ältesten furchtbar ahnd«, klärt ihn der Schultes auf und zuckt hilflos mit den Schultern. Gegen die Gefühlsduselei seiner Frau sei er machtlos.

Der Schuster winkt ab und tröstet ihn: »Mei Frau tut sich au fürchtig ahnd, seit die einzig Tochter nach Vaihingen fort isch.«

»Eine Stunde weit fort, furchtbar isch dees«, lästert der Schultes.

»Für mei Frau isch dees grad so, als wär unser Tochter nach Amerika ausgwandert.«

Nach einigem Stottern kommen die Essensausgabe und der Ausschank wieder in Schwung. Und gegen acht Uhr ist die meiste Arbeit getan.

Den Rest können die beiden Wirtstöchter allein besorgen, denn es werden fast nur Getränke verlangt. Man isst früh zu Abend in Enzheim. Nur die großen Schluckspechte brauchen noch zu später Stunde feste Nahrung, damit ihnen der Enzianschnaps und die vielen Obstler nicht die Magenwände durchfressen.

Der Schultes setzt sich zum Schuster. Meders Werkstatt liegt genau gegenüber vom Ochsen.

»Na, Eugen, bisch heut wieder bei mir? I dank dir.«

»Oh, Schultes, heut sind die Schnapsgurgler im Ochsen. Saumäßig isch dees Gschrei. Heut isch Trauerschnapseln.« Er seufzt tief auf: »I han jetzt gnug. I geh jetzt samstags nemme in de Ochse.« Er macht eine kleine Pause, erhebt den rechten Zeigefinger und verkündet, er komme jetzt immer in die Linde, damit er sich nicht mehr ärgern müsse.

»Ja, die Schnapsgurgler«, lacht der Lindenwirt vor sich hin, »a lustiges Volk.«

»A versoffenes Pack, Fritz!« Der Schuster wird ärgerlich.

»Hast die Brüder vor einer Woche auch ghört, wie die um Mitternacht heim sind?«

»Ghört?« Der Schuster hebt die Augenbrauen und reißt die Augen auf. Er schüttelt verwundert den Kopf. »Ghört und gsehen han i die versoffene Bagasch. I han zum Fenster nausguckt, weil die Kerle so laut unter meim Fenster gwä sind.«

Und dann erzählt der Schuster, dass die sechs randvoll gewesen seien. Erst sei der Häfner aus dem Ochsen getorkelt, und der Scharwächter gleich hinterher. Rumgehändelt hätten sie, weil der Hilfspolizist nirgendwo seinen Kälberstrick finden konnte. Der Scharwächter hat den Häfner verdächtigt, der habe ihm seinen Strick gestohlen. Dann seien die übrigen Saufköpfe, einer nach dem anderen, aus dem Ochsen herausgewackelt. Nein, korrigiert sich der Schuster, der Dubbeler sei zunächst noch nicht dabei gewesen. Der sucht noch, habe der Holzbauer gelallt und neben die Eingangstür zum Ochsen gebrunzt. Schließlich sei auch der Dubbeler aus dem Gasthaus gewankt und habe seine Mitsäufer beschuldigt, sie seien gemein zu ihm. Seine Spezel haben bloß gelacht. Deshalb ist der Dubbeler beleidigt heim.

Ja, bestätigt der Schuster auf Nachfrage, er habe dem Dubbeler noch eine Weile nachgeschaut. Im Zickzack sei seine Erlaucht zum Schlosstor und dann nach rechts verschwunden, also auf dem Fahrweg zum Schloss hinauf.

Warum der Dubbeler nicht auf dem kurzen Weg heim sei, unterm Nachtwächterturm durch, will der Schultes wissen.

»Der hat de breite Weg braucht«, vermutet der Schuster, »die Stäffele durch de Wengert sind zu schmal für den.«

»Und die fünf sind dann auch heim?«

Meder lacht. »Heim? A gschlagene Viertelstund hen die no unter meim Fenster Gschrei gmacht.«

Zuerst habe der Scharwächter die Taschen vom Häfner durchsucht. Als Hilfspolizist bestand er darauf, andere inspizieren zu dürfen, was die sich zunächst nicht gefallen lassen wollten. Schließlich hat der Häfner gefordert, auch der Scharwächter müsse seine Taschen prüfen lassen. Der Scharwächter hat sich das als Übergriff auf eine Amtsperson lautstark verbeten. Aber der Schnellreich hat ihm die Arme festgehalten, und der Holzbauer hat dem Scharwächter in die Taschen gegriffen.

Nach langem Hin und Her waren alle Taschen durchwühlt, aber der Strick blieb verschwunden. Der Scharwächter ist nochmals in den Ochsen, aber nach einer Weile ohne Ergebnis wieder heraus. Erst jetzt hat sich die Fünferbande auf den Heimweg gemacht.

Alle am Tisch hören den Bericht des Schusters und grinsen.

»So isch dees äll Samstag gwä«, sagt einer.

»Und älles wege em alte Kälberstrick?«, fragt ein anderer.

Meder winkt ab. Um den Kälberstrick sei es eigentlich gar nicht gegangen: Die Schnapsgurgler seien so hinüber gewesen, dass sie selber nicht mehr wussten, was sie taten.

»Ich han au ghört, wie die heim sind«, sagt ein Dritter.

Und ein Vierter ergänzt, dass die Saufbrüder an jedes Hauseck hingebrunzt hätten und in jedes größere Loch auf den Gassen getappt seien.

»Sind alle zusammen heim?«, will der Schultes wissen und sieht den Meder an.

»Bis zum Bierlein ganz gwiss«, sagt der Schuster.

»So, so.«

»Doch! Bis zum Bierlein sind die Sauigel zsamme gwä.« Das wisse er deshalb so genau, sagt der Meder, weil er die Gasse von seinem Fenster aus bis zum Bierlein überblicken könne.

Kaum hat der Meder seinen Bericht beendet, schon schwirren Verdächtigungen, Vermutungen und Verteufelungen durch die Gaststube. Fremde hätten den Häfner gemeuchelt, weil er viel Gold und Silber bei sich gehabt habe. Böse Mächte seien im Spiel. Man habe in jener Nacht unheimliche Stimmen gehört und Irrlichter am Himmel gesehen. Die Menschen würden immer sündiger und gieriger. Man müsse den Lebenswandel der Enzheimer strenger kontrollieren, Ausgehverbote für die Nacht erlassen und die Gasthäuser nach dem Abendessen zusperren. Der Mord am Häfner sei ein böses Omen und mahne zu Buße und Umkehr.

Ostersonntag, 19. April 1840

Nach dem üppigen Mittagsmahl rasiert sich der Schultes selbst, wäscht sich ausgiebig und zieht sein dreiteiliges Männerkleid an. Wie jeden Ostersonntag, so lädt auch in diesem Jahr der Graf von Enzheim zum Empfang. Da muss unser Stadtoberhaupt als oberster Repräsentant der Bürger von Enzheim seine persönliche Aufwartung machen. Und als Vorsitzender der gewählten Bürgerschaft muss er die Stadträte ins Schloss geleiten. So wie der Pfarrer die Kirchengemeinde repräsentiert und den Kirchenkonvent anführt, so hat der Schultes Volk und Amt bei seiner Erlaucht zu vertreten.

Fritz Frank ist ein schlauer Fuchs. Im Grunde seines Herzens ist er eigentlich ein liberaler Mann. Folgerichtig müsste er, wie die meisten Bürger mit freiheitlicher Gesinnung, einen Bart tragen, zumindest einen Backenbart wie Pfarrer Abel. Doch der Schultes geht lieber glatt rasiert; allenfalls lässt er mal die Bartstoppeln ein paar Tage stehen. Er will nämlich Eindruck schinden bei den Stundenleute, die großen Einfluss in Enzheim haben und sich jeden Tag rasieren.

Enzheim ist evangelisch, bis auf die katholische Familie des Webers Robert Baumann und ein paar Juden. Und trotzdem ist die Stadt religiös gespalten. Denn außer den Kirchgängern gibt es die Stundenleute, zwei pietistische Gruppen, die einflussreich sind und sich von vielem und vielen fernhalten.

Pfarrer Abel winkt ab, wenn die Rede auf die Stundenleute kommt. Monatelang hat er versucht, eine Brücke von der Amtskirche zu den Pietisten zu bauen. Vergeblich. Nun ist er nicht mehr bereit, sich die deftigen Angriffe der Stundenleute auf die Amtskirche anzuhören.

Aber der Schultes versteht sich gut mit den Kulleanern und mit den Hahnschen Pietisten. Er schreibt das auch seinem konservativen Äußeren zu, das bei den Religiösen ankommt. Und genau dieses Auftreten gibt ihm die Möglichkeit, im Alltag umso liberaler zu handeln. Wie seine überwältigende Wiederwahl als Schultheiß vor zwei Jahren gezeigt hat, geht Franks Rechnung in Enzheim auf.

Gegen halb drei sind alle Stadträte in der Linde versammelt. Lina serviert jedem einen Obstler. Dann bringt der Schultes einen Trinkspruch auf Ostern und auf den Grafen Heinrich aus, und die Herren trinken ex.

Wenn man es geschichtlich betrachtet, dann ist die kurze Ansprache eigentlich eine Revolte gegen die alte Obrigkeit. Noch vor dreißig Jahren hätte das Stadtoberhaupt zuerst auf das Wohl des Herrn Grafen und dann erst auf das österliche Gemeinwohl anstoßen dürfen. Aber Tradition und Brauchtum gehen in der Grafschaft Enzheim mit der Zeit. Der Herr Graf ist jetzt Untertan seiner Majestät des Königs Wilhelm von Württemberg, und die Enzheimer kommen inzwischen auch ohne das örtliche Grafengeschlecht ganz gut zurecht.

Lina sammelt die Schnapsgläschen wieder ein, und der Schultes lässt sein amtliches Stimmorgan erschallen: »Auf geht's, Männer!«

Er zieht seinen langen Mantel an, setzt sich den breitkrempigen Filzhut auf und führt die Männerriege aus dem Gasthaus.

Draußen herrscht Föhn. Von Süden her jagen zerzauste Wolken über die Stadt. Ein böiger Wind pfeift um die Häuser und drückt den Rauch, der aus den Kaminen quillt, in die Gassen. Staub wirbelt auf. Rauch und Staub beißen den Männern in den Augen.

»Zum Glück regnet's net«, sagt der Schultes. »Ihr müsst halt eure Hüt festhalten.«

Die Hutmode hat in den letzten drei, vier Jahrzehnten ständig gewechselt. Deshalb tragen die Stadträte alle erdenklichen Deckel spazieren: den farbenprächtigen Dreispitz, den mancher Enzheimer von seinem Vater geerbt hat, den Zweispitz mit aufgeschlagener Krempe, den breitrandigen Reisehut mit aufgestecktem Federbusch oder ohne, den neumodischen runden Filzhut, wie ihn der Schultes bevorzugt, und den schwarzen Zylinder.

Und so windet sich eine bunte Hüteprozession die Linden- und Jakobsgasse bergan bis zum Plärrer, und von da durchs Schlosstor aus Enzheim hinaus und den Hang zum Schloss hinauf.

Im Schlosshof geht es schon recht lebhaft zu, denn Pfarrer Abel wartet inmitten seines Kirchenkonvents auf Einlass. Auch der Amtsrichter und der Herr Amtmann, der das Oberamt vertritt, sind bereits eingetroffen.

Mit dem dritten Schlag der Kirchturmuhr öffnet der Leibdiener seiner Erlaucht von innen die Tür am Fuße der Steintreppe, die vom Innenhof in den Spiegelsaal des Schlosses führt.

Die Besucher steigen, einer nach dem anderen, mit einem großen Schritt über die mächtige Türschwelle aus Stein. Im selben Augenblick nimmt jeder den Deckel vom Möckel und nickt dem alten Diener zu, der die Tür festhält. Dann reihen sich die Herren in die Treppenschlange ein, die sich spiralförmig sechsmal im Kreis bis in den zweiten Stock hinaufwindet.

Spiegelsaal ist keine sehr treffende Bezeichnung für diesen einst prächtigen Raum, in dem die meisten Spiegel blind und die drei großen Kristalllüster, die von der Decke hängen, von emsigen Spinnen eingewoben sind.

Graf Heinrich verdient mit seinem vorzüglichen Wein und seinen ausgedehnten Wäldern genug, um sich ein gräfliches Leben leisten zu können. Doch er ist ein sparsamer Mensch, und ein vorsichtiger dazu, seit er die Abwertung des Adels am eigenen Leib erleben musste. Außerdem sieht er es nicht ein, wegen ein paar Bauern- und Handwerkerlümmeln die Lüster putzen zu lassen. Das Volk wüsste einen blitzenden Spiegelsaal ohnehin nicht zu schätzen, hat er seinem Leibdiener anvertraut. Deshalb hat er auch nicht heizen lassen. Diese Saubagage will er schnell wieder loswerden. Denn je länger die Gäste bleiben, desto mehr Wein trinken sie in ihrem Unverstand.

Die herausgeputzten Männer stehen also in dem verstaubten Festsaal, frösteln und sehnen sich in ihre warmen Stuben zurück. Die Gespräche im Flüsterton sind enden wollend.

Eine schmale Tür, die direkt in die Privaträume des Grafen führt, öffnet sich. Der Diener tritt ein und ruft: »Seine Erlaucht, Graf Heinrich!«

Sofort verstummen alle, und die Herren nehmen Aufstellung. In der ersten Reihe stehen die Vertreter der vier Gewalten: der Amtmann für die Kreisregierung, der Pfarrer für die Kirche, der Schultes für die Stadt und der Amtsrichter für das Recht. Dahinter sammeln sich die Mitglieder des Stadtrats und des Kirchenkonvents.

Graf Heinrich erscheint, ein älterer Herr mit weißem Haar und Oberlippenbart. Er trägt die Uniform der preußischen Kavallerie, denn er war lange im Dienste des preußischen Königs Friedrich Wilhelm und wurde als preußischer Offizier in den Ruhestand versetzt. Er trägt diese Uniform bei offiziellen Anlässen demonstrativ. Damit will er zeigen, dass er mit den politischen Verhältnissen nach dem Wiener Kongress im Allgemeinen und im Besonderen mit seiner persönlichen Unterordnung unter die württembergische Krone nicht einverstanden ist.

Die preußische Uniform, das majestätische Erscheinungsbild und das gravitätische Auftreten weisen darauf hin, dass der Graf einst als souveräner Landesherr einem standesherrlichen Hause vorstand und nur dem Kaiser untertan war. Allzu oft vergisst er dabei, dass die Enzheimer einst seine Vorfahren erwählt hatten und er eigentlich ein Herrscher von Volkes Gnaden ist.

Der alte Herr begrüßt die Anwesenden mit einem jovialen »Frohe Ostern, meine Herren« und beschreibt dazu mit der rechten Hand eine einladende Geste.

Die vier bürgerlichen Gewaltenträger treten einzeln vor und überbringen ihre guten Wünsche zum Osterfest. Erst der

Amtmann, denn er trägt die Grüße der Landesregierung und des Oberamts vor.

Dann der Pfarrer, weil im Königreich Württemberg die Kirche zwar nach dem Adel, aber noch vor dem Bürgertum rangiert.

Dann der Schultes, der selbstbewusst und frisch von der Leber weg den Respekt der Stadt, des Stadtrats und der Bevölkerung zum Ausdruck bringt.

Und schließlich der Amtsrichter, denn die Rechtsprechung führt in Württemberg immer noch ein Schattendasein.

Der Graf dankt mit wenigen Worten und sieht dabei nur den Pfarrer an. Als Offizier verachtet er viele Worte. Als preußischer Uniformträger distanziert er sich vom Hause Württemberg. Und als Adliger alter Schule missbilligt er die allzu große Nähe zum Volk.

Dann bringen die Gäste ein dreifach donnerndes Vivat auf König Wilhelm und Graf Heinrich aus.

Zwei Lakaien servieren Wein.

Als jeder Gast bedient ist, erhebt der Graf sein Glas und wünscht allen nochmals ein gesegnetes Osterfest.

Damit ist der offizielle Empfang beendet.

Die Herren bilden Grüppchen und unterhalten sich im Stehen. Der Graf geht herum und wechselt mal mit diesem, mal mit jenem ein paar Worte.

Als er mit den Männern, unter denen er Fritz Frank entdeckt, kurz geplaudert hat, winkt er den Schultes beiseite.

»Wie geht's, Herr Bürgermeister?«, fragt er, wartet aber die Antwort nicht ab und kommt gleich zur Sache: »Wie Sie ja wissen, schlägt mein Jüngster aus der Art. Er hat kein Standesbewusstsein und trinkt zu viel, obwohl ich ihn sehr knapp halte. Vielleicht zu knapp. Im strengsten Vertrauen und ausschließlich für Ihre Ohren, Herr Bürgermeister: Mein Sohn hat in den letzten Monaten ein paar Preziosen aus dem Schloss zu Geld gemacht, um seine Zeche zahlen zu können. Sie wissen ja, er ist nicht der Hellste. Ich wäre Ihnen dankbar, wenn Sie ein Auge darauf hätten, wo und bei wem er die

Sachen aus meinem Besitz versetzt. Für Beobachtungen dieser Art wäre ich Ihnen zu besonderem Dank verpflichtet, Herr Bürgermeister.«

Der Schultes fühlt sich geehrt, dass Erlaucht ihn ins Vertrauen zieht, und verspricht hoch und heilig, sich zum Wohle der gräflichen Familie um die Sache zu kümmern, selbstverständlich mit größter Verschwiegenheit.

Der Graf erhebt sein Glas, dankt und trinkt seinem Gast zu.

Dem Schultes ist noch nie so viel Vertrauen und Wohlwollen im Schloss entgegengebracht worden. Er ist zutiefst gerührt und versinkt ins Grübeln.

Gemeinsam verlassen Schultes und Stadträte das Schloss und steigen, diesmal auf dem steilen Wegle, über die Schlossbergstaffeln ins Städtle hinab.

Unterwegs verabreden sie, sich in der Linde zu treffen und sich für die nächste Sitzung des Stadtrats zu präparieren. Mit Most, Bier, Wein und Schnaps, so hoffen sie, lasse sich der Geist anlocken und zur Preisgabe allerlei Visionen verführen.

Der Töpfer und Ziegelmacher Johannes Bierlein gehört auch dem Stadtrat an. Der Schultes sucht so ganz nebenbei das Gespräch mit ihm.

»Wie geht's Geschäft, Hannes?«

Schlecht, sagt der Gefragte, denn in und um Enzheim werde derzeit wenig gebaut. Wegen der Missernten hätten viele Leute kein Geld. Deshalb werde er seine Ziegel und Dachpfannen kaum noch los. Und die Enzheimer, die Geld hätten, kauften nichts, weil sie fürchteten, die Teuerung könnte auch ihnen bald zu schaffen machen.

»Es isch en Teufelskreis, Schultes.«

In dem Augenblick kommen sie an der Linde an.

Der Schultes lässt dem Bierlein den Vortritt und sagt zu ihm: »Halt mir einen Platz frei, Hannes, wir reden gleich weiter.«

Dann eilt er an die Theke und weist Lina und Magda an, den Räten nochmals auf Kosten des Hauses einen Enzian oder Obstler zu kredenzen.

Er steht wie eine Eiche vor dem Schanktisch und beobachtet, wie seine Töchter die Herren bedienen.

Als jeder einen Schnaps hat, tritt er zwei Schritte vor, schaut seine Mitstreiter freundlich an und reckt sein Gläsle in die Höhe: »Liebe Kollegen, ich lad euch ein. Prost!«

Alle erheben ihren Schnapser und trinken auf das Wohl des Schultheißen und ihrer Stadt.

Und dann erklärt der Schultes den gewählten Herren, dass ihn zwei Sorgen umtreiben, die er in den nächsten Sitzungen abhandeln möchte: der Zustand der Straßen und Gassen in Enzheim und die Nöte nach den Missernten. Er wolle drei Lösungen vorschlagen. Erstens: die Erhöhung der Zahl der Fleckendienste, um mehr Armen zu helfen. Zweitens: zinsloses Darlehen an alle Enzheimer, die ein Geschäft gründen wollen. Und drittens: Reparatur der Straßen und Gassen im Fron- und Lohndienst und Einführung der Kehrwoche.

Die Stadträte schauen sich verdutzt an. Dann brechen heftige Diskussionen an beiden Tischen aus.

Der Schultes setzt sich neben Bierlein und fragt: »Und was meinsch du, Hannes?« Als ihn der Gefragte verwirrt ansieht, fügt er an: »Man muss doch was mache, Hannes, stimmt's?«

»Wie kannst du au so bleed frage, Fritz? Du hasch dr Nagl auf dr Kopf troffe.« Der Ziegelmacher wohnt in der Habsburger Straße, wo auch das Rathaus steht. Seine Ziegelhütte ist aber außerhalb der Stadtmauer, am Enzgrund, weil der Tag und Nacht brennende Ofen brandgefährlich ist.

Bierlein rückt dem Schultes auf den Pelz und flüstert: »Horch, Fritz, jeds Frühjahr hen bei mir zwei arme Leut Arbeit g'kriegt. Dies Jahr frag i mi, ob i iberhaupt no Ziegel mache soll.«

»Ja, Hannes«, bestätigt der Schultes, »es isch a schmals Wegle, wo in die Zukunft führt.«

Der Ziegelmacher runzelt die Stirn und schaut blöd.

»Sparen sollten wir«, sagt der Schultes auf Hochdeutsch, damit er nicht missverstanden wird, »sparen, jawoll, sparen, sparen und nochmals sparen, damit in der Stadtkasse genug Geld ist. Aber«, er hebt den Zeigefinger, »wenn wir zu viel sparen, dann haben immer mehr Leut immer weniger Geld, weil es weniger Fleckendienste und Aufträge für die Handwerker gibt.«

»Ha, Schultes, des wär aber ohgut, wenn du de Enteklemmer mache dädsch.«

»Deswegen bin ich dafür, dass wir so viel Geld ausgeben, dass die Handwerker viel Geschäft haben und viele arme Leut bei der Stadt schaffen können.«

»Ha, so wärs net schlecht, Fritz.«

»Aber zu viel Geld dürfen wir auch net ausgeben, Hannes, sonst müssen wir am End bloß noch für unsre Schulden zahlen.«

Sie diskutieren und debattieren und reden sich die Köpfe heiß. Sie drehen die Stühle zueinander und sprechen über die Tische hinweg. Sie schlagen etwas vor und verwerfen es wieder. Sie überlegen hin und her. Wo verläuft der Mittelweg zwischen Sparsamkeit und Arbeit auf Gemeindekosten?

Der Ziegelmacher zupft den Schultes am Ärmel und flüstert ihm zu: »In der nächsten Sitzung beantrag i, dass wir alle Straße im Frondienst repariere.«

Jeder, der keinen Frondienst verrichten wolle, ergänzt der Schultes laut, der könne sich loskaufen. Dann werden die Reichen lieber ein paar Gulden springen lassen, als selber in den Gassen schuften. Und dann könne die Gemeinde Tagelöhner bezahlen.

Die alte Stadtmauer, die immer schneller verfalle, und die Zehntscheuer, die einsturzgefährdet sei, sollte man auch gleich in Angriff nehmen, ergänzen ein paar Räte. Auch dafür müsse man Frondienst beschließen, dann kämen noch ein paar arme Teufel in Arbeit und Brot.

Der Bierlein strahlt übers ganze Gesicht, denn dafür braucht man Mauerziegel und Dachziegel in großen Mengen.

Nach diesen Gedankenblitzen trübt sich der Himmel in der Linde ein und das Gespräch verflacht, denn der Tabakqualm und der Alkohol vernebeln alle Sinne. Dafür bringen die Herren die Wirtstochter auf Trab: Lina muss reichlich zu vespern und trinken herbeischaffen, während sie sich den neuesten Tratsch erzählen.

Allmählich füllt sich die Gaststube, denn den meisten Enzheimern ist es daheim langweilig, und die Räte bleiben hocken und schwätzen weiter.

Der Schultes fragt beiläufig den Ziegelbauern, ob er in der Nacht auf Palmsonntag etwas gehört habe.

Um Mitternacht sei er aufgewacht, sagt der Bierlein. Draußen sei ein Geschrei und Gejohle gewesen, gerade so wie auf dem Jahrmarkt. Schließlich sei er aus dem Bett und habe aus dem Fenster geschaut. Seine Frau auch. Fünf Schnapsgurgler unter seinem Fenster, alle sternhagelvoll! Streit hätten die gehabt, wie sie denn jetzt heimkämen. Erst alle zum Scharwächter, weil der nicht mehr stehen konnte, und von dort allein weiter? Oder zwei Gruppen bilden, drei zum Scharwächter und zwei zum Holzbauern?

Seiner Frau sei der Galimathias unterm Fenster auf den Geist gegangen. Sie habe ihren vollen Nachthafen aus dem Fenster geleert. Da seien die Saufköpfe auf und davon. Der Häfner und der Schnellreich hätten den Scharwächter untergehakt und heimgeschleift.

»Aha!« Der Schultes spitzt die Ohren. »Der Häfner und der Schnellreich. So, so!«

»Ja«, bestätigt der Ziegelbauer, »da han i de Häfner zum letzte Mal lebendig gsehe.« Er nimmt einen großen Schluck aus seinem Bierkrug und klappt den Krugdeckel zu.

Der Schultes steht auf und geht hinter den Schanktisch. Dort bleibt er ein paar Minuten stehen und sieht sich aufmerksam in seinem Wirtshaus um. Doch den, den er sucht, entdeckt er nicht unter seinen Gästen.

Ostermontag, 20. April 1840

Am Ostermontag ist wieder Vollversammlung in der Lindenküche. Die Dienstboten sind vollzählig da, natürlich alle im einzigen und besten Sonntagsgewand.

Auch der Schultes, seine Frau und seine ledigen Kinder sind festlich gekleidet. Heute ist immer noch Ostern, aber es ist ein besonderer Tag für die Mägde und Knechte. Heute bekommen sie ein kleines Ostergeschenk. Das ist so Brauch in Enzheim. Vor allem findet am Nachmittag der Höhepunkt des Frühjahrs statt. Darauf freuen sich alle im Städtchen.

Doch zuerst frühstückt man und unterhält sich über Altes und Neues, Vertrautes und Fremdes. Die Stallarbeit ist erledigt. Bis zum gemeinsamen Kirchgang bleibt noch genug Zeit.

Der Schultes fragt zuerst seinen Zweitältesten aus, was er in Oberriexingen gelernt habe.

»Pfarrer Steeb«, sagt Christian, »lässt dich schön grüße. Du sollsch bloß sortenreine Weine mache, sagt er.«

»Mach i doch scho.«

»Aber bloß am Schlossberg.«

»Die Wengert auf der Lug grab i nächstes Jahr um. Dann mach i dort au sortenreine Anlagen.«

»Aber du sollsch die Trauben am Schlossberg nach Lage extra keltern.«

»Warum?«

Die Knechte und Mägde hören mit offenem Mund zu.

»Du sollsch zerscht die Rebe vom Berggipfel lese. Und no die am Fuß vom Berg. Und no die in dr Bergmitte.«

»Aha. Und zu was soll das gut sein?«

»Du sollsch die drei Lagen au getrennt keltern.«

Die Männer schütteln den Kopf, die Frauen grinsen.

»Warum?«, fragt der Schultes belustigt.

»Die Trauben am Gipfel sind die schlechtesten, sagt Steeb, weil die Reben dort im kalten Wind stehen.«

»So, so.« Der Schultes kneift die Augen zusammen.

»Und außerdem isch am Gipfel dr schlechtest Boden, weil dr Wind die gute Erde wegweht.«

Der Schultes horcht auf. Dem Gesinde ist das Feixen vergangen.

»Pfarrer Steeb schreibt jeden Tag 's Wetter auf. Am Fuß vom Berg gibt's oft Frost und selten Sonne, hat er gsagt. In der Bergmitte wächst der beschte Wein. Für den kriegsch doppelt so viel Geld wie für deine Sauerampfer. Drum sollsch de gute Traube extra keltern und abfülle.«

Der Schultes ist wie vom Schlag gerührt. Das Hausvolk hält den Atem an.

Spitzenpreise! Und was der Pfarrer alles weiß!

Fritz Frank hat es die Sprache verschlagen. In sich gekehrt sitzt er da und überlässt das Wort seinen Dienstboten.

Die kommen allmählich in Fahrt, sind aufgekratzt und erzählen, was ihnen in den Sinn kommt.

Karl berichtet, er habe sich vor Jahren im Kochertal verdingt. Dort bekomme jedes arme Kind am Ostersamstag einen Fladen. Am Ostersonntag werden Fladen in der Kirche gesegnet und dann ans Vieh verfüttert, damit es gut gedeiht. Und am Ostermontag findet ein Wettreiten statt, bei dem der Sieger zehn großen Fladen bekommt. Aber die muss er den Dorfarmen spenden.

Paula, die vorher in Hohenlohe in Stellung war, erzählt vom Osterfeuer. Ledige Burschen entzünden auf einer Wiese ein großes Feuer, während die unverheirateten Mädchen zuschauen. Wenn das Feuer brennt, wird getanzt. Und das Mädchen, das seinen Tänzer am dichtesten ans Feuer schubsen kann, darf den Burschen küssen.

Wilhelm, der noch zur Schule geht, schüttelt sich bei dem Gedanken, von einem Mädchen geküsst zu werden. »Pfui Teufel!«, schreit er und wischt sich mit dem Ärmel über den Mund.

Christian fragt seinen Vater: »Wer hat denn de Häfner gmeuchelt?«

»Woher weisch dees?«

»Dees weiß man scho im ganze Enztal.«

Der Schultes schüttelt ärgerlich seinen Möckel.

»Dr Herr Stadtvorstand möcht die Mörder selber fange«, stichelt die Lindenwirtin, »aber er ka net.«

»Warum net?«, will Christian wissen.

»Seine Füß sind zu kurz«, lästert die Bäuerin, »und die Weg zu lang.«

»Lättagschwätz«, winkt der Schultes ab.

»Die sind scho lang über älle Berg«, klärt Wilhelm seinen Bruder auf.

»Stimmt dees, Vater?«, hakt Christian nach.

»In dr Zeitung steht's«, sagt der Schultes.

Das Gespräch verebbt, deshalb steht die Bäuerin auf, holt zwei Körbe aus der Kammer und schenkt jeder Magd und jedem Knecht zwei gefärbte Ostereier und eine Osterbrezel. Paula, die Obermagd, bekommt von ihr zudem alle Eier, die sie gestern und heute im Hühner- und Gänsestall eingesammelt hat.

Und dann erhebt sich der Schultes, zieht feierlich seine Geldkatz aus dem Hosensack und drückt Karl, dem Oberknecht, mit bestem Dank für gute Arbeit einen Silbergulden und jedem Dienstboten einen Sechser in die Hand, Vergnügungsgeld für den Nachmittag.

Um halb drei ist ganz Enzheim auf den Beinen und strebt durchs Enztor dem Enzgrund zu.

Pfarrer und Schultes stehen Seite an Seite. Der Schultes pfeift auf den Fingern und klatscht in die Hände, und der Pfarrer spricht den Festsegen. Damit ist die alljährliche Osterfeier auf der Ruglerwiese eröffnet, die gleich unterhalb der Bleichwiese liegt, neben dem öffentlichen Waschplatz.

Auf diesem großen Gemeindewasen an der Enz, ganz in der Nähe der Anlände der Flößer, sind zwei Felder abgesteckt, links vom Enzweg ein kleineres für die Kinder und rechts vom Enzweg ein großes für die ledigen Burschen und Mädchen.

Weil die Kinder ihre Spielfreude kaum noch zähmen können, beginnt das Fest nach alter Tradition mit dem Eierrugeln auf dem kleinen Feld. Das ist genau da, wo der Hang in die ebene Talaue übergeht. Ein langes Brett liegt hangabwärts im kümmerlichen Gras, seitlich von Latten eingefasst, und stößt mit seinem unteren Ende auf die ebene Wiese. So rollen die hart gekochten und bemalten Eier auf der gesäumten Bahn schnell und sicher bergab, bleiben aber bald im ebenen Auslauf liegen. Manche Eier rollen nicht, sondern eiern zu Tal. Einige überschlagen sich und machen die tollsten Sprünge.

Seit Weihnachten haben die Kinder dem heutigen Tag entgegengefiebert: Welches Ei rollt am weitesten? Welches bleibt heil? Wer wird Eierrugler, wer Eierprinz?

Die Regeln sind einfach und für jedermann verständlich, wie bei allen beliebten Spielen: Jedes Kind darf drei bemalte Eier einsetzen. Trifft das herabrollende Ei ein unten liegendes, so gehört es dem Eierbären, wie die Kinder sagen, also dem, der das Ei herabrollen ließ. Der erste Durchlauf ist beendet, wenn alle Eier eingesetzt wurden. Dann kommt der zweite Durchlauf. Jedes Ei, das heil geblieben ist, muss noch mal die Bahn hinab. Manchmal braucht man sogar einen dritten oder vierten Durchlauf. Zum Schluss gibt es in jedem Fall zwei Sieger: Wer die meisten Eier getroffen hat, darf sich Eierrugler nennen. Die Belohnung sind die einkassierten Eier und vom Pfarrer fünf Eier und eine Osterbrezel obendrein. Und wessen Ei am weitesten zur Enz hinabgesaust ist, der wird Eierprinz oder Eierprinzessin. Der Schultes persönlich hängt dem Bub oder Mädchen die Eierprinzenkette um den Hals.

Weil die älteren Schüler geschickter sind als die jüngeren und weil sie schlitzohrig versuchen, ihren Eiern beim Aufsetzen auf die schiefe Ebene einen Drall zu geben, damit sie möglichst weit springen oder einen Treffer landen, wird in drei Altersklassen gestartet: Vorschulkinder, Unterstufenschüler und Oberstufenschüler.

Natürlich eröffnen die Vier- bis Sechsjährigen das Eierrugeln. Sie stehen mit geröteten Wangen dicht an dicht oben an der Rollbahn und können es kaum erwarten, ihr Ei auf das Holzbrett aufsetzen zu dürfen. Dann endlich ist der Augenblick da. Mit einem Jauchzer lassen sie ihr erstes Ei hinab. Das eine oder andere Kind spuckt sogar auf sein Ei, bevor es auf die Reise geht. Unten stehen Vater, Mutter und Geschwister und passen auf, ob das Ei ein anderes getroffen hat und wo es im Gras liegen bleibt.

Selbstverständlich sind alle Eier gekennzeichnet, mit dem Namen des Besitzers oder mit einem auffälligen Muster. Und die weitesten Stellen, bis zu denen Eier herabrugeln, werden mit Täfelchen markiert.

Geschrei und Gelächter hallen durchs Enztal, denn links und rechts der Bahn drängeln die Schulkinder und warten darauf, endlich dranzukommen.

Nach über einer Stunde sind alle drei Altersklassen ausgespielt und Pfarrer Abel verkündet, wer die drei Eierrugler sind. Dann hängt der Schultes unter dem Jubel der Kinder und Erwachsenen zwei stolzen Mädchen und einem strahlenden Jungen die Prinzenkette aus bunten Glasperlen um.

Jetzt ist eine halbe Stunde Pause.

Mütter, Groß- und Urgroßmütter leeren ihre Körbe und teilen Eier und Osterbrezeln aus. Dazu gibt's Most, der in Feldflaschen kühl geblieben ist, auch für die Kinder. Most schadet koim, sagen die Enzheimer.

Die Männer überlassen den Most den Frauen und Kindern; sie ziehen eine Butell aus dem Kittel und wärmen sich mit Schnaps und Wein auf.

Die Stimmung ist fidel. Die Kleinen quieken wie die Ferkel und sind, je nach Erfolg oder Misserfolg beim Rugeln, quengelig oder vergnügt. Die Großen albern, lachen, schäkern, scherzen, schwätzen und tänzeln auf der Stelle.

Der Schultes steht kauend neben dem Pfarrer und schaut auf die Enz und die Enzheimer. Dann dreht er sich um und sieht den Kirchendusler, mit dem Bierlein ins Gespräch vertieft, und den Scharwächter, der sich um den öffentlichen Waschplatz herumtreibt. Er hört Gelächter. Hat der Ordnungshüter schon wieder einen in der Krone?

Der Schultes stößt Abel mit dem Ellbogen an und deutet mit der Kinnspitze hinauf zum Waschplatz.

Abel schaut, kaut und nickt; er hebt die Hand zum Zeichen, dass er verstanden hat, und schlendert zum Waschplatz.

Der Scharwächter steht neben dem Waschtrog, er ist patschnass. Die Stiefel hat er ausgezogen, die löchrigen Strümpfe und die Uniformjacke hängen am Kirschbaum.

Viele Kinder und ein paar Frauen biegen sich vor Lachen und klären den ankommenden Pfarrer auf: Der Dorfschütz sei in den Trog gefallen, weil er das Gleichgewicht verloren habe.

»Du solltest dich schämen«, sagt Abel zum Scharwächter, »nicht genug, dass du dich selbst zum Gespött machst; nein, du schadest auch deinen eigenen Kindern.«

»I han doch bloß mei Kälberstrickle wasche wolle«, verteidigt sich der Gescholtene, den das kalte Wasser schlagartig ernüchtert hat.

»Ist das der Strick, den …«

»Ja, Herr Pfarrer.«

»Und warum hast du den waschen wollen.«

»Weil der Häfner mein beschter Freund gwä isch.«

»Wolltest du dich von einer Mitschuld reinwaschen?«

»I bin uschuldig, Herr Pfarrer.«

»Und wie ist dein Strick zum Häfner in die Scheune gekommen?«

»Dees war net s erschte Mal, dass der Hermann mei Strick ghabt hat.«

Der Pfarrer schaut den Scharwächter entsetzt an.

»Zum erschte Mal hat er mei Strick um de Hals ghabt, aber em Hosensack hat er den scho öfter ghabt.«

»Wieso?«

»Wenn i dees wüsst, Herr Pfarrer. Wenn i mei Strickle im Ochse han liege lasse, no hat en dr Hermann am nächste Tag im Hosensack ghabt … öfters.«

Der Schultes pfeift auf den Fingern und fuchtelt mit den Armen. Er mahnt die Besucher, sich endlich ums große Spielfeld zu sammeln: Das Fest müsse zügig weitergehen.

Mit Kind und Kegel schlendert man zum Wasen, überquert den Weg, der von der Flößerlände durchs Enztor ins Städtle führt, und sammelt sich unterhalb der Ziegelei. Sägemehl und Holzspäne markieren die Spielfläche.

Um den Provisor hat sich eine große Schar Erstklässler versammelt. Sie hängen an ihm wie die Bienen an ihrer Königin. Sie schubsen und drängeln, weil sie seine Hand halten oder ihn zumindest am Ärmel berühren wollen.

Der Schultes geht vorbei und ruft dem jungen Mann zu: »Ällweil fleißig, Herr Lehrer!«

»Grüß Gott, Herr Bürgermeister.«

»Denkst dran, Provisor, dass wir heute auf den …«, der Schultes räuspert sich, »… gut aufpassen müssen.«

»Ich verstehe nicht, Herr Bürgermeister.«

»Heute macht der eine oder andere wieder das schnelle Geld«, deutet der Schultes an.

Über das Gesicht des Provisors huscht ein aufhellender Blitz, dann nickt er wissend zum Stadtvorstand hinüber.

»Also aufpassen, Herr Lehrer, was der macht!«

Mit Mühe erreicht der Kinderschwarm das Spielfeld. Der Provisor drängt ihn an eine Stelle vor der Flößerlände, von wo er den Schnellreich im Blick hat.

Die Zuschauer stellen sich auf drei Seiten hinter den Linien auf. Die vierte Seite, die zum unteren Tor und zur Stadt liegt, bleibt offen.

Der Schultes steckt zwei Finger in den Mund: Ein Pfiff, der durch Mark und Bein geht, und das Spiel kann beginnen.

Alle Augen sind aufs untere Tor gerichtet. Von dort zieht ein Zug lediger Mädchen den Hang herab und kommt von der offenen Seite aufs Spielfeld.

Angeführt werden die Weißgekleideten von zwei Burschen zu Pferde und vom Prinzipal, dem erfahrenen Spielführer, den sich die Mädchen selbst ausgesucht haben. Heuer ist das der Karl, der Oberknecht vom Schultes.

Jedes Mädchen hat ein Sträußchen mit Blausternen in der linken Hand. In Enzheim sagt man Szilla zu den hellblauen Blumen, die Ende März auf den Feuchtwiesen an der Enz und an den Waldrändern in Massen blühen.

Die Mädchen in der ersten Reihe tragen außerdem Körbe in der rechten Hand. Darin sind die gekochten Eier, die ledige Burschen am Samstag im Städtle gesammelt haben.

Unter Aufsicht des Prinzipals legen die Mädchen die Eier auf die Spielfeldlinien, jedes Ei genau zwei Schuh vom nächsten entfernt.

Der Schultes pfeift ein zweites Mal auf seinen Fingern, und die ledigen Burschen kommen in Dreierreihen den Hang herunter. Sie stellen sich zwischen die Eier auf die Spielfeldlinien.

Zwei junge Männer sind auffällig gekleidet. Einer trägt ein rotes Clownskostüm, der andere einen schwarzen Frack mit Zylinder.

Der Prinzipal nimmt den Roten und den Schwarzen an die Hand, sagt ihnen die Spielregeln und mahnt sie, beim Wettkampf ehrlich zu sein.

Dann zählt er von zehn ab rückwärts. Bei null lässt er die beiden Burschen los.

Der Schwarze saust den Hang hinauf und verschwindet durchs untere Tor in Richtung Stadtmitte. Er soll sich beim Ochsenwirt als Postillion verkleiden und eine Flasche Wein herbringen.

Der Rote schnappt sich das erste Mädchen, das seine Schürze mit beiden Händen aufspannt. Dahinein sammelt er die Eier. Ist die Schürze voll, schnappt er sich das zweite Mädchen. Und so geht's weiter. Jedes Ei, das beschädigt im Schurz landet, schreibt der Prinzipal dem Schwarzen gut. Es zählt so viel wie zehn Schritte, die zum Ziel fehlen.

Die einen Zuschauer feuern den Roten an. Die anderen halten zum Schwarzen und versuchen, den Roten beim Eierlesen zu stören. Die Burschen müssen sich neutral verhalten und auf der Linie stehenbleiben, komme, was da wolle. Nur der Rote darf die Eier anfassen.

Roter oder Schwarzer, wer gewinnt? Wer zuerst seine Aufgabe erfüllt, wird für ein Jahr der Eierkönig von Enzheim. Der Verlierer muss ein Fässchen Bier zahlen, das die Ledigen an Ort und Stelle austrinken. Dazu verspeisen sie die Eier.

Das Geschrei auf der Osterwiese ist zum Fürchten: Zurufe und Beifall für den Roten, Pfiffe und Füßetrappeln für den Schwarzen. Der Rote muss sich sputen, das spüren alle, die um den Platz stehen. Und das löst viele Rempler und noch mehr Geschrei aus, das ihn verwirren soll. Jeden Moment muss der Schwarze durchs Enztor flitzen, als Postillion verkleidet. Kommt er, bevor alle Eier eingesammelt sind?

Fünf Eier liegen noch am Boden, als der Schwarze ins Spielfeld hechtet. Der Ordnung halber zählt der Prinzipal die zerbrochenen Eier. Es sind drei. Also hat der Schwarze mit acht Eiern Vorsprung gewonnen.

Der Prinzipal verkündet das Ergebnis, nimmt dem Schwarzen die Flasche aus der Hand und entkorkt sie. Dann zaubert er aus seinem Kittel zwei Gläser hervor, schenkt sie voll und überreicht das erste mit einem Bückling dem Sieger, das zweite mit einem Schulterklopfer dem Verlierer.

Das Volk pfeift, johlt und applaudiert.

Die Burschen umringen den Verlierer und fordern das Geld fürs Bier.

Der Rote holt ein paar Silbermünzen aus seiner Hose und zählt sie dem Prinzipal auf die Hand. Der nickt und gibt mit einem Handzeichen das Bierfass frei, das hinter dem Spielfeld auf einem Wagen bereitliegt.

Drei Männer stellen sich am Spielfeld auf und spielen zum Tanz. Mit Geige, Trompete und Tamburin locken sie die Leute, sich mit einem Partner im Takt zu wiegen. Zuerst spielen sie nur Ländler, dann auf vielseitigen Wunsch auch ein paar Schottische und Böhmische.

Der Eierkönig hat beim Tanzen freie Auswahl. Er ist heute der begehrteste Junggeselle. So ist es seit alters her Brauch.

Der Schultes, aller Pflichten ledig, schlendert ums Spielfeld und grüßt hierhin und sagt ein paar Worte dorthin.

Plötzlich sieht er, dass der Schnellreich und der Scharwächter sich von der Festgemeinde absondern und der Enz zustreben. Sie reden erregt aufeinander ein.

Der Schultes geht zu den beiden hinunter.

»Willst heut wieder Geld fürs Faulenzen?«, ranzt er den Hilfspolizisten an. Und bevor der aufbrausen und fragen kann, winkt er ärgerlich ab: Aufgabe des Stadtwächters sei es doch, bei Festen für Ruhe und Ordnung zu sorgen. Wofür denn sonst werde er bezahlt? Fürs Herumsaufen und Verlustieren?

Dem Schnellreich ist das Gesicht eingefroren, und der Scharwächter zieht das Genick ein.

»Bist du jetzt im Dienst oder net?«, fragt der Schultes.

Der Scharwächter hat verstanden und will sich entfernen, doch der Schultes hält ihn am Arm fest. »Wenn ich euch schon mal beinander hab, dann will ich wissen, wie du am Palmsamstag heim bist.«

Der Schnellreich weiß sofort, worauf der Schultes hinauswill. »Der Häfner und i hen ihn heim …«, er deutet auf den Stadtschütz, »… und dann isch dr Häfner allein weiter, und i au.«

»Freilich, so war's«, bekräftigt der Scharwächter.

»So war's, so war's«, äfft ihn der Schultes nach. »Du kannst doch gar net wissen, wie's war. Du warst besoffen!«

»Aber Schultes …!«

»Bsoffe bisch gwä!!«, schnauzt er ihn an. Er holt tief Luft: »Warum schaffst du net für den Schleimer da?«

Der Schnellreich zuckt zusammen und wird bleich um die Nasenlöcher.

Der Schultes schaut den Scharwächter zornig an und deutet auf den Danebenstehenden: »Der soll dir ein Geschäft geben. Viele in unserem Städtle däten sich über dein Pöstle freuen!«

Der Scharwächter kneift die Lippen zusammen.

»Glaubsch, i krieg mei Geld im Schlaf?« Der Schnellreich fühlt sich auf den Fuß getreten; jetzt hat er einen roten Kopf. »Hart schaffe muss i, bis i mei Geld in fünf Jahr verdopple kann.«

»In fünf Jahren 's Geld verdopple? Das ist keine Arbeit, das ist Leutebescheißen, du Haderlomp!« Der Schultes regt sich fürchterlich auf: »Ein Faulenzer bisch, ein trauriger Sidelhocker, ein Schleimscheißer!

Er lässt die beiden grußlos stehen, umrundet die Musiker und geht hinüber zum Küferschorsch, der mit ein paar Weingärtnern fachsimpelt. Er hört eine Weile zu, legt dann dem Küfer die Hand auf die Schulter und führt ihn ein paar Schritte auf die Seite.

»Du, Schorsch, wie war denn das am Palmsamstag? Weißt du, wer mit dem Häfner heim ist?«

»Der Dubbeler isch vom Ochsen direkt heim«, sagt der Küfer. »Beim Ziegelbauer hen wir uns getrennt. Dr Holzbauer isch mit mir no a Stück mit, dann isch er allein weiter. Und dr Schnellreich und dr Häfner hen de Scharwächter heimgschleift, wie äll Samstag.«

»Und der Schnellreich?«

»Was soll mit dem sein?«

»Ist der mit dem Häfner heim?«

»Noi, Schultes, Nie! Der geht immer alleine heim, über dr Friedhof oder durchs Münzgässle.«

»Bist sicher?«

»Klar! D'Karlene hat gsagt, dass ihr Hermann alleine heimkomme isch.«

Die Musiker spielen einen Böhmischen. Ein paar Jüngere tanzen, die Älteren schwätzen miteinander und die Kinder rugeln ihre gefärbten Eier durchs Gras.

Der dicke Schnellreich schlendert auf den langen, dünnen August zu.

»Wir haben doch ausgmacht«, schnauzt ihn der Lange an, »dass man uns net zsammen sehen darf.«

»Was regsch di auf?« Der Dicke grinst. »Die suche doch en Wagnergsell.«

»Woher weißt das?«

»In dr Zeitung steht's.«

»Bei uns liest man euer Enzblättle net.«

»I han dir's mitbracht.« Der Schnellreich zieht ein Stück Papier aus seinem blauen Sonntagsrock. »I will's aber zrick!«, sagt er und hält August einen Ausriss aus der Zeitung hin.

Der Dünne liest, schmunzelt und gibt den Fetzen zurück.

»Und?« Der Dicke setzt ein dreckiges Grinsen auf.

»Ich brauch neue Ware. Dringend!«, sagt der Dünne beim Weggehen.

»Isch dees net gfährlich, wo doch …?«

»Blödsinn!« schneidet der Lange dem Schnellreich das Wort ab, »grad jetzt ist's net mehr gfährlich, wenn die einen Gsellen suchen.«

»Soll i de Scharwächter und de Kirchendusler aushorche, was dr Schultes weiß?«

»Wenn's dich beruhigt, dann mach's halt. Aber ich will's net wissen.«

Dienstag, 21. April 1840

Kaum hat der Schnellreich seine Kaffeetasse geleert, schon macht er sich auf den Weg zum Wengerttor. Dort wohnt der Scharwächter. Früh muss man den aufsuchen, wenn man ihn einigermaßen nüchtern antreffen will.

Gleich aufs erste Klopfen öffnet der Hilfspolizist.

»Grüß Gott, Eugen.«

»Ja, schlag mi's Blechle, dr Schnellreich! Isch denn scho wieder Samstag?«

»Warum?« Der Schnellreich atmet erleichtert auf, denn der Kerl ist noch nicht angesäuselt.

»Wenn Samstag wär, no dätsch du mi jetzt en Ochse einlade zum Schnapsgurgle. I han nämlich Durscht.«

»Und i han immer no Muskelkater vom letschte Mal. Wie a Pfund Schnitz han i di vom Ochsen heimschleife müsse.«

»Da dank i dir schön. Du bisch nämlich mein beschter Zeuge, Schnellreich, dass i net beim Häfner im Stall gwä bin.«

Der Schnellreich lacht hell auf. »Das wär net luschtig, wenn unser Stadtschütz unters Fallbeil komme dät.«

»Komm, hör auf!«, schreit der Scharwächter, »mi juckt's scho am Hals.«

»Im Blättle steht, dass en Wandergsell unsern beschte Freund auf em Gwisse hat.«

»Stimmt.«

»No isch dr Schultes jetzt endlich zfriede?«

»I glaub net. Hasch doch geschtern gsehe, wie wütig der isch.«

»Was will der Hornochs no?«

»Vielleicht hat der Gsell en Helfer ghabt, meint er. Der horcht sich no im Städtle um.«

»Und wen horcht er aus, der Schultes?«

»Weiß i doch net. Mit mir schwätzt der doch nemme über solche Sache. Da musch de Kirchendusler frage … oder de Provisor, mit dem schwätzt er über älles.«

»Geh mir fort mit dem.« Der Schnellreich winkt ab.

»Ja, gehsch jetzt mit in de Ochse?«

»Ich glaub net, Eugen.«

»Ja, du bisch en großer Siach!«

Am Vormittag war Fritz Frank mit seinem Frieder im Wengert, nicht am Schlossberg, wo sein bester Wein im neu angelegten Weinberg wächst, sondern auf der Lug, wo die alten, flacheren Weingärten über der Enz sind.

Den Nachmittag verbringt er jetzt im Rathaus. Er muss sich auf Georgi vorbereiten. Vor ihm liegt die fertige Liste der Fleckendienste im neuen Rechnungsjahr; der Provisor hat gut und schnell gearbeitet, Gott sei Dank.

Der Schultes geht die Aufstellung durch und fragt sich viel: Wer war schon letztes Jahr im Dienst? Wer braucht dringend ein paar Kreuzer zum Leben? Wer hat noch nie einen Fleckendienst gehabt? Wer kann sonst wo als Tagelöhner etwas verdienen?

Die Gant-Anzeigen aus der Zeitung haben ihn erschreckt. Arme hat es in Enzheim schon immer gegeben, natürlich. Gemeindearme, die im Armenhaus der Gemeinde in der Enzmauergasse hausen, vor allem schwachsinnige Alte und verarmte Witwen. Und Hausarme, die ohne Hilfe verhungern würden, aber noch ein eigenes Dach über dem Kopf haben oder bei barmherzigen Menschen untergekommen sind. Seit Jahrzehnten hilft der Armenkasten, der Stiftungsfonds, wo er kann: Er verschenkt Mehl, Eier, Schmalz, Obst und Gemüse und zahlt das Schulgeld für die Kinder in Not.

Aber der Schultes weiß: Die Zahl der Menschen, die am Ende sind und sich nicht mehr selber helfen können, ist in den letzten Jahren größer geworden. Dieses Jahr steigt sie sicher weiter an, weil die Anzeichen für die Ernte nicht günstig sind. Die Wintersaat ist nur zum Teil aufgegangen, der März war in diesem Jahr viel kälter als sonst. Und wenn auch die Weingärtner im Herbst eine schlechte Traubenlese haben?

Dann gute Nacht, Enzheim.

Der Schultes nickt vor sich hin: Dann geraten noch mehr in Not, und dann suchen noch mehr ihr Heil in der Flucht nach Amerika. Das Ende vom Lied: Es gibt immer weniger Enzheimer, aber unter den Verbliebenen immer mehr Arme und immer weniger Reiche. Eine Abwärtsspirale von Armut, Ausweglosigkeit, Auswanderung und Abnahme der Bevölkerung droht.

Gerade jetzt müsste er Arbeit für die Armen finden und den Glauben an neue Gewerbe fördern. Und genau jetzt kommt ihm der Mord am Häfner in die Quere.

»Aberjetza, i kann doch net de ganze Tag bloß Mörder fange!« Er haut mir der Faust auf den Tisch. »I muss doch au mal was Gscheits schaffe! Und in de Wengert sott mr au!«

Nach diesem Zornausbruch beruhigt sich der Schultes wieder. Er stemmt die Ellbogen auf den Schreibtisch und fährt sich mit beiden Händen übers Gesicht. So wichtig wie das Mörderfangen ist der Kampf gegen die steigende Armut allemal. Sonst nehmen die Schwarzseher im Städtchen überhand. Ist erst einmal die Stimmung versaut, dann wird es schwierig, wieder Zuversicht zu verbreiten.

Den Scharwächter würde er am liebsten davonjagen, wenn er könnte. Dazu müsste er dem Kommandanten des Landjägerkorps reinen Wein einschenken. Denn Bestellung und Entlassung des Scharwächters ist Sache des Oberamts. Aber der Scharwächter hat neun Kinder zu versorgen. Was können die dafür, dass sie einen versoffenen Vater haben?

Fritz Frank seufzt und lässt den Namen des Scharwächters auf der Liste der Fleckendienste stehen: Nur noch ein Jahr zur Probe. Einheizen wird er ihm, das nimmt er sich fest vor, und ihm künftig bei jeder Gelegenheit auf die Füße treten. Und die samstägliche Sauferei muss auch aufhören. Schon zum Wohl der anderen Bürger, die ihren Schlaf brauchen.

Er lehnt sich auf dem Stuhl zurück und fällt ins Sinnieren.

Seit zwölf Jahren ist er der erste Mann der Stadt, zum zweiten Mal gewählt. Beim zweiten Mal, vor zwei Jahren, sogar mit überwältigender Mehrheit. Die Leute mögen ihn, denn er hat gelernt, gerecht und umsichtig als Stadtoberhaupt zu amten, den Stadtrat zu leiten, die ganze Bürgerschaft zu führen und auch seinen eigenen Vorteil nicht zu vergessen.

Gott sei Dank unterstützt ihn Pfarrer Abel von der Kanzel herab und im persönlichen Gespräch; er ist ihm ein guter Berater geworden.

»Allen Leuten recht getan, ist eine Kunst, die niemand kann«, hat er sich von einem Kalligrafen aufschreiben und einrahmen lassen. Der Spruch hängt gegenüber an der Wand, im Rücken der Besucher. So sieht er den Spruch immer dann, wenn er sich über jemand zu ärgern beginnt. Noch zwei Sätze hängen dort: *»Heute ist der erste Tag der nächsten hundert Jahre«* und *»Auch in der ärmsten Hütte kann ein großer Geist wohnen«*.

Diese drei Sprüche hat ihm Pfarrer Abel ans Herz gelegt. Sie muntern ihn jeden Tag auf, wenn er hier hocken muss.

Dass den Schultes heute solche Gedanken plagen, hat etwas mit dem Mord zu tun: Der Häfner muss allein gewesen sein, als er vom Wengerttor, wo er den besoffenen Scharwächter an die Haustür gelehnt hat, heimgegangen ist. Seine Frau und sein Gesindel bestätigen das zweifelsfrei. Dabei hätten sich viele im Städtchen gefreut, wenn man den Schnellreich endlich drankriegen könnte. Aber der scheint unschuldig zu sein, der schleimige Bruder. Den Kälberstrick hat er nämlich nicht gehabt, das steht fest.

Eigentlich müsste man den einfältigen Prinzen befragen. Aber wenn der daheim wirres Zeug erzählt?

Wie seine Erlaucht reagieren würde, wenn die gräfliche Familie in Verdacht geraten sollte, das kann sich der Schultes lebhaft vorstellen. Ein geharnischter Brief aus dem Schloss, und er wäre sein Schultheißenamt los, mundtot gemacht, an den Pranger gestellt, mit Schimpf und Schande aus dem Rathaus gejagt.

Trotzdem will er Gewissheit. Andere beschuldigen, wenn vielleicht der junge Prinz seine Finger im Spiel hat? Nein, das kann und will er nicht, weil es gegen seine Ehre geht.

Himmel hilf! Er überlegt hin und her. Und dann ist der rettende Gedanke da, wie ein Blitz: Der Provisor oder der Büttel müssen den Dubbeler aushorchen. Nicht verhören, um Gottes willen, nicht verhören! Nur ganz, ganz stät aushorchen … und Pfarrer Abel um Rat fragen.

Wie er's auch dreht und wendet: Der Mord lastet auf allem, was er tut. Nach dem noch geltenden geheimen Prozessrecht, das nur die schriftliche Rechtsfindung zulässt und bestimmte Foltermethoden immer noch erlaubt, wäre er als Stadtoberhaupt der Hauptzeuge. Seine Recherchen und Berichte wären die Grundlage für das Urteil, wenn der Täter nicht gestehen sollte. Und er als Stadtoberhaupt müsste dann das Todesurteil vollstrecken lassen. Ihn graust es.

Er seufzt brunnentief und wendet sich widerwillig seiner Verwaltungsarbeit zu.

Der Schultes lauscht.

War das die Rathaustür? Ist da jemand?

Tatsächlich, mit leichtem Tritt steigt einer die breite Treppe herauf.

Fritz Frank hat den Flur im Blick, denn die Tür zu seiner Amtsstube steht immer offen.

Erst der Kopf, dann der Oberkörper des Provisors wird zwischen den gedrechselten Hölzern der Treppenbrüstung sichtbar. Der junge Mann hat die Augen auf den Boden gerichtet. Als er aufschaut, sieht er den Schultes und erschrickt.

»Entschuldigen Sie, Herr Bürgermeister, ich wollte nur meine Unterlagen holen und die Haushaltsliste zu Hause fertigmachen.«

»Respekt«, sagt der Schultes und freut sich, dass er einen so gewissenhaften Mitstreiter hat und nicht mehr allein im leeren Rathaus ist. »Komm, setz dich her zu mir.«

Und dann erzählt der Ältere dem Jüngeren, wie die Schnapsgurgler am Palmsamstag heim sind und dass der Landjäger einen Steckbrief nach einem flüchtigen Wagnergesellen schreibt.

Der Provisor wird sehr nachdenklich und malt mit dem Finger Figuren auf den Tisch. »Und wie kommt dann der Kälberstrick in den Stall vom Häfner? Fliegen kann er nicht, der Strick.«

»So viel steht fest: Der Häfner hat ihn nicht mit. Und der Scharwächter erst recht nicht.«

»Wer dann? Der Schnellreich?«

»Schön wär's. Aber der war's net«

»Warum nicht, Herr Bürgermeister?«

»Weil der Häfner mit dem Schnellreich zum Scharwächter ist und von dort allein nach Hause.«

»Dann ist der Strick doch durch die Luft geflogen, wie ein paar Einfältige behaupten.«

»Aber Provisor, da bleibt von den Schnapsgurglern noch einer übrig.«

»Der Dubbeler?«

Der Schultes schweigt und sieht den jungen Mann ernst an.

»O Gott«, sagt der Lehrer und bedeckt sein Gesicht mit beiden Händen.

»Deshalb schreibst morgen doch noch einen Bericht ans Oberamt. Doppelt genäht hält besser. Schreibst, dass der Mörder kein Enzheimer sein kann.« Er denkt nach. »Und dass ein Wagnergeselle verdächtig ist ... und dass der Landjäger schon den Steckbrief macht.«

Der Provisor schaut dem Schultes prüfend ins Gesicht und schweigt.

»Ja glaubst du, ich lass dem Sohn von unserem Grafen den Hals absäbeln?«

Der Schultes braust auf, nimmt die Akten, die vor ihm liegen, und schlägt sie auf den Tisch. »Da kann ich mich doch gleich selber vergraben lassen. Entweder bringt mich das Oberamt in die Zwickmühle, weil die so einen Befund net gelten lassen. Oder der Graf sorgt dafür, dass ich hier in Enzheim keinen Fuß mehr auf den Boden krieg.«

Er sieht den Lehrer lange an und beruhigt sich allmählich wieder.

»Ich schreib den Bericht, Herr Bürgermeister. Sie können sich auf mich verlassen.«

Der Schultes seufzt und nickt. »Aber ganz unter uns, Provisor. Eigentlich sollte man schon wissen, ob der Dubbeler Dreck am Stecken hat.«

»Und wenn er unschuldig ist?« Der Lehrer denkt angestrengt nach und schüttelt dann den Kopf.

Der Schultes runzelt die Stirn. »Die Schnapsgurgler waren die letzten Gäste im Ochsen. Das steht fest. Wer bleibt übrig, wenn der Dubbeler den Kälberstrick net mithat und seine Saufbrüder auch net, wie der Ochsenwirt sagt?«

Der junge Mann lächelt. »Der Wagnergeselle. Also doch durchreisendes Gesindel. Wie es in unserem Bericht steht.«

»Siehst du.« Der Schultes wirft die Hände auseinander und zieht die Schultern hoch. »Dubbeler oder Wagnergeselle.«

»Und was machen wir jetzt, Herr Bürgermeister?«

Der Schultes schweigt.

»Warten, bis die Gendarmen den Gesellen erwischen?« Der Provisor stockt und setzt leise hinzu. »Oder den Dubbeler fragen?«

Der Schultes streckt die ausgebreiteten Handflächen von sich und wiegelt sofort ab. »Noi, noi, mein Lieber. Ich frag den Dubbeler nix!«

Das Gesicht des jungen Mannes wirkt abweisend. »Und wenn …?«

»… der Büttel a bissle horcht?« Der Schultes spielt den Überraschten und Unschuldigen. »Ha no, versuchen könnt er's ja.« Und knurrt leise: »Oder du. Aber um Himmels willen ja net scharf fragen!«

»Und wenn die Landjäger den Wagnergesellen fangen?«

Der Schultes zuckt die Achseln.

»Und wenn der Bursche beweisen kann, dass er unschuldig ist?«

Der Schultes hat Augen wie Wagenräder. Entsetzen macht sich auf seinem Gesicht breit.

»Dann war's doch einer aus unserem Städtle, Herr Bürgermeister. Dann kriegen es die Schnapsgurgler mit der Angst; keiner will es gewesen sein. Einer schiebt die Schuld auf den anderen, und am Schluss weiß es ganz Enzheim: Der Dubbeler hat den Strick gehabt.«

Der Schultes reißt entsetzt Mund und Augen auf.

»Ich geh jetzt heim, Herr Bürgermeister, und schreib den Bericht. Ich werde schweigen wie ein Grab ... und vielleicht sacht nachfragen, so sacht, dass es der Dubbeler selber gar nicht merkt. Sie können sich auf mich verlassen.«

Der Schultes ist nach der Fragerei des Lehrers völlig durcheinander.

Er macht deshalb auf dem Weg vom Rathaus in die Linde einen kurzen Abstecher zu Pfarrer Abel und fragt ihn, ob er etwas mit ihm besprechen dürfe.

Für den Pfarrer ist das nichts Besonderes, denn der Schultes nimmt kraft Amtes die Stellvertretung des Geistlichen im Kirchenkonvent wahr. Und Abel muss als Ortsvorsitzender der staatlichen Hagelversicherung und der Rebenveredelungsanstalt häufig aufs Rathaus.

Pfarrer Abel ist ein geselliger Herr, seit Jahren Witwer und kurz vor der Pension. Seine Kinder sind längst aus dem Haus. Deshalb wohnt er allein in dem riesigen Pfarrhaus und freut sich über jeden Besuch. Sein Steckenpferd ist die Sternguckerei. In sternklaren Nächten steigt er im Schein einer Laterne auf den Kirchturm und schaut mit seinem Fernrohr in den Himmel. Wenn es über der Kirche irrlichtert, dann wissen die Enzheimer: Ihr Pfarrer hockt im Turm und guckt aus dem

Glockenfenster. Tagsüber geht ihm eine ältere Frau aus der Nachbarschaft zur Hand, wohnt aber nicht im Haus.

Als der Schultes wegen des Termins anfragt, hätte ihn der Pfarrer am liebsten gleich dabehalten, weil ihm gerade nach Plaudern ist.

Fritz Frank entschuldigt sich jedoch mit dem Hinweis, er müsse in der Linde die Sänger begrüßen und selber zur Singstunde. Abels Einladung zum Frühstück nimmt er aber sofort an.

Die Unruhe verfolgt ihn bis in den Schlaf, er träumt vom Blutgericht in Enzheim.

Mittwoch, 22. April 1840

Gegen halb acht am Morgen steht der Schultes vor dem Pfarrhaus und erteilt seinem ältesten Sohn lautstark letzte Anweisungen, was im Weinberg zu tun ist. Dann klopft er beim Pfarrer an die Haustür.

Abel öffnet sofort, denn er hat seinen Gast schon erwartet und durchs Küchenfenster kommen sehen.

»Willkommen, Herr Bürgermeister.«

Der Schultes dankt für die Einladung und überreicht Abel einen Sechspfünder, allerfeinstes Holzofenbrot, das seine Frau selbst gebacken und ihm mit besten Grüßen mitgegeben hat.

Er folgt dem Hausherrn ins Speisezimmer und begrüßt die Haushälterin, die den Tisch schon gedeckt hat und gerade frisch gebrühten Kaffee hinstellt.

Dann zieht er eine Flasche aus dem Hosensack: »Mein bester Rotwein, Herr Pfarrer: Enzheimer Grafenstolz von meinem neuen Wengert am Schlossberg. Kein Schiller! Reiner Schwarzwelscher! Ganz was Feines.«

Abel sieht seinen Gast fragend an.

»Ach so, Sie sagen ja Trollinger zum Schwarzwelschen.«

Abel nickt.

»Jedenfalls, Herr Pfarrer, ist mein neuer Grafenstolz sortenrein, wie Ihr Amtsbruder aus Oberriexingen sagt.«

Abel dankt und bittet seinen Gast, sich gleich an den Tisch zu setzen. Er spricht ein kurzes Gebet und fordert die Haushälterin auf, Kaffee einzuschenken.

Dann wartet er, bis die Frau das Zimmer verlassen hat, hält dem Schultes den Brotkorb hin, legt sich selbst zwei Scheiben auf den Teller und sagt: »So, Herr Bürgermeister, was haben Sie auf dem Herzen?«

Fritz Frank nimmt einen Schluck aus seiner Kaffeetasse und sieht den Pfarrer treuherzig an. »Ich kann nicht mehr schlafen, Herr Pfarrer.«

»Warum? Sorgen und Nöte?«

»Der Mord am Häfner …«

»So, so!«

»… und die vielen armen Leute.«

Abel ist überrascht, das Stadtoberhaupt so ernst und betroffen zu sehen.

»Ist denn das falsch, was im *Intelligenz-Blatt* steht?« Er sei davon ausgegangen, dass der Mörder längst über alle Berge und von den Landjägern zur Fahndung ausgeschrieben sei.

»Stimmt schon«, bestätigt der Schultes, aber ihm sei plötzlich klar geworden, dass er als Bürgermeister bei der Vollstreckung eines Todesurteils mitwirken müsste, wer auch immer der Mörder sei.

Abel, ein viel belesener Mann, dem trotz treuer Pflichterfüllung genug Zeit für Steckenpferde bleibt, sieht seinen Gast versonnen an. Im Laufe der letzten zwölf Jahre ist er der heimliche Berater des Stadtvorstehers geworden. Plagte Fritz Frank ein Problem, dann kam er zu Abel und ließ sich die verschiedenen Möglichkeiten auslegen, wie er die Sache anpacken könnte. Der Pfarrer hat seinem Schützling auch die Augen für die großen Zusammenhänge in der Landespolitik geöffnet und mit ihm lange Gespräche über Gott und die Welt geführt.

Anfangs war der Schultes ungestüm wie ein junger Stier. Inzwischen denkt er nach, bevor er handelt, auch wenn er immer noch behauptet, der liebe Gott habe ihm die Ellbogen nicht nur gegeben, damit er sich auf der Tischplatte abstützen kann.

Abel kennt also den Schultes gut und ahnt, was seinen Gast umtreibt.

»Vor fünfzehn oder sechzehn Jahren« beginnt der Pfarrer vorsichtig und achtet auf jede Regung seines Gastes, »haben unsere Volksvertreter heftig über die Todesstrafe gestritten. Die Regierung wollte damals die Todesstrafe verschärfen.«

Der Schultes zuckt zusammen und fragt verdattert: »Die Todesstrafe verschärfen? Wie soll das denn gehen?«

Der alte Herr spürt, dass der Schultes sich darauf einstellt, einen Mörder zu überführen und richten zu lassen.

Deshalb nimmt er sich Zeit. Bedächtig rührt er in seiner Kaffeetasse.

Dann blickt er auf und berichtet in verächtlichem Ton, dass der damalige Justizminister ein neues Gesetz wollte. Der Verurteilte sollte zum Richtplatz geschleift werden.

Der Schultes ist fassungslos.

»Ja«, sagt der Pfarrer bitter, »Sie hören recht. Die gefesselten Hände mit einem Strick an ein Pferdegeschirr gebunden, sollte der arme Sünder über den Boden zur Richtstätte geschleift und dort enthauptet, aufs Rad geflochten oder gehängt werden.«

Der Schultes wird blass und fährt sich über den Mund, als müsse er sich erbrechen. »Jetzt …« flüstert er, käsweiß im Gesicht, und schluckt »… jetzt, wo Sie es sagen, Herr Pfarrer, erinnere ich mich dunkel.«

»Die Rede des Justizministers hat damals Tumulte ausgelöst. Viele Abgeordnete wandten sich gegen eine Verschärfung der Todesstrafe und wollten sie sogar ganz abschaffen.«

Nur mit Mühe habe sich die Regierung durchsetzen und die Todesstrafe rechtfertigen können. Aber der Gesetzentwurf wurde verworfen und die Todesstrafe durch das Rad und durch den Strang abgeschafft. Nur noch mit dem Schwert oder mit dem Beil darf man richten. Das habe das Parlament entschieden, weil man meinte, der Verurteilte werde so schnell und schmerzfrei getötet. Angesichts des Todes müsse man sogar die Würde eines Verbrechers achten, befanden damals die Volksvertreter.

Der Schultes sitzt reglos auf seinem Stuhl und stiert auf den Tisch.

»Und beim nächsten Gesetzentwurf, Herr Bürgermeister …«

Der Schultes hebt den Kopf.

»… wird die Todesstrafe bei uns abgeschafft. Darauf verwette ich meinen Kopf. Denken Sie an meine Worte.«

Der Schultes sieht den Pfarrer lange an und schweigt.

Bis dahin, rät ihm der Pfarrer, solle er als Schultheiß dafür sorgen, dass es zu keiner Hinrichtung in Enzheim kommt. Die Debatte im Parlament habe nämlich gezeigt, dass sich die Geister an der Todesstrafe scheiden. »Für die einen wäre eine Hinrichtung in unserem Städtchen ein Volksfest, für die anderen eine Kriegserklärung.«

Der Schultes hat atemlos zugehört. Jetzt schnauft er tief durch und sagt: »Ich danke Ihnen für Ihre offenen Worte, Herr Pfarrer. Ich verspreche Ihnen, ich werde alles tun, dass es in meiner Amtszeit keine Hinrichtung in Enzheim geben wird.«

Abel spürt, dass sein Gast erleichtert ist. »Unser altes Recht ist nicht gerecht, Herr Bürgermeister, das wissen Sie so gut wie ich. Deshalb müssen Sie alles tun, dass es nicht mehr voll angewandt wird. Im *Schwäbischen Merkur* habe ich gelesen, dass es demnächst ein neues Strafrecht und eine gerechtere Strafprozessordnung geben soll. Das beweist doch, dass unser Recht nicht mehr zeitgemäß ist.«

Der Schultes nickt und schweigt.

»Wenn Sie Hilfe brauchen, dann finden Sie in mir immer einen Mitstreiter.«

Der Schultes lächelt: »Bleiben Sie bei uns, Herr Pfarrer, wenn Sie in den Ruhestand gehen.«

Abel forscht lange im Gesicht seines Gastes und sagt schließlich: »Daran habe ich auch schon gedacht.«

»Ich wär Ihnen dankbar, wenn Sie bleiben würden. Die Enzheimer schätzen Sie. Und ich brauche Sie, Herr Pfarrer.«

Nach einer kleinen Pause, in der beide kräftig dem Frühstück zusprechen, sagt der Pfarrer: »Sie wollten zwei Punkte ansprechen, Herr Bürgermeister.«

Der Schultes berichtet, dass die Armut wachse, die Gantfälle zunähmen und immer öfter Leute auswandern wollten. Er zählt auf, wie viele Sommerdienste er allein vergeben dürfe und wie viele Tagelöhner er zusätzlich beschäftigen könne, wenn der Stadtrat mit ihm einig sei.

Der Pfarrer hört nachdenklich zu und schweigt eine Weile, als der Schultes seinen Bericht beendet hat. Dann steht er auf, entschuldigt sich für einen Moment, geht aus dem Zimmer und kommt mit einem Brief zurück.

»Ich habe einen alten Studienfreund. Der lebt jetzt als Stadtpfarrer in Göttingen. Wir schreiben uns öfter. Ich habe ihn auch schon dreimal besucht. Und dieser alte Freund macht immer mal wieder Urlaub im Eichsfeld. Das ist ein ehemaliges Fürstentum, gehört jetzt zu Preußen und ist mit der Postkutsche nur eine halbe Tagesreise von Göttingen entfernt. Und dort hat mein Freund ein Hausgewerbe gesehen, das sich auch für unsere Gegend eignet. Daran habe ich in den letzten Monaten schon oft gedacht.«

Der Schultes lauscht und schweigt.

»Ich meine die Stockmacherei, Herr Bürgermeister.«

»Spazierstöcke?«

»Ja, genau: Spazierstöcke, Stockpfeifen, Stockflöten und, nicht zu vergessen, Peitschenstecken.«

»Und davon kann man leben?«

Der Pfarrer lacht. »Spazierstock ist nicht Spazierstock. Es gibt ganz normale Stöcke. Aber es gibt auch Blitzstöcke, mit denen man sich im Freien vor dem Blitzschlag schützen kann. Und dann gibt es Spazierstöcke mit Schrittzähler und Wegmesser. Ja, sogar Stockflöten und Stockpfeifen werden gemacht.«

»Flöten und Pfeifen für die Tanzmusik?«

»Nein, die Stockpfeifen nicht für die Musik, sondern zum Tabakrauchen. Aber mit den Stockfideln und Stockflöten kann man Musik machen.«

Der Schultes lacht.

»Und einen Peitschenstecken braucht jeder Bauer und jeder Fuhrmann«, sagt Abel mit erhobenem Zeigefinger.

Der Schultes schluckt; von solchen Spazierstöcken hat er noch nie gehört. Das gäbe ein schönes Spektakel, wenn jeder Sangesbruder an Kirchweih einen Spazierstock hätte. Dann ist nämlich Gründungstag des neuen Gesangvereins mit großer Wanderung.

Abel unterbricht den Gedankenflug seines Gastes: »Ich habe hier einen Brief von meinem Freund, den er mir im letzten Herbst aus dem Eichsfeld geschrieben hat.«

Und dann liest der Pfarrer vor:

»In Lindewerra traf ich dreißig Stockmacher an, die in den Wäldern der umliegenden Berge ihren Rohstoff sammeln. Die um die Eichenstämme aus dem Boden oder direkt aus dem Stamm wachsenden Wildtriebe lassen sie vier Jahre lang stehen und schneiden sie dann ab. Die Abfallstecken erhitzen sie im Backofen, bis die Rinde platzt. Diese ziehen sie ab, erhitzen den Stock nochmals und biegen das eine Ende über einem eisernen Biegerad. So entsteht der Griff des Spazierstockes. Ahornstecken muss man einige Zeit ins kochende Wasser legen, dann schälen, dann wieder im kochenden Wasser erwärmen und schließlich am Biegerad mit einem Griff versehen. Nach dem Biegen muss der Stock sechs bis acht Wochen an der Luft trocknen. Schließlich wird er abgeschliffen, bemalt und verziert, und die guten Stöcke bekommen sogar eine eiserne Spitze.«

Der Schultes sitzt versonnen da und denkt angestrengt nach. Welche Chancen für Enzheim in der Stockmacherei liegen, hat er sofort erkannt. In seinem Kopf blitzen aber schon neue Ideen auf: Warum nur Spazierstöcke und Peitschen? Warum nicht auch noch andere Erzeugnisse aus Holz?

»Herr Bürgermeister?«

Der Schultes rührt sich nicht.

»Hat es Ihnen die Sprache verschlagen, Herr Bürgermeister?«

Fritz Frank sieht durch den Pfarrer hindurch; er ist in Gedanken weit fort und kommt nur langsam zu sich. »Entschuldigen Sie, Herr Pfarrer.«

»Enzheim hat doch genug Wald? Oder täusche ich mich, Herr Bürgermeister?«

»Enzheim hat sehr viel Wald, mehr als alle Nachbargemeinden. Insgesamt 1800 Morgen.«

»Also beste Voraussetzungen für einen oder zwei Stockmacher in unserer Stadt.«

Der Schultes schüttelt den Kopf und lacht dazu. »Dass wir darauf nicht schon früher gekommen sind.«

»Der Andreas Buder wäre so einer.«

»Wie bitte?«

»Der Andreas Buder wäre ein guter Stockmacher.«

»Der in der Zehntscheuergasse hinterm Häfnerhof wohnt?«

Der Pfarrer nickt. »Spricht etwas gegen ihn?«

Der Schultes schüttelt den Kopf. »Nein, nein, ein ehrlicher Mann, ein kluger Kopf, aber ein sehr, sehr armer Mensch. Neun Kinder, keinen Hof, nur ein paar Hühner und Gänse. Und Arbeit als Tagelöhner hat er selten.«

»Gerade deshalb ist er der Richtige, Herr Bürgermeister.«

Vergnügt plaudern die beiden Herren über dies und das und essen alles auf, was ihnen die Haushälterin serviert hat.

Dann spricht der Pfarrer ein Dankgebet, und der Schultes verabschiedet sich.

Abel begleitet ihn bis zur Haustür, bittet nochmals, den Buder bald aufzusuchen, und wirft ihm einen kurzen, aber forschenden Blick zu: »Und wenn sich in der Mordsache doch noch etwas anderes ergeben sollte, so vergessen Sie bitte nicht: Die Todesstrafe ist keine Lösung.«

Der Schultes errötet. Er fühlt sich ertappt. Rasch wendet er sich ab, steigt die vier Stufen vor der Haustür hinab und winkt zum Abschied.

Fritz Frank eilt nach Hause, zieht sein Wengerthäs, seine Arbeitskleidung, an und sagt seiner Frau, dass er erst gegen ein Uhr zum Essen komme. Dann macht er sich in seine Weinberge auf. Die Haue geschultert, trottet er gemächlich bergan, die Hauptstraße aufwärts, durchs schmale Tor unter dem Nachtwächterturm hindurch und die Schlossstaffeln hinauf in den Wengert, wo sein Sohn schon kräftig vorgearbeitet hat.

Der Boden um die Reben muss gelockert werden. Die Arbeit mit der Haue fährt ihm zwar ins Kreuz, aber sie geht ihm gut von der Hand und lässt ihm viel Zeit zum Nachdenken. So überdenkt er beim Hacken alles, was ihm Abel gesagt hat, und beschließt, gleich nach dem Mittagessen zum Buder zu gehen.

Drei Schrannen bearbeitet er, dann verständigt er sich mit Frieder, dass es bald ein Uhr sein könnte. Er weist seinen Sohn an, bis zum Abendläuten weiterzuarbeiten, und schlendert gemächlich zur Linde zurück.

Dort verdrückt er drei Bratwürste mit Kartoffelschnitz und Kraut, holt seinen Spazierstock aus der Schlafkammer und macht sich auf den Weg zum Andreas Buder.

Buders Haus liegt nicht in der Langen Gasse, wo der Häfnerhof steht, sondern in der Zehntscheuergasse. Diese geht rechtwinklig von der Langen Gasse ab; Buders Grundstück stößt von hinten an die Scheune des Häfnerhofs.

Haus ist eigentlich zu viel gesagt; es ist eher eine Kate, eine armselige Hütte, klein, finster, muffig und eng. Im Erdgeschoss ist nur die Wohnstube, in der die Eltern abends ihren Strohsack ausbreiten, und die Küche. Im Kniestock unterm Dach, den man über eine Hühnerleiter erreicht, schlafen die neun minderjährigen Kinder im Stroh. Im Winter weht es den Schnee durch die Ziegel herein; über die Schlafenden breitet sich dann eine eiskalte Decke aus.

Der Schultes klopft an die Tür und tritt in die finstere Stube, als er von innen ein kräftiges »Herein!« hört.

Buder steht am Fenster und hat ein kleines Messer und ein Stückchen Lindenholz in der Hand.

»Grüß Gott, Andreas. Was treibst?«

»Ja, das freut mich, dass du mi au amol bsuchsch, Schultes. Hoffentlich bringsch koine schlechte Nachrichte.«

»Aberjetza, wie kommst da drauf?«

»Weil du en Stecken dabei hasch, Fritz. Willsch Schulde eintreibe?«

»Im Gegenteil, Andreas. Ich will dir eine neue Arbeit antragen. Eigentlich schickt mich der Herr Pfarrer.«

Buder legt sein Messer auf den Tisch, daneben das Holz, aus dem er gerade eine Kuh herausschnitzt.

Der Schultes schaut die Figur an und staunt: »Aberjetza, Andreas, wo hast das glernt?«

Buder zuckt die Achseln. »I mach halt meine Kinder a Freud. Manchmal verkauf i sogar a Stückle. Von äbbes muss i doch lebe.«

»Das trifft sich gut«, sagt der Schultes. »Spielzeug für die Kinder aus Holz machen«, nachdenklich sieht er den jungen Mann an, »das muss ich mir merken.«

Buder belauert seinen Gast und wartet, welche Arbeit ihm der Schultes antragen will.

»Kann man da noch mehr machen?«

Buder sieht den Schultes fragend an.

»Ich meine, ob man noch andres Spielzeug aus Holz machen kann?«

»In Nürnberg und Halle, im Thüringer Wald und im Erzgebirg lebet a Haufe Leut, die Spielzeug aus Holz schnitze könne.«

»Das musst du unserem Pfarrer und mir demnächst ganz genau sagen«, sagt der Schultes und erzählt dann in allen Einzelheiten, was er mit Pfarrer Abel besprochen hat. Er berichtet, dass es vielerlei Stöcke gibt: Spazierstöcke, Peitschenstecken und Stockflöten, ja sogar Stockfideln.

Und er fügt an, was ihm auf dem Herweg dazu noch eingefallen ist.

Buder sieht seinen Gast mit großen Augen an und schweigt.

»Wenn du Spazierstöcke und Peitschenstecken machen magst, Andreas, dann darfst dir die Eichenstecken kostenlos im Stadtwald schneiden.« Außerdem werde er dafür sorgen, dass die neuen Stöcke unter die Leute kommen. Dem Finkenberger werde er sagen, er solle immer ein paar Stöcke und Stecken nach Heilbronn und Ludwigsburg mitnehmen und bei den anderen Fuhrleuten anpreisen. In der Linde dürfe Buder am Samstag und Sonntag, wenn die Gaststube voll ist, für sein Hausgewerbe werben. Und im Gesangverein werde er beantragen, dass jeder Sänger bis Kirchweih einen Spazierstock haben muss.

»Meinen eigenen Spazierstock hab ich dir gleich als Muster mitgebracht, Andreas. Meinst, du kannst uns bis zur Ernte fünfzig bis sechzig Stöcke machen? So viel kriegen wir im Gesangverein auf jeden Fall los.«

Buder schluckt. »Für Geld?«

»Freilich. Wir zahlen dir so viel wie jedem Stockmacher in Stuttgart oder Karlsruhe.«

»Gleich morge probier i's aus, Schultes. I dank dir schön.«

»Und wenn du dem Provisor eine Stockflöte machst, kriegst von mir einen Extragulden dazu.«

»Ich hab no nie a Stockflöt gsehn, Schultes.«

»Der Provisor hilft dir. Der kennt sich in der Musik aus. Der hat bestimmt ein Bild von einer solchen Flöte.«

Buder blickt seinen Besucher versonnen an.

»Probier's halt aus, Andreas. Wenn's was wird, dann kannst viele Stockflöten verkaufen, das garantier ich dir. Und dann machst auch Stockpfeifen. Von mir oder vom Pfarrer kriegst Geld für den Anfang.«

Buder steht reglos da und sieht den Schultes verdattert an. Erst jetzt merkt er, dass er seinem Gast keinen Sitzplatz angeboten hat.

»Komm, setz di her an de Tisch«, sagt er und stellt einen Stuhl neben den Schultes.

»Dank dir, Andreas.« Der Schultes setzt sich. »Auf unseren Spazierstöcken muss aber Liederkranz Enzheim draufstehen.«

Buder summt vor sich hin. Er ist in Gedanken schon bei der Arbeit. »A paar Versuch brauch i aber, bis dr erschte Stock was wird.« Er macht eine kleine Pause und überlegt. »Aber a Biegeeisen müsst i mir beim Schmied mache lasse.«

Der Schultes sagt nichts, und Buder kratzt sich nachdenklich im Genick. »Ich wüsste, wie es aussehen muss.« Säuerlich verzieht er das Gesicht.

»Brauchst Geld, Andreas?«

Buder nickt.

»Ich geb dir morgen zwanzig Gulden als Anzahlung für unsere Spazierstöck.«

Buder träumt vor sich hin und achtet kaum noch auf seinen Gast. Der Schultes sieht es, lächelt und schweigt ein Weilchen. Dann fragt er unvermittelt und weckt damit seinen Gastgeber aus kühnen Träumen: »Der Häfner war doch dein Nachbar?«

Buder blickt verwirrt auf. Die plötzliche Wendung kann er nicht nachvollziehen. Er zuckt die Achseln. »Ja, warum? Dees weisch doch selber.«

»Hast den Hermann net ghört?«

»Wie der vom Ochsen heim isch?«

Der Schultes macht eine zustimmende Handbewegung.

»Freilich hab i den ghört. Jeden Samstag. Au in sällre Nacht, wo er gstorbe isch.«

»Da hast du ihn ghört?«

»Freilich.«

»Allein?«

»Noi.«

»Wen noch?«

»Die Spitzbube halt.«

»Donnerwetter, und die hast du ghört?«

»Freilich.«

»Hast sie auch gsehen?«

»Noi, wegen dem Geschrei vom Häfner bin i scho lang nemme aus em Bett.«

»Aber ghört hast du den Hermann in der Nacht?«

Buder nickt.

»Ganz gwiss?«

»Freilich.«

»Und auch noch andere hast ghört?«

»Wenn i's doch sag. Die sind aber net vom Hof her in de Stall.«

»Sondern?«

»Vo hinte.«

»Jetzt komm ich nemme mit! Ja, gibt's zwei Eingänge zum Stall?«

Buder lacht. »De richtige, den kennsch ja. In der Langen Gasse, durch die Hofeinfahrt, am Haus vorbei und über de Hof.«

»Und noch einen?«

»Da bei mir, auf em kleine Wegle an meim Höfle.«

»Komm, Andreas, das musst du mir zeigen.«

Sie verlassen das Haus und gehen auf einem schmalen, mit Gras bewachsenen Pfad zur Rückwand der Häfnerscheune, die genau auf der Grundstücksgrenze zu Buders Höfle steht.

Buder zögert, mustert die senkrechten Bretter der Scheunenwand und klopft mit dem Knöchel darauf.

Zwei klingen hohl. Die hebt er leicht an und schiebt sie nach links und rechts. Beide hängen nur noch am oberen Balken, der etwa auf Zimmerhöhe parallel zum Scheunenboden verläuft.

Fritz Frank lacht höhnisch, und Andreas Buder drückt die Bretter zur Seite und deutet mit dem Kinn in die Scheune.

Der Schultes beugt sich hinein. Direkt vor seiner Nase ist der Heuhaufen, auf dem der Häfner sein Leben ausgehaucht hat. Mit seinen zweihundert Pfunden könnte er da nicht durchschlüpfen, fällt ihm sofort auf. Die Ein- und Aussteiger müssen schlanker sein als er.

»Und in der Nacht zum Palmsonntag sind da die Spitzbuben eingstiegen?«

»Noi, noi! Erscht isch dr Häfner ausgstiege.«

»Der ist noch mal fort?«

»Freilich. Hat er oft gmacht. D'Karlene hat ihn aus em Haus gschmisse. No isch er übern Hof und in de Stall. Und derweil d'Karlene denkt, jetzt schläft er im Heu sein Rausch aus, hat er sich aufgrappelt und isch nomal fort.«

»Und wo ist der Hermann hin?«

»Weiß i net.«

»Und wann war er wieder da?«

»Grad han i de Nachtwächter 's Einserlied singe höre, da isch er wieder vorbei.«

»Allein?«

»Da isch no äbber dabei gwä.«
»Einer?«
»Einer, vielleicht au zwei.«
»Und wann sind die wieder fort?«
»Da han i scho gschlafe.«

Donnerstag, 23. April 1840

Der Schnellreich geht in seinem Garten vor dem Haus auf und ab. Eigentlich interessiert er sich nicht besonders fürs Grünen und Blühen im Frühjahr; er will die Gasse überwachen und schielt mit einem Auge, ob sich etwas regt.

Montags und donnerstags kommt der hinkende Amtsbote und Kirchendusler hier vorbei. Er schaut im Auftrag des Schultes nach dem Rechten und geht dann hinunter ins Armenhaus in der Enzmauergasse. Der Schnellreich ist noch keine Viertelstunde draußen, als er den Boten heranwackeln sieht. Er beugt sich über die gelben Blumen, deren Namen er nicht weiß, und tut so, als erfreue er sich am Duft der ersten Blüten.

»Hasch ausgschlafe«, ruft es hinter ihm.

Der Schnellreich dreht sich um und spielt den Überraschten: »Ah, du bist's, Heinrich.«

»Gell, jetzt bisch wach.«

»I han am Sonntag net in dr Kirch gschlafa.«

»Aber i han di beim Dusle verwischt.«

»Noi, mein Lieber, da musch besser gucke.«

Der Gemeindeboten schluckt; er ist verärgert, aber das zeigt er nicht. »Wenn's im April nemme schneit, isch dr Mai nemme weit«, sagt er und lacht.

Der Schnellreich geht zu dem Hageren mit Dienstmütze hin: »Und? … Was schaffsch du?«

»I guck, wo die Gasse und Straße kaputt sind. Der Stadtrat will sie richte. Und dann muss i ins Armenhaus nüber und frage, ob die alte Leut äbbes brauche.«

»Oh, Heinrich …«, lästert der Schnellreich, »… die Straßen richte … dees wolle die Herren scho seit zehn Jahr. Aber nix isch passiert.«

»In diesem Jahr wird's ernst! Glaub mir's«, versichert der Dienstbote.

»Und hen ihr de Mörder vom Häfner scho?«

»Noi, no net.« Der Büttel nimmt die Mütze ab, weil sie juckt, und kratzt sich am Kopf. »Aber jetzt weiß man genau, wer's gwä isch.«

»Du meinsch den Wagnergsell?«

»Ja, der war's.«

»Aber dr Schultes fragt doch no im Städtle rum.«

»Dees macht der bloß, damit die Leut net denke, im Rathaus däd mr nix. Noi, noi, der Fall isch erledigt.«

Freitag, 24. April 1840

Endlich hat der Schultes wieder Zeit, sich um den Mord zu kümmern. Gestern, Donnerstag, war Georgi, der berühmte Jörgentag, der für die meisten Schultheißen in Württemberg der härteste Tag des Jahres ist.

Bis weit übers Abendläuten hinaus ist er gestern im Rathaus gehockt. Die Sommerdienstler gaben sich die Türklinke in die Hand, wollten einen neuen Arbeitsvertrag oder baten um einen Vorschuss. Viele Handwerker und Händler holten Geld aus der Gemeindekasse ab oder mussten eine ausstehende Rechnung bezahlen. In der Amtsstube war ein Kommen und Gehen. Der Amtsbüttel leistete ihm gute Dienste und rannte, trotz seines steifen Beines, im Rathaus und im Städtle auf und ab.

Noch in Gedanken tritt der Schultes vor die Haustür und schaut nach rechts, zur Linde. Schon sein Großvater hat unter diesem Baum gespielt, das Wasser im Laufbrunnen unter der Linde gestaut und seine Freunde nass gespritzt. Der Baum ist sechzig Fuß hoch, und immer noch reckt er sich von Jahr zu Jahr höher hinauf. Letzte Woche waren die ersten grünen Blättchen da; jetzt treiben sie auf den Unterseiten weiße Härchen aus. Und in drei, vier Wochen wird die ganze Linde in Blüte stehen und die Luft mit ihrem würzigen Duft erfüllen. Dann wird der Schultes, wie jedes Jahr, Tische und Stühle unter diesen Liebes- und Freiheitsbaum stellen und hier mit seinen Gästen die Abendstunden genießen.

Als der Schultes den Kopf nach links wendet und die Hauptstraße hinaufschaut, sieht er auf halber Höhe den Büttel, der ihm zuwinkt. Deshalb bleibt der Schultes vor der Haustür stehen und wartet, bis sein Amtsbote vor ihm steht.

»Morgen, Heinrich. Aberjetza maielet's schon.«

Der alte Amtsbüttel schnuppert. Tatsächlich, es duftet nach Mai und Blüten. Der Frühling steht vor der Tür.

»Ja, Schultes«, er grinst seinen Vorgesetzten schalkhaft an, »wenn's im April maielet und schneit, isch der Mai nemme weit. Alte Bauernregel.«

»Komm, hör auf!«

»Nichts für ohgut, Schultes. Weil's maielet, muss i am Samstag Mist in mei Krautgärtle tun.« Er lüftet mit der linken Hand seine Dienstmütze und kratzt sich mit der rechten am Kopf. »Hasch en Augenblick Zeit für mi?«

»Wo brennt's, Heinrich?«

»I han gestern de Dubbeler in dr Rathausgass gsehe.«

»Und?«

»Ha, der Provisor hat mi vorgestern gfragt, ob i weiß, wie dr Dubbeler in dr Mordnacht heim isch. Und da han i denkt, i frag halt de Dubbeler.«

Der Schultes reißt die Augen auf. »Und was hat er dir gsagt?«

»Wie äll Samstag.«

»Was?«

»Wie älle Samstag isch der Dubbeler heim. Durchs Schlosstor und auf em Schlossbergweg.«

»Und sonst hat er nichts gesagt?«

»Dass er um halb eins daheim im Schloss gwä isch, hat er noch gsagt. Und dass ihn sein großer Bruder gschimpft hätt, weil er so spät dran gwä isch. Der Philipp hätt Blödele zu ihm gsagt. Dr Dubbeler isch jetzt giftig auf sein Bruder.«

»Und dass der Häfnerbauer tot ist, davon hat er nichts gsagt?«

»Und ob! Erst am Ostersamstag hätt er im Ochsen ghört, dass dr Häfner tot isch.«

»Hat er dich angelogen?«

»Noi, noi, Schultes, der Dubbeler war richtig traurig. Jetzt hab ich koin Freund meh, wo mir a weng Geld bsorgt, hat er gsagt.«

»Ist das alles, Heinrich, was du vom Dubbeler erfahren hast?«

»Älles, Schultes.«

»Das hast du sehr gut gemacht, Heinrich. Auch gestern warst du mir eine große Hilfe. Ich dank dir dafür.«

Der Büttel strahlt übers ganze Gesicht, weil er sich über das Lob freut.

»Hat sich deine Arbeit als Kirchendusler über die Feiertage gelohnt?«, will der Schultes wissen.

»An Weihnachten isch meh gwä. Bloß acht Dusler han i verwischt. De Schnellreich han i gstupft, aber der hat mir bloß en Vogel zeigt. I soll nächscht Mal besser gucke, hat er gsagt.«

»Hat er dir nichts gegeben?«

»Noi! … Der Schleimscheißer!«

»Reg dich nicht auf, Heinrich.« Der Schultes zieht einen silbernen Sechser aus seiner Hosentasche und gibt ihn dem Büttel.

Der Büttel ist überrascht und erfreut zugleich.

»Jetzt hab ich bei dir dreimal duseln gut, Heinrich.« Der Schultes lacht spitzbübisch.

»I dank dir schö, Schultes.«

»Schon recht, Heinrich. Das hast du dir verdient.«

Der Büttel steckt das Geldstück in seine Hosentasche.

»Hast schon alle Löcher in den Straßen und Gassen aufgeschrieben, Heinrich?«

»Noi, no net, Schultes, aber guckt han i scho«, sagt der Büttel und zieht diensteifrig Papier und Bleistift aus seiner blauen Uniformjacke.

»Dann fängst du heute damit an. Kapiert?«

Der Büttel legt die Hand an seine Dienstmütze.

»Und den Bericht gibst dann dem Provisor. Der soll daraus eine Vorlage für den Stadtrat machen, sagst ihm.«

Der Büttel salutiert erneut.

Samstag, 25. April 1840

Der Schultes ist schon früh auf den Beinen. Nach der Fastenzeit muss geschlachtet werden. Die Fleisch- und Wurstvorräte gehen zur Neige.

Also sind die Knechte und Mägde im Hof der Linde versammelt, um einem Schwein und einer Kuh den Garaus zu machen. Bei der Prozedur muss einer die Oberaufsicht führen. Und ein solch wichtiges Amt steht nach Lage der Dinge nur dem Schultes zu.

Der Oberknecht haut den Tieren mit der langen Axt vor den Kopf und betäubt sie auf diese altväterliche Art. Der Heiner sticht die Viecher ab, und die Obermagd fängt das Blut in einem Holzbottich auf und verrührt es zu Blutwurst.

Unterm Wurstkessel lodert das Holzfeuer. Unterstützt von allen Knechten und Mägden verschafft die Lindenwirtin alles zu Fleisch und Wurst.

Damit reibungslos gearbeitet werden kann, hat sich der Schultes neben dem Kessel aufgebaut und brüllt ein Kommando nach dem anderen über den Hof: »Holz nachlege, sonscht geht das Wurstfeuer aus! … Därme sauber ausspüle! … Markknochen auskoche! Ihr Donderkrippel, könnt ihr net aufpasse!! … Du machsch das! … Du das! … Und du das!«

Nur das Abschmecken der Wurst und der Metzelsuppe nimmt er höchstpersönlich vor, assistiert von seiner Frau.

Gerade ist das Schlachten vorbei, die Mägde putzen den Kessel, die Knechte räumen die Gerätschaften auf, als der Viehhändler plötzlich im Hof steht. Ob der Schultes ihm ein paar Stück Vieh verkaufe, will er wissen.

So wechseln an diesem Tag auch noch elf Ferkel und ein Kalb gegen gutes Geld den Besitzer.

Dann zieht sich der Schultes erschöpft in seine Gaststube zurück, öffnet die Fenster und setzt sich an seinen Stammplatz vor dem Schanktisch. Jetzt hat er Sprechstunde, wie jeden Samstagvormittag.

Vor ihm liegt das *Enzheimer Intelligenz-Blatt*. Wie immer liest er die Zeitung von hinten nach vorn, denn was auf den ersten beiden Seiten steht, das weiß er ja. Die Vorlagen dazu hat der Andreas Schmidlin bei ihm im Rathaus abgeholt.

Ein Artikel auf der letzten Seite hat es dem Schultes angetan. »*Die neuen Taufnamen*« ist er überschrieben. Darin heißt es:

»Wer möchte heute noch Peter, Simon, Martin oder Ursula, Kunegunde oder Gertrud heißen? Diese Taufnamen unserer Väter und Mütter, in den großen Städten schon längst aus der Mode, werden nach und nach auch bei uns auf dem Lande von den wohlklingenden Namen der Romanhelden und Heldinnen vertrieben. Ist einmal die Namensrevolution ganz vollbracht, dann wird es heißen:

Jetzt dreschen Gustavs unsern Weizen,
und Eduarde schöbern Heu.
Indess Mathilden Stuben heizen,
besorgt Amande Stall und Streu.
Und Laura, mit den seidnen Locken,
sitzt spinnend hinter ihrem Rocken.
Seht, Berta steht am Butterfasse,
und Rosa sorgt fürs Federvieh.
Die Rudolphine kehrt die Gasse,
Und Hugo füttert Schaf und Küh.
Der Großknecht Alfred schirrt die Pferde,
Und Eugen wachet bei der Herde.«

Der Schultes lacht und rätselt, wo der Bäcker diesen lustigen Artikel abgeschrieben hat. Oder hat ihn etwa der Provisor selbst geschrieben? Der hilft ja seit Ostern beim Zeitungmachen.

Aufmerksam liest Fritz Frank die ganze letzte Seite und stellt fest, dass da überhaupt sehr viel anders ist als vor Ostern. Das muss die Handschrift des jungen Lehrers sein.

Über dem Namensgedicht sticht eine Anzeige heraus, von einer Blumengirlande eingefasst. Die fette Überschrift lautet: »*Bäckermeister Andreas Schmidlin empfiehlt.*«

Das hat der Brezel- und Zeitungsmacher noch nie gemacht, geht es dem Schultes durch den Kopf. Was ist wohl in den gefahren?

Aber eigentlich ist es naheliegend, befindet er nach kurzem Nachdenken. Für die eigenen Backwaren in der eigenen Zeitung werben, das hat was für sich.

Und dann liest der Schultes die ganze Anzeige:

»*Für die kommende Konfirmation empfehle ich die große Auswahl und gute Qualität meiner Backwaren und Tragantarbeiten, so wie auch Wachsstöcke und Kerzen. Ferner führe ich vorzügliche Punsch-Essenz, Batavia-Arak, Jamaika-Rum, ganz alten Enzheimer Kirschengeist und für die Damen süßen Malaga-Wein.*«

Der Lindenwirt schreit nach seiner Minna. Die ist in der Küche, hört ihn lärmen und rennt in die Gaststube, so schnell sie ihre krummen Beine tragen können: »Wo brennt's?«

»Hör dir das an.« Er liest ihr die Anzeige vor.

»Und? Deswäga muss i aus dr Küch renne, du blöder Zitz?«, schimpft die Lindenwirtin.

Der Schultes wirft den Kopf nach hinten, als ob er nasse Haare ausschütteln müsse.

»Schaff was, du fauler Stinker«, giftet ihn seine Frau an.

Er faltet die Zeitung zusammen und schaut seine Minna vorwurfsvoll an: »Ja, kapiersch du net?«

»Was?«

»Der Bäcker verkauft Punsch, Schnaps und Wein«, sagt er und haut mit der flachen Hand auf den Tisch.

»Macht der doch scho seit zwanzig Jahr.«

»Sauerei!« Der Schultes schnappt nach Luft. »Darf der doch gar net!«, empört er sich. »Getränke gehören ins Wirtshaus und net in die Bäckerei.«

»Red doch koin solche Mist«, fährt ihm seine Minna über den Mund und weist ihn darauf hin, dass er in der Linde doch auch Kuchen verkaufe. Selbst gebackenen Kuchen, wohlgemerkt, und nicht den vom Bäckermeister Schmidlin.

»Und warum erfahr ich das mit dem Schnaps und Wein erst jetzt?«

»Weil's zum erste Mal in dr Zeitung steht, du Simpel. Dät dr vornehme Herr Zitzenmann von Enzian bloß ein einzigs Mal selber einkaufe, no däd er dees wisse. Älle zwei Bäcker verkaufe solche Sachen scho länger als du Schultes bisch.«

Der Beschuldigte zieht das Genick ein. »Und was sind Tra …«, er schaut nochmals im Blättle nach und liest vor: »Tragantwaren?«

»Ha no, bisch du dr Schultes oder i?«, empört sich die Lindenwirtin und verweist auf die engen Bindungen Enzheims zu Burgund und zur französischen Küche. »Dees sind süße Stückle. Auf Hochdeutsch: Backwaren mit farbigem Zuckerguss. Dees weiß jedes Kind in Enzheim, bloß net der Herr Stadtobersimpel.«

Das Stadtoberhaupt übergeht den Anwurf, ohne mit der Wimper zu zucken.

Minna winkt ab. Sie kann die Aufregung ihres Mannes nicht verstehen. Im Hinausgehen schlägt sie sich mit der Hand an die Stirn und sagt kopfschüttelnd: »Mannsbilder!«

Er blättert die Zeitung um. Ein gerahmter Kasten springt ihm sofort ins Auge. »*Steckbrief*« steht über dem Text, und der lautet so:

»In der Nacht zu Palmsonntag wurde der Bauer und Weingärtner Hermann Häfner aus Enzheim an der Enz erdrosselt. Der Tat dringend verdächtig ist der Wagnergeselle Gottfried Schmaler. Es wird ersucht, denselben zu verhaften und an die königlichen Landjäger zu überstellen. Alter 27 Jahre, Größe 5

Fuß u. 4 Zoll, Haar blond, Augen blau. Bekleidung: schwarze Tuchmütze, blauer Zeugrock, schwarze Weste, schwarze Stiefel.«

Ha, denkt sich der Schultes, da hat der Postillion aber eine gute Buchführung. Und der Landjäger hat rasch gehandelt. Respekt!

Er geht mit der Zeitung in die Küche und liest seiner Frau und den Mägden, die wieder mal beim Kochen und Backen sind, den Steckbrief vor.

»Dass du di wundersch, Fritz, dees wundert mi«, kommentiert Minna den Vortrag. »Vor einer Woch han i dir scho gsagt, du sollsch 's Wühlen de Säu überlasse, die hen dafür 's stärkere Gebiss und die bessere Nas.«

»Wie i's gsagt han«, gibt Paula ihren Senf dazu, »fremde Bagasch auf dr Durchreis!«

»Jede Sau soll bei ihrem Trog bleibe, sagt unser alter Feldschütz. Aber der Herr Stadtvorsteher weiß älles besser«, beerdigt die Lindenwirtin das Thema.

Der Schultes gibt sich geschlagen. Er verlässt grußlos die Küche und zieht sich in die noch immer leere Gaststube zurück.

Heute herrscht Ruhe vor dem Sturm. Denn morgen, das weiß er aus langer Erfahrung, morgen ist Krieg in der Linde. Morgen gibt es Schlachtplatte. Ja, kochen kann sie, die Lindenwirtin. Und das wissen auch die meisten Großbauern und Handwerker im Ort.

Wenn der Lindenwirt schlachtet, dann verbreitet sich diese frohe Kunde im ganzen Städtle, und viele Enzheimer löschen einen Tag lang mit dem Wasser ihren Durst, dass ihnen voller Vorfreude im Mund zusammenläuft.

Deshalb wird die Linde morgen schon vor zwölf Uhr gesteckt voll sein. Und wenn seine Minna, wovon er ausgeht, mit ihren Mägden jetzt auch noch ein paar Kuchen backt, dann wollen die meisten Gäste nach der Schlachtplatte einen Kaffee und einen gedeckelten Apfelkuchen und bleiben über Gebühr in der Linde hocken. Dann wird das Gasthaus bis gegen vier Uhr überfüllt sein. Und um sechs kommen die Abendgäste dazu.

Nach dem Mittagessen hört man wüstes Geschrei in den ehrwürdigen Gemäuern des Schlosses zu Enzheim. Die Dienstboten lauschen hinter angelehnten Türen. Der Leibdiener schleicht mit kalkweißem Gesicht auf Zehenspitzen aus den Privatgemächern seiner Erlaucht. Denn in diesen heiligen Hallen kannte man, bisher wenigstens, die Rache nicht.

Der Herr Graf höchstpersönlich ist außer Rand und Band. Im Arbeitszimmer seiner Erlaucht liegt sein Jüngster, der Dubbeler, bäuchlings über der Armlehne eines Fauteuils. Die Hose hängt ihm in den Kniekehlen, und er stößt schrille Schmerzensschreie aus, während ihm sein Vater den nackten Hintern mit einer Reitgerte versohlt.

»Papa, Papa!«

Die Schläge sausen unbarmherzig nieder.

»Papa! Nein, Papa, nicht!«

»Du vergreifst dich nicht noch einmal an meinem Eigentum!«

»Papa, Papa! Ich bin unschuldig!«

»Auch noch lügen?« Der Graf drischt auf seinen Sohn ein.

»Bloß ein Ührle, Papa, bloß ein Ührle hab ich genommen!«

»Und wo sind meine Schnupftabakdosen und meine Siegelringe und meine Gedenkmünzen?« Der unbändige Zorn und die ungewohnte Arbeit bringen Hochwohlgeboren ins Schwitzen und treiben ihm die Röte ins Gesicht.

»Und eine Tabakdose, Papa. Mehr bestimmt nicht!«

»Lügenbold!« Die Gerte pfeffert den Hintern.

Der Dubbeler brüllt zum Steinerweichen und beteuert seine Unschuld: »Bloß ein Ührle, Papa, und eine Tabakdose!«

»Und das Silberbesteck? Und das kostbare Porzellan!«

»Ich hab doch nichts getan, Papa!«

»Verlogenes Subjekt!«

Sonntag, 26. April 1840

Wie es der Schultes vorausgesehen hat, ist die Linde schon um elf Uhr überfüllt. Schlachtplatten, Kaffee und Apfelkuchen müssen die Mägde in rauen Mengen aus der Küche schleppen.

In Hemdsärmeln und mit Schweißperlen auf der Stirn steht der Lindenwirt hinterm Tresen, schenkt Wein, Bier, Most und Schnaps aus und kann mit den Bestellungen kaum noch mithalten.

Seine Gedanken sind beim Mord. Der Dubbeler hat hoffentlich mit der Sache nichts zu tun. Folglich muss man das, was der Andreas Buder am Mittwoch gesehen und gehört hat, weiterverfolgen.

Der Schultes macht beim Einschenken immer wieder eine kleine Pause und verfällt ins Grübeln, schenkt wieder ein und denkt wieder nach.

Plötzlich wetterleuchtet es in seinem Gesicht: Wenn der Häfner in der Nacht an Buders Haus vorbei ist und nicht allein war, dann können die zwei oder drei Nachtschwärmer doch nur durch die Zehntscheuergasse davon sein.

Der Schultes gibt sich einen Klaps auf die Stirn, erschrickt, schaut sich kurz um, ob ihn jemand beobachtet hat, und fährt sich zwei-, dreimal mit der Hand übers Gesicht. Niemand soll die unbedachte Geste als Anzeichen einer aufkommenden Nervenkrankheit missdeuten können.

»Isch doch sonnenklar«, murmelt der Schultes vor sich hin, »die Leut in der Zehntscheuergasse muss man fragen, net die in der Langen Gasse.«

Kaum ebbt der Umtrieb in der Gaststube gegen vier Uhr etwas ab, winkt der Schultes seine Tochter Lina, die gerade

Teller, Gläser, Tassen und Löffel von den Tischen abräumt, zu sich an den Schanktisch.

»I muss für eine Stund an die frische Luft. Mit dem, was die Gäste bis um sechse bstelle, wirsch du doch allein fertig, oder?«

Lina nickt.

»Also, bis nachher.« Der Schultes krempelt die Hemdsärmel hinunter und holt seinen Kittel aus dem Amtszimmer. Dann macht er sich auf den Weg.

Vor Buders Haus bleibt er stehen, linst die Zehntscheuergasse hinauf und hinab und tippelt dann das schmale Wegle zum Hintereingang der Scheune entlang. Nach ein paar vergeblichen Versuchen findet er die beiden Bretter, die sich zur Seite schieben lassen und den Blick in die Heukammer freigeben.

Mit einem kräftigen Ruck reißt er ein drittes Brett vom unteren Balken los und stößt es zur Seite. Jetzt ist die Öffnung auch für den stämmigen Schultes breit genug, um durchzuschlüpfen.

Im Dämmerlicht untersucht er die Heukammer. In der einen Ecke hängen der Ochsenziemer, mit dem die Häfnerin dem Scharwächter heimleuchten wollte, und ein hölzerner Heurechen.

In der anderen steht eine alte Kommode, auf der ein paar Werkzeuge liegen: ein Dengelhammer fürs Schärfen der Sensen, ein ziemlich abgewetzter Schleifstein, ein schwerer Hammer, eine Holzraspel und eine kleine Handsäge. Und in der Kommode stapeln sich allerlei ausgebrauchte und beschädigte Geräte, stumme Zeugen aus vergangener Zeit wie die Jahresringe der Bäume.

Der Schultes legt den Kopf schief, mal nach links, mal nach rechts, und schaut auf Kommode und Werkzeug: Alles ist von einer dicken Staubschicht bedeckt. Hier hat mit Sicherheit niemand gestöbert.

Auch der Schnellreich nicht; mit seinem dicken Ranzen hätte der niemals durch die enge Öffnung gepasst, ohne das dritte Brett wegzureißen. Aber das war ja bis vorhin noch fest angenagelt.

»Schad«, bruddelt der Schultes vor sich hin, »dem Schleimer hätt i's zugetraut.« Er droht dem Schnellreich mit der Faust: »Pass bloß auf, Kerle, dich verwisch i scho no!«

Da, wo der Häfner lag, steckt jetzt eine Mistgabel im Heu. Und gleich daneben steht eine Leiter, die auf den darüberliegenden Heuboden führt.

Der Schultes steigt ein paar Sprossen hinauf, gerade so weit, dass er den Kopf durch die Heuluke schieben und sich im Heuboden umschauen kann. Die Heuvorräte gehen bald zur Neige, stellt er fest. Sonst nichts Auffälliges.

Als er sich wieder durch die losen Fassadenbretter ins Freie zwängt, steht der Buder neben ihm.

»Ja, Fritz, ghörst du jetzt au zu de Schnapsgurgler?«

»Noi, Andreas«, sagt der Schultes verlegen und klopft sich den Staub aus seinem Kittel, »mir geht net aus dem Kopf, dass der Häfner Besucher ghabt hat, bevor er gstorbe isch.«

»Dees muss doch nichts bedeute, Fritz.«

»Wieso?«

»Hätt der Mörder auf de Hermann en Hass ghabt, no hätt er ihn mit viele Messerstich abgstoche. Oder vielleicht sogar erschosse.« Buder denkt seinen eigenen Worten hinterher. »Ja, auf dr Gass oder aus em Hinterhalt erschosse oder erschlage. Wenn einer sei Wut rauslasse muss, no sieht man dees ganz deutlich.«

»Wie meinst das?«

»Da wär überall Blut gwä.«

Der Schultes schweigt und sieht den Buder nachdenklich an.

»Jetzt guck, Fritz! Wut? ... Hass? ... Rache? ... Nie! Deswäga isch dr Hermann net umbracht worde.«

»Warum?«

»No wär der net so still und friedlich im Heu glege. I weiß koin im Städtle, der wo mit em Hermann Streit ghabt hat. Oder du?«

Der Schultes schweigt.

»Oder glaubsch du, in der Heukammer könnt man äbbes stehle?«

Der Schultes sieht versonnen auf die Häfnerscheuer und sagt immer noch nichts.

»Hasch äbbes gfunde, Fritz?«

Der Schultes schüttelt den Kopf. »Hast ja Recht, Andreas. Und trotzdem will ich mit denen schwätzen, die in der Nacht beim Hermann waren. Sie sollen mir sagen, was so wichtig ist, dass sie um eins in der Nacht im Städtle rumschleichen müssen.«

»Du hasch mir geholfen, Fritz, drum helf i jetzt dir. I hör mi in meiner Gass um, ob äbber die Rumschleicher gsehe hat.«

Hintereinander trotten die beiden Männer auf dem schmalen Pfad zurück zur Zehntscheuergasse.

Andreas Buder bleibt vor seinem Haus stehen, kratzt sich verlegen am Hinterkopf und bittet den Schultes, mit ihm ums Haus zu gehen. Dort hat er mit ein paar Pfählen und Latten eine Ablage für sein neues Hausgewerbe gezimmert. Im oberen Fach sind viele Eichenstecken aufgestapelt, die er im Stadtforst geschnitten hat. Und darunter liegen die ersten zehn entrindeten Stecken, mit gebogenem Griff und in dem Biegeeisen fest verschraubt. Das habe ihm der Schmid vorgestern nach Maßzeichnung gefertigt, sagt er.

Im Backofen der Nachbarin, berichtet Buder, habe er die Stecken erhitzt, bis die Rinde abgeplatzt ist. Dann habe er sie mit dem dickeren Ende ins Biegeeisen gesteckt, um das halbkreisförmige Biegerad gepresst und sofort im Biegeeisen verschraubt.

»Weisch, Schultes, i muss no ausprobiere, wie lang die Stecken im Biegeeisen bleibe müsse. In die gebogene Stecke han i Nummern eingritzt. Ab morgen nehm i äll dritte Tag zwei Stecke aus em Biegeeisen und schreib mir genau auf, ob sie in Form bleiben oder net. No weiß i in drei, vier Woche, wie man de Griff mache muss und wie lang man die Stecke in de Form lasse und trockne muss.«

Der Schultes nickt anerkennend und klopft dem jungen Mann auf die Schulter. »Ich sag Pfarrer Abel, dass du der Richtige bist.«

Sie gehen wieder ums Haus herum.

Buder druckst verlegen herum, bis dem Schultes ein Licht aufgeht.

»Kommst morgen Abend zu mir, Andreas. Dann geb ich dir das Geld, das ich dir versprochen hab. Und wenn du noch mehr brauchst, dann kriegst du es aus dem Stadtsäckel für ganz wenig Zins.«

Im selben Augenblick geht eine von Buders Nachbarinnen vorbei.

»Babette«, spricht sie Buder an, »wie war dees in sällre Nacht auf Palmsonntag?«

Die Bäuerin denkt angestrengt nach.

»Weisch«, sagt Buder, »in sällre Nacht isch dr Häfner gstorbe. Hasch äbber gsehe, Babette?«

Die Nachbarin legt die Stirn in Falten. »Da schleichen oft Leut rum. Meistens am Samstag auf d'Nacht.« Sie sieht die Zehntscheuergasse auf und ab. »Aber ob dees grad in der Nacht auf Palmsonntag gwä isch? I weiß net.«

»Sind das immer dieselben Leute?«, mischt sich der Schultes ins Gespräch.

»Freilich, Schultes. So a kloiner Dicker isch immer dabei, ungfähr so groß wie du, Schultes. Der hat immer so en neumodische Hut auf wie du am Sonntag.«

»Kennst ihn vielleicht?«

»Noi, Schultes. Der hat sein Hut im Gsicht, dass man bloß sein große Schnauzbart sehe kann.«

»Einen großen Schnauzer? Bist du sicher?«

»Freilich, Schultes. En Schnauzer wie unser Landjäger. Und en lange Mantel wie du.«

»Und die anderen?«

»Manchmal isch en Dürrer dabei. Der isch mindeschtens en Kopf größer als du. Und einer isch dabei, der hat viel Hafer, dees siehst man scho von Weitem.«

»Einer von hier?«

»Gwiss net. Dees isch en ganz Vornehmer.«

Gegen halb sechs schlurft der Schultes müde und abgeschafft zur Linde herein und steuert den Schanktisch an, hinter dem seine Tochter werkelt.

Bevor er sie noch um ein Glas Bier bitten kann, gibt sie ihm mit dem Kopf ein Zeichen.

Er sieht sich in der Gaststube um. An einem der Tische sitzt der Landjäger. Er ist nicht allein. Neben ihm rutscht ein junger Mann auf seinem Stuhl hin und her.

Die Hände sind ihm mit einem Strick auf dem Rücken zusammengebunden.

»Schultes, dees isch der Galgenvogel«, sagt der Landjäger.

Der Lindenwirt sieht den Fremden scharf an. »Steh einmal auf!«

Der Bursche erhebt sich schwerfällig, weil er seinen Körper ohne Arme ausbalancieren muss.

Der Schultes mustert ihn von Kopf bis Fuß. »Bist du der Wagnergeselle?«

»Ja.«

Der Schultes fragt den Landjäger, ob er die Taschen des Burschen durchsucht habe.

Der Polizist hebt resignierend die Arme. »A paar Kreuzer, sonscht nichts.«

»Von woher hast du den Häfnerbauern gekannt?«, wendet sich der Schultes an den Fremden.

Der Blonde schüttelt den Kopf. »Gsehe han i den beim Gaigel im Ochsen. Aber kenne tu i den net.«

»Und woher weißt dann, dass das der Häfner war?«

»Der Landjäger hat gsagt, ich hätt em Häfner de Krage umdreht.«

Den Schultes durchzuckt ein verwegener Gedanke. »Wie bist mit deinem Gefangenen in unsern Ort rein, Landjäger?«

»Durchs untere Tor«, sagt der Polizist.

»Von der Enz her?«

Der Landjäger nickt.

»Dann komm«, sagt der Schultes zu ihm, »und nimm den Kerl mit.«

Die Bauern in der Gaststube recken die Hälse, als der Landjäger dem Burschen in den Hintern tritt und ihn aus der Gaststube stößt.

»So«, sagt der Schultes zu dem Gesellen, als sie vor dem Gasthaus stehen. »Jetzt führst du uns zum Ochsen oder zum Häfner.«

Der Landjäger will etwas sagen, doch der Schultes gebietet ihm mit zornigem Gesicht und resoluter Handbewegung, den Mund zu halten.

Der Fremde sieht sich unsicher um. Er geht ein paar Schritte nach rechts, auf die mächtige Linde zu, bleibt wieder unschlüssig stehen und sieht den Schultes fragend an.

»Weißt net, wo du bist?« Der Schultes blickt dem jungen Mann prüfend in die Augen.

»Keine Ahnung.«

»In Enzheim bist. Das weißt wohl?«

Der Bursche nickt.

»Und dass ich der Schultes von Enzheim bin, das weißt auch?«

Der Gefesselte nickt wieder.

»Dann geh jetzt zum Ochsen!«

»Die Straß nauf oder nunter?«

»Jetzt geh halt!«

»Aber wenn i mi doch net auskenn.«

»Dann gehst jetzt über die Straße nüber und die Kramet nauf.« Der Schultes deutet auf die gegenüberliegende Gasse.

Er geht einen halben Schritt hinter dem jungen Mann her und beobachtet ihn von der Seite. Der irrende Blick des Burschen verrät ihm, dass der junge Mann hier noch nie war.

Der Schultes lotst ihn in die Lange Gasse. »Und wo ist jetzt der Ochsen?«

Der Fremde zuckt die Achseln und sieht bekümmert aus.

Der Schultes führt ihn am Häfnerhof vorbei. Der junge Mann zeigt keine Regung.

Der Schultes befiehlt ihm, den Bauernhof zu betreten und auf die Scheune zuzugehen. Arglos befolgt der Bursche die Anweisungen.

»Kehrt marsch!«, schreit der Schultes und geht bis zur Zehntscheuergasse voraus.

Vor Buders Haus befiehlt er den beiden, einen Augenblick zu warten. Er klopft an der Haustür und wechselt, als Buder öffnet, ein paar Worte mit ihm.

»Jetzt komm her«, kommandiert der Schultes den Burschen, »geh das Wegle da nüber!«

Der junge Mann tut das, bis er nicht mehr weiter kann, weil er vor einer Scheunenwand steht.

Er dreht sich zum Schultes und zum Landjäger um. »Und jetzt?«

»Andreas«, schreit der Schultes, »hol amol die Babette her!«

Ein paar Augenblicke später steht die Nachbarin vor dem Gefangenen und mustert ihn neugierig.

»Kennst den, Babette?«, fragt der Schultes.

Die Bäuerin schüttelt den Kopf.

»Du hast doch zwei oder drei Männer gsehen.«

»Aber Schultes, einer isch dick gwä und hat en Schnauzer ghabt. Und dr andre isch lang und klapperdürr gwä und viel älter als der Hungerleider da.«

»Bist ganz sicher, Babette?«

»Wenn i's doch sag, Schultes.«

»Hast einen Hut?«, fragt der Schultes den Gefangenen. Der schüttelt den Kopf.

»Und einen langen Mantel?«

»Gewiss net, Schultes«, sagt der Bursche. »So viel Geld han i net, dass i mir dees leischte könnt.«

»Dank dir, Babette.« Der Schultes gibt der Bäuerin die Hand. »Wart noch ein bissle. Der Landjäger muss dich was fragen.«

»Nimmst halt seine Personalien auf«, sagt der Schultes leise zum Landjäger und deutet mit dem Kinn auf den jungen Mann. »Und dann lässt ihn laufen.«

Er deutet mit dem Kopf zu dem Wagnergesellen hin und hebt die Schultern. »Der war's bestimmt net.«

Der Landjäger will seinem Ärger Luft machen.

»Reg dich ab«, dämpft ihn der Schultes, »sogar ein Blinder sieht doch, dass der Kerle unschuldig ist.«

Der Landjäger macht ein säuerliches Gesicht. Er ärgert sich, dass er für nichts und wieder nichts seinen Sonntag verplempert hat.

»Was glaubsch, wie oft i em Oberamt wegen em Katzendreck schreibe muss«, sagt der Schultes und legt seine Hand begütigend dem Landjäger auf die Schulter.

Der Gendarm schnauft tief durch, damit er sich schneller beruhigt.

»Du machsch dein Gschäft scho recht«, tröstet der Schultes den Landjäger. »Musst halt nomal drei Steckbrief schreibe. Und die Babette sagt dir amol, wie die Spitzbuben ausgsehen hen.«

Er winkt Andreas Buder zu und dreht sich nochmals zum Landjäger um. »Und dann kommsch zu mir in die Linde. Wir trinken einen Wein zusammen.«

Der Schultes hat es jetzt eilig. Doch ein Enzheimer? Doch ein Fremder?

In seinem Kopf ameiselt es. »Jetzt wird's brenzlig, jetzt wird's brenzlig«, bruddelt er vor sich hin.

Schnurstracks geht er durchs Wuselgässle zum Friedhof, schnauft die Staffeln zum Feuergässle hinauf und klopft außer Atem an die Tür des Pfarrhauses.

Abel öffnet und erkennt sofort, dass es im Schultes brodelt: »Herein in die gute Stube, Herr Bürgermeister, ich sehe schon … ich sehe schon …«

»Sie müssen mir helfen, Herr Pfarrer«, bricht es aus dem Stadtvorsteher heraus, noch bevor sie das Wohnzimmer erreicht haben.

»Zum Platznehmen reicht es aber noch?« Abel lächelt seinen Gast an und bittet ihn mit knapper Geste, sich zu ihm aufs Sofa zu setzen.

Der Schultes stützt sich mit der Hand auf der Sofakante ab, lässt sich sanft auf die Sitzpolster nieder und ist schon mitten in seinem Bericht.

Alles breitet er vor seinem Pfarrer aus, was ihn bedrückt: Die Angst, an einem Blutgericht mitwirken zu müssen. Die Sorge, der Dubbeler könnte in die Sache verwickelt sein. Die Ratlosigkeit, wer die drei Herumschleicher sein mögen. Und die Unsicherheit, was er in der peinlichen Sache jetzt zu tun habe.

Abel hört aufmerksam zu und merkt, dass Gefahr im Verzug ist: Offenbar tun sich Fallgruben vor seinem Gast auf, und das friedliche Miteinander im Städtchen ist in Gefahr.

Wortlos steht er auf, eilt aus der Stube und kommt nach wenigen Momenten mit zwei Gläsern und einer Flasche Wein wieder.

Er schenkt ein, prostet seinem Gast zu und tröstet ihn: »Es gibt immer eine Lösung, Herr Bürgermeister. Wir werden sie finden.«

Und dann reden sie sich die Köpfe heiß, bis der Schultes befreit auflacht und sogar Muse hat, das neue Fernrohr zu bewundern, das der berühmte Wiener Instrumentenmacher Simon Plössl eigens für den Enzheimer Pfarrer gefertigt hat.

Besonders das, was Abel über den Schnellreich gesagt hat, belustigt den Schultes immer noch: »Selbst wenn ich blind und taub wäre«, hatte er geknurrt, »würde ich den am Geruch erkennen. Er stinkt wie ein Aasgeier.«

»Was haben Sie gegen ihn, Herr Pfarrer?«

»Matthäus 24, Vers 28.«

»Ich versteh bloß …«

»Wo aber das Aas ist, da sammeln sich die Geier.«

»Sie meinen …«

»Ich kann es ums Verrecken nicht ausstehen, Herr Bürgermeister, dass sich einer am Unglück der Menschen weidet und seinen Profit daraus zieht.«

»Leider, leider, Herr Pfarrer, ist aber der Aasgeier … äh … der Schnellreich … unschuldig.«

Montag, 27. April 1840

Der Provisor streckt den Kopf zur Tür herein und sieht sich in der Linde um.

»Grüß Gott!«, begrüßt ihn der Schultes, »bist hungrig?«

Der junge Mann nickt.

»Noch ein Essen hast bei mir gut«, stellt der Wirt fest, »willst du es jetzt?«

Der Provisor nickt wieder und setzt sich zu ein paar Sangesbrüdern, während der Wirt seinen Köchinnen etwas zuruft.

Als Lina mit einem gefüllten Teller aus der Küche kommt, stellt sich ihr der Schultes in den Weg. »Wenn's für den Provisor isch, dann trag's in mein Zimmer.«

Lina verschwindet im Nebenraum.

Der Schultes geht an den Stammtisch der Sänger und packt den Provisor an der Schulter. »Komm, Ratschreiber, ich hab mit dir was Dienstliches zu reden.«

Während der Junglehrer seinen Platz wechselt, zapft der Wirt an der Theke ein Bier, trägt es in sein Schreibzimmer und stellt es vor den Provisor hin.

»Guten Appetit!« Der Schultes setzt sich und schaut dem Hungrigen ein Weilchen beim Essen zu.

Dann erzählt er ihm, dass der Wagnergeselle unschuldig ist. In der Zehntscheuergasse habe man drei Verdächtige beobachtet, einen gut Gekleideten, einen hageren Langen und einen kleinen Dicken mit einem großen Schnauzer.

»Sie kennen doch alle Enzheimer, Herr Bürgermeister.« Der Provisor wischt sich mit dem Handrücken den Mund ab und trinkt einen Schluck. »Passt die Beschreibung auf einen in unserem Städtle?«

»Dicke gibt's grad gnug. Aber ein Dicker mit einem großen Schnauzer, wie ihn der Landjäger hat?« Fritz Frank zieht eine Blätsch.

»Und der Schnellreich?«

»Was soll mit dem sein?«

»Der ist doch dick. Außerdem hat mir der Heinrich gesagt, dass der immer gegen Sie stichelt, Herr Bürgermeister, und sich im Städtchen umhört.«

»Aberjetza nehm i den Salatschneck net fir voll.«

»Bitte?«

»O Verzeihung, das war Schwäbisch: Den Schleimer nehme ich nicht für voll, hab ich sagen wollen.«

»Beim Scharwächter war der Schnellreich auch schon.«

»Was will der Krautscheißer von dem Schluri?«

»Der Schnellreich spioniert uns nach, Herr Bürgermeister.«

»Der spioniert allen Leuten nach, weil er überall ein Geschäft wittert. Aber der ist leider nicht in den Mordfall verwickelt.«

»Ganz sicher?«

»Freilich.«

»Was macht Sie so sicher, Herr Bürgermeister?«

»Der Blutsauger hat nicht den Kälberstick gehabt, und er war auch nicht in der Scheune vom Häfner.«

»Woher wissen Sie das, Herr Bürgermeister.«

»Weil der mit seinem Dickfiedle nicht durch die hintere Scheunenöffnung gepasst hätte. Sogar für mich ist die noch zu eng.«

»Schade.«

»Keine Sorge, dem Malefizaffen werden wir es schon noch zeigen.«

Der Provisor macht ein griesgrämiges Gesicht.

»Dem Heinrich und dem Scharwächter sagst ganz im Vertrauen, dass die Mordsache erledigt ist. Und dann erzählst du es auch überall im Städtle rum.« Der Schultes blickt den jungen Mann streng an. »Ab sofort ist alles, was wir machen, streng geheim. Nur du und der Pfarrer sind eingeweiht. Kapiert?«

»Ich verspreche es, Herr Bürgermeister, hoch und heilig.«

Der Schultes droht mit dem Zeigefinger. »Kein Sterbenswort?!«

»Ich schwöre es.«

Der Schultes winkt den Provisor mit der Hand zu sich heran, sieht sich kurz um, ob die Tür auch zu ist, und sagt leise: »Die ganze Nacht hab ich net schlafen können, weil wir einen Fehler gemacht haben.«

»Welchen?«

»Die Leut wissen immer, was wir machen. So erwischen wir die Bagasch nie!«

»Aha, also darum jetzt das geheime Vorgehen.«

»Aberjetza schicken wir die Leut in die eine Richtung, und selber marschieren wir in die andere.«

»Sie meinen …«

»… genau!«

»Und welche Richtung schlagen wir nun im Geheimen ein?«

»Weitersuchen!«

»Wo?«

»Aberjetza, in der Zehntscheuergass!«

»Und wie wollen Sie das anstellen, Herr Bürgermeister?«

Der Schultes sieht den Lehrer nachdenklich an, der die letzten Kartoffelreste auf seinem Teller zusammenkratzt und mit dem Zeigefinger auf den Löffel schiebt.

»Hälinge!«

Der junge Mann sieht fragend auf.

»Heimlich. Weißt es nimmer?«

»Und wie führen wir die Leute in die Irre?« Der Lehrer führt den Löffel zum Mund, schließt genießerisch die Augen und lehnt sich zufrieden zurück.

»Wir? Du machst das!«

»Ich? Ja, aber wie …?

»Aberjetza, du bist doch der Schreiberling!«

»In die Zeitung setzen?«

Der Schultes nickt, und der Provisor grinst anerkennend.

Dienstag, 28. April 1840

Der Schultes hat sich soeben sein Abendvesper in der Küche schmecken lassen und will jetzt die Gäste in der Schankstube begrüßen, als Buder zur Haustür hereinkommt.

»Geh, Andreas, setz dich nüber an meinen Schreibtisch. Ich komm gleich zu dir.«

Der Schultes weiß, dass der neue Stockmacher niemals in einem Gasthaus essen oder trinken würde, jedenfalls solange er so arm ist. Also, denkt sich der Schultes, ist der da, weil er Geld braucht für seine Stockmacherei.

Er füllt zwei Biergläser, trägt sie nach nebenan und stellt sie auf den Tisch.

»Ich geb dir gleich das Geld, Andreas. Aber erst lad ich dich zu einem Bier ein.«

Buder zögert.

»Du hast mir viel gholfen, Andreas. Ohne dich hätt ich den Einstieg in die Scheuer net gfunden.«

Buder schaut und schweigt.

Der Schultes streckt ihm sein Glas entgegen.

Der nimmt endlich sein Bier und stößt mit dem Lindenwirt an. »Deswäga bin i da, Schultes. I hab mi no a bissle in dr Nachbarschaft umghört.«

Und dann berichtet er, dass er auf etwas Merkwürdiges gestoßen sei. Die Männer, die Babette gesehen hat, seien auch vor dem Rebstöckle und um die Zehntscheuer herumgeschlichen: der Dicke mit dem breiten Hut und dem großen Schnauzer, der lange Dürre und der Vornehme, der wie ein Kaufmann gekleidet sei. Meistens am Wochenende habe man sie beobachtet.

Mittwoch, 29. April 1840

Auf dem schmalen, immer wieder von Staffeln unterbrochenen Fußweg zum Wengert am Schlossberg kommt dem Schultes der Dubbeler entgegen, der ins Städtle muss.

»Guten Morgen, Schultes. Gehst in dein Wengert?«

»Ja, und du?«

»Ich muss zum Häberle. Mein Vater braucht hundert kleine Strickle für seine Weinberg.«

»Traurig, gell, dass der Häfner tot ist?«

»Arg traurig, Schultes. Der Häfner war mein bester Freund.«

»Und jetzt?«

»Jetzt muss mir der Philipp Geld geben.«

»Dein Bruder?«

Der Dubbeler nickt.

»Warum dein Bruder und net dein Vater?«

»Mein Vater will net, dass ich oft zu meinen Freunden in den Ochsen geh. Aber der Philipp sagt, dass ich hingehen soll.«

»Dein Bruder Philipp will, dass du in den Ochsen gehst?«

Der Dubbeler nickt.

»Wieso?«

»Ha, weißt, Schultes, im Schloss ist es so langweilig. Der Philipp sagt, ich soll unter die Leut.«

»Ach so.«

»Hast du den Kälberstrick vom Häfner ghabt?«

»Mh.«

»Hast ihn hälinge mit?«

»Ich hab doch gar net gwusst, dass ich ihn hab.«

»Wieso?«

»Den hat mir einer im Ochsen hinten an meine Hosenträger hingmacht.«

»Und was hast mit dem Strickle gemacht?«

»Der Philipp hats gmerkt und hat ihn mir abgmacht.«

Der Schultes verfällt ins Grübeln.

»Und was machst du im Wengert, Schultes?«

»Hacken! Aber sag, wozu braucht dein Bruder den alten Kälberstrick?«

»Braucht er doch gar net.«

»Und warum hat er ihn dir dann weggenommen?«

»Hat er doch gar net.«

»Und was hast du dann mit dem Strickle gmacht?«

»Der Philipp hat gsagt, ich soll's liegen lassen. Bald dät ihn schon einer ins Städtle zurückbringen.«

»Und warum warst du an dem Samstag beleidigt, als du aus dem Ochsen raus bist?«

»Weil der Schnellreich gsagt hat, dass ich gleich heimgehen muss.«

Der Schultes legt die Stirn in Falten. »Die sind noch irgendwo hin und haben dich net dabeihaben wollen?«

Der Dubbeler nickt.

Nach dem Mittagessen geht der Schultes, wie jeden Mittwochnachmittag, ins Rathaus. Der Armenbericht ans Oberamt ist überfällig.

Vor dem Rathaus trifft er auf den Provisor, der seines Amtes als Ratschreiber walten will.

»Zuerst hab ich mit dir was zu reden, Provisor.«

Der junge Mann folgt dem Stadtoberhaupt ins Amtszimmer im ersten Stock und setzt sich auf den Besucherstuhl vor dem Schreibtisch.

Der Schultes lässt seine zweihundert Pfunde in den Lehnstuhl krachen, dass das Holz ächzt. Dann berichtet er, was der Dubbeler gesagt hat.

»Jetzt wissen wir also, Herr Bürgermeister, wer den Kälberstrick gehabt hat.«

»Ja, ja! Aber wir wissen net, wie der Strick in die Scheune gekommen ist.«

»Vielleicht doch!«

Der Schultes sieht seinen Ratschreiber verblüfft an. »Noi, wissen wir net!«

»Aber, Herr Bürgermeister, kein Spitzbube schleicht sich nachts ins Schloss, um einen Strick zu stehlen.«

»Freilicht net«, lacht der Schultes.

»Dann hat irgendwer vom Schloss den Strick in die Scheune gebracht.«

»Du hast aber keine gute Meinung vom Grafen und seiner Familie, Provisor.«

»Vom Herrn Grafen schon, Herr Bürgermeister, aber nicht von seinen Söhnen.«

»Sie meinen …«

»Ja, ich meine, Herr Bürgermeister. Prinz Philipp hat dem Dubbeler den Strick abgemacht, das haben Sie doch gerade selbst gesagt. Vielleicht hat der …«

»Noi, mein Lieber, der Philipp ist so gut wie nie im Städtle. Und ausgerechnet in der Nacht soll der … Nie! Außerdem hätt ihn der Nachtwächter sehen müssen.«

»Die gräfliche Familie darf keinesfalls in Verdacht kommen?«

»So ist es, mein Lieber«, wischt der Schultes den Vorhalt mit weit ausholender Geste vom Tisch, »im Schloss gibt's noch viele, die mit dem Grafen nicht verwandt sind.«

»Und jetzt, Herr Bürgermeister? Wie geht's jetzt weiter?«

»Vorgestern …«, der Schultes mustert den jungen Mann aus schmalen Augen, »… da hast du selber gsagt, man muss den Rumschleichern nachspionieren.«

»Aha.«

»Das machen wir jetzt.«

»Und wie?«

»Und wie … und wie? Hör doch auf!«

Dem Schultes steigt der Ärger ins Gesicht. Aber er beruhigt sich gleich wieder.

»Ich hab dir doch gsagt, was die Babette und der Buder in der Zehntscheuergass gesehen haben.«

Der Ratschreiber zieht das Genick ein und schaut auf den Schreibtisch. Mit dem rechten Zeigefinger malt er Kringel auf den Tisch.

»Immer samstags hat man die drei gsehen. Alle drei, vier Wochen.« Der Schultes grinst den Lehrer an.

Der junge Mann schaut kurz auf.

»Am Samstag sind es drei Wochen, dass der Häfner tot ist.«

»Sie wollen in der kommenden Samstagnacht die Zehntscheuergasse überwachen, Herr Bürgermeister?«

»Ich net!«

»Wer dann?«

»Du!«

Der Provisor erschrickt.

»Mich kennt doch jeder«, sagt der Schultes, »aber wenn du dir eine neumodische Kapp ins Gesicht ziehst, ein dickes Lammfell unters Hemd stopfst und einen langen Schäfermantel umhängst, dann erkennt dich in der Dunkelheit keiner.«

Er lacht seinen Schreiber listig an, dem vor Schreck der Mund offenbleibt.

»Und dann verdrückst dich in eine dunkle Ecke und wartest.«

»Und wenn ich Hilfe brauche?«

»Ich bin beim Buder. Den Spaß will ich erleben. Ich geh zum Buder und setz mich mit ihm hinter sein Haus. Musst halt laut schreien.«

»Und wenn etwas passiert? Dann macht mir Pfarrer Abel schwere Vorwürfe, und dann bin ich meine Stelle als Provisor los.«

Der Schultes lacht schallend. »Der Herr Pfarrer ist doch mit von der Partie.«

Pfarrer Abel sitzt am Fenster und blättert in der Enzheimer Zeitung.

Er macht sich Sorgen um das Miteinander im Städtchen. Deshalb hat er dem Bürgermeister geraten, die Bürger in Sicherheit zu wiegen und nur noch geheim nach den Verbrechern zu fahnden.

Sollte nämlich doch ein Enzheimer am Tod des Häfnerbauern schuldig sein, dann blieben genug Zeit und Spielraum für eine gemeindedienliche Meldung ans Oberamt und an die Landjäger.

Der Junglehrer, sagte er dem Bürgermeister, wohne noch nicht lang hier, sei im Ort mit niemand verwandt oder verbandelt und gelte als neutral und ehrlich. Außerdem sei der Provisor dem Pfarramt und dem Rathaus Rechenschaft schuldig und deshalb der ideale Mann für Pfarrer und Bürgermeister in geheimer Mission.

Der Artikel, auf den Abel gewartet hat, steht auf der ersten Seite der Zeitung, gerahmt und auffällig gedruckt:

»Wie aus dem Rathaus verlautet, wurde der merkwürdige Todesfall vom Palmsonntag von den örtlichen Behörden abgeschlossen. Der zunächst zur Fahndung ausgeschriebene Wagnergeselle hat sich zwar als unschuldig erwiesen, aber der wahre Täter ist dem Landjägerkorps inzwischen bekannt. Die Polizeistellen im ganzen Land fahnden nach dem Fremden. Stadtschultheiß Fritz Frank sagte unserer Zeitung, er sei erleichtert, dass sich die Suche für ihn erledigt habe. Jetzt könne er sich wieder seinen Hauptaufgaben widmen: der Reparatur der Straßen und Gassen und der Bekämpfung der Armut.«

Abel lächelt vor sich hin. Der Provisor hat seine Sache gut gemacht.

Heute Abend wird er seinen Schoppen im Rebstöckle trinken. Seit Februar war er nicht mehr dort, dabei hatte er sich fest vorgenommen, alle drei Lokale im Städtchen regelmäßig zu besuchen.

Heute Abend ist nämlich Wengerterversammlung. Er muss den Weingärtnern ein paar ernste Worte sagen, er wird den neuen Wein genießen und ansonsten Augen und Ohren aufsperren: Vielleicht kennt man im Rebstöckle die drei traurigen Gestalten, die durch die Zehntscheuergasse schleichen?

»Ich komme mit«, hatte der Bürgermeister angekündigt, »auch wenn ich mit dem Paul Knöpfle net kann. Der neidet mir meine Wengert. Die Rebzucht, wie sie in Oberriexingen ausprobiert wird, ist etwas für Blöde, sagt der Knöpfle jedem, der in sein Lokal kommt.«

Die Abneigung der beiden Wirte ist gegenseitig und stadtbekannt. Davon darf sich Abel nicht beeindrucken lassen, zumal er auch Ortsvorsitzender der Gesellschaft für Weinverbesserung ist.

Außerdem muss er den Beitrag zur Hagelversicherung kassieren. Viele drücken sich gern um diese Abgabe und wollen trotzdem Geld von der Versicherung, wenn es gehagelt hat.

Donnerstag, 30. April 1840

Gleich nach dem Frühstück macht sich der Schultes auf den Weg in seine Weinberge. Die Haue hat er geschultert, das scharfe Rebmesser ruht in seiner Kitteltasche und am Gürtel hängen ein paar Hanfschnüre für den Fall, dass er noch Ruten aufbinden muss.

Langsam stapft er die Hauptstraße hinauf, bleibt da stehen, plaudert dort ein wenig und zeigt jedem, dass er aller Sorgen ledig ist und wieder Zeit hat.

Auf Höhe des Friedhofs kommt ihm der Amtsbote entgegen.

»Gute Morge, Schultes. Gehsch in de Wengert?«

»Morge, Heinrich. Bevor der erschte Mai kommt, will i mit meine Rebe am Schlossberg fertig sein.«

»Zeit hasch ja jetzt, Schultes. Ich habs glese in dr Zeitung.«

»War au höchschte Eisenbahn. Die Rennerei wegen dem Mord isch mir scho lang auf en Geist gange.«

»Hasch en Auftrag für mich, Schultes?«

»Wie weit ist die Liste der Straßenschäden?«

»No net so arg weit.«

»Dann gehsch jetzt glei zum Scharwächter und holsch ihn aus dem Bett. Er soll dir helfen, aber den ganzen Tag! Für jede Stund, die er im Bett bleibt oder im Wirtshaus hockt, zieh ich ihm einen halben Gulden vom Lohn ab. Sag's ihm.«

»Jawoll!«

»I bleib bis zum Abendläuten im Wengert. Mein Frieder und der Karle sind schon voraus und helfen mir heut.«

Im Fortgehen dreht er sich noch einmal um: »Um halb sieben kommsch mit der fertigen Liste zu mir in die Linde. Klar?«

»Klar, Schultes!« Der Amtsbote salutiert.

»Und, Heinrich, jedem der fragt, sagsch, dass i wieder Zeit hab. Wer was von mir will, kann kommen. Jederzeit!«

Heinrich salutiert erneut, macht kehrt und humpelt über die Straße zum Nachtwächterturm.

Der Scharwächter und der Amtsbote gehen die Straßen und Gassen ab, messen mit Schuh- und Schrittlänge die Pfützen und Löcher aus und schreiben alles auf eine Liste.

Der Provisor kommt die Jakobsgasse herab und schaut den beiden eine Weile zu. Dann lässt er sich vom Amtsboten die Liste zeigen, gibt ein paar Ratschläge, wie sie übersichtlicher wird, und lenkt die zwei Schlauköpfe wie zufällig in die Münzgasse.

Der Scharwächter hopst wie ein Geißbock in der Gasse herum, macht Katzendäpperle mit seinen ausgelatschten Stiefeln und schreit dem Büttel Zahlen zu.

Der Provisor hat das Grundstück vom Schnellreich im Blick. Erst bewegen sich die Vorhänge im Erdgeschoss. Dann kommt der Schneck aus seinem Haus, lehnt sich an den Türpfosten und lacht. Er gaudiert sich über die drei.

Der Junglehrer tut so, als habe er den Zuschauer noch nicht bemerkt. Scharwächter und Büttel haben ihn jedoch längst gesehen; sie wollen zeigen, was sie drauf haben und wie wichtig ihre Arbeit ist. Sie legen sich mächtig ins Zeug und schreien Wörter und Zahlen hin und her.

»Jetzt fehlt bloß no dr Schultes«, ruft der Schnellreich den dreien zu, »no isch's himmlische Quartett perfekt.«

Der Provisor dreht sich um. »Ja, Grüß Gott«, sagt er und geht auf den Schnellreich zu, »ich habe leider nicht verstanden, was Sie sagten.«

»Wo dr Schultes isch, dät i gern wisse.« Der Schnellreich lächelt schäbig.

»Im Weinberg, er hat jetzt wieder viel Zeit.«

Schwarwächter und Büttel haben es wichtig und laufen zur Hochform auf.

Sie springen, trippeln, schreiten, hopsen, sie zählen Schuh- und Schrittlänge, sie machen ein Geschrei wie eine ganze Kompanie auf dem Exerzierplatz.

»I han so äbbes im Blättle glese«, sagt der Schnellreich. »Die Jagd isch aus, die Wildsau isch auf und davon.«

»Unsere Arbeit ist getan. Jetzt müssen die Landjäger den Fremden suchen. Wie er aussieht, weiß man ja.«

»So, so«, lacht der Schnellreich.

»Doch, doch«, bestätigt der Provisor, wirft im Umdrehen ein »Grüß Gott!« hin, winkt den beiden Vermessern zu und macht sich auf den Weg nach Hause.

Pfarrer und Schultheiß sind Seite an Seite auf dem Weg zum Rebstöckle.

»Ist alles vorbereitet, Herr Bürgermeister?«

»Der Provisor hockt hinter der Scheuer vom Häfnerhof, Herr Pfarrer.«

»Verkleidet?«

»Ja, als Wanderschäfer.«

Abel lacht.

»Ich hab ihm gsagt, dass ich bloß eine Stund im Rebstöckle bleib und dann zum Buder geh.«

»Gut, Herr Bürgermeister. Dann wollen wir unsere Pflichten zügig erfüllen.«

Der Pfarrer kichert vor sich hin. Ihn belustigt die Suche nach den Spitzbuben, aber er ist auf der Hut. Seinen Bürgermeister lässt er nicht zu Mus machen, ganz gleich, wer das wagen sollte.

Der Schultes reißt die Tür zum Rebstöckle auf, der Pfarrer nimmt den Hut vom Kopf und tritt in die Weinstube ein.

Die Luft ist zum Schneiden, alle Fenster sind zu, Rauch kräuselt von Zigarren und aus Pfeifen zur Decke.

War eben noch Geschrei, so verstummt es mit einem Schlag: Hochwürden ist da!

Paul Knöpfle eilt hinterm Tresen hervor, begrüßt den Pfarrer und den Schultes mit Handschlag und geleitet sie an den Ehrentisch.

Dann wetzt er in die Küche und kommt gleich mit zwei Gläsern, einer Flasche und zwei Tellern wieder; er hat die Herren schon erwartet.

Andächtig schauen die Wengerter zu, wie der Knöpfles Paul die Gläser füllt und das Vesper serviert: ein Schüssele mit Griebenschmalz, einen Bollen Schinkenwurst, eine Handvoll Essiggurken, dazu Schwarzbrot und einen Obstler.

»Zum Wohl«, sagt der Wirt und zieht sich hinter den Schanktisch zurück.

Der Schultes nickt beifällig. Abel dankt, steht auf, erhebt sein Glas und sagt: »Auf das Wohl aller ehrbaren Weingärtner und unserer ganzen Gemeinde! Prosit!«

»Prost!«, schallt es aus über hundert Kehlen.

Zuerst geht der Pfarrer auf die Hagelschäden im letzten Jahr ein: Neunzehn Weinbauern hatten Ernteausfälle, alle sind entschädigt worden; ein augenfälliger Beweis für den Nutzen der Hagelversicherung.

»Ist jemand anderer Ansicht?« Abel schaut in die Runde. Keiner meldet sich.

»Freut mich, meine Herren, dass wir einer Meinung sind. Ich stelle also fest: Die Hagelversicherung auf Gegenseitigkeit ist eine segensreiche Einrichtung.«

Abel erhebt sein Glas zum zweiten Mal, wartet, bis alle Anwesenden es ihm gleich tun, und bringt den Trinkspruch aus: »Möge uns auch in diesem Herbst ein guter Wein beschieden sein.«

Dann fragt er, ob jemand aus der Hagelversicherung austreten wolle, schaut sich um, zögert, sieht, dass sich keine Hand hebt, und sagt: »Der Herr Bürgermeister geht jetzt von Tisch zu Tisch und kassiert das Hagelgeld für dieses Jahr. Wer kein Geld dabei hat, soll es sich leihen. Ich möchte nachher die Abrechnung fertig machen, meine Herren, enttäuschen Sie mich bitte nicht.«

Ein geschickter Schachzug in doppelter Hinsicht. Jeder muss heute zahlen, beäugt von den anderen. Keiner kann sich drücken, denn alle haben zugestimmt. Außerdem ist der Schultes mit dem Hagelgeld beschäftigt und kann sich nicht einmischen, wenn es Streit wegen der Rebzucht geben sollte.

Die Leute schwätzen und lachen und prosten sich zu. Abel streicht sich Griebenschmalz aufs Vesperbrot, legt eine Essiggurke drauf, nimmt's in die Hand und beißt hinein. Vom Genuss überwältigt schließt er die Augen.

Derweil geht Fritz Frank an den Nachbartisch. Er hat eine Geldkatze mit Wechselgeld und eine Liste, vom Provisor erstellt, auf der für jeden Versicherten die durchschnittlichen Weinernten der letzten Jahre und das anfallende Hagelgeld notiert sind: ein Gulden und dreißig Kreuzer für jeweils hundert Gulden Weinertrag.

Der Pfarrer schluckt, spült mit Rotwein nach, steht wieder auf und hebt die Hand: »Und jetzt zur Rebzucht, meine Herren.«

Mit einem Schlag ist es still im Saal. Nur der Schultes kassiert flüsternd das Hagelgeld.

»Die Sache ist ganz einfach«, sagt Abel, »denn schon das Alte Testament ist voll des Lobes über den Wein. Im hundertvierten Psalm heißt es: Der Wein erfreue des Menschen Herz. Aber weil die Geschmäcker verschieden sind, mögen die Menschen auch verschiedene Weine. Der eine liebt den herben Rebensaft, der andere den süßen. Deshalb gibt es ja die verschiedenen Sorten. Wir stehen am Beginn einer neuen Zeit, was den Wein betrifft. Sie alle sind vom Fach, deshalb muss ich nicht lange über Qualität, Ertrag, Preis und vor allem Pflege der alten und neuen Sorten predigen. Jeder möge für sich entscheiden, welche Reben er will. In ein paar Jahren wird sich zeigen, wer den größeren Gewinn aus seiner Arbeit zieht.«

Kein Streit heute über Elbling oder Riesling, Gänsfüßer oder Schwarzwelschen? Die Bauern recken die Hälse.

»Ich werde jetzt jeden von Ihnen aufrufen, und Sie werden mir zurufen, welche Schnittlinge Sie brauchen und wie viele. Herr Knöpfle«, Abel lächelt zum Wirt hinüber, »ist gewiss so nett und schreibt Ihre Wünsche auf. Die Frachtkosten trägt unser Verein, wie in den letzten Jahren.«

Knöpfle eilt an den Tisch des Pfarrers und setzt sich. Abel gibt ihm einen Bleistift, legt die Liste der Enzheimer Weinbauern vor ihn hin und liest den ersten Namen vor.

Vorn im Saal notiert der Hauswirt die Bestellungen, hinten kassiert der Lindenwirt das Hagelgeld.

Nach einer halben Stunde sind beide Arbeiten erledigt, und Abel schließt den offiziellen Teil der Versammlung.

Pfarrer und Schultes hocken nebeneinander und vespern; sie sind vergnügt und unterhalten sich mit den Bauern am Tisch.

Natürlich wird jetzt im ganzen Saal über den Hagel im Allgemeinen und über die Versicherung im Besonderen sowie über die beste Rebenzucht diskutiert. Aber jeder weiß, was der andere denkt und wer welche Rebsorten anbauen will. Es ist alles entschieden. Da muss man nicht mehr streiten.

Fritz Frank hält trotzdem nicht hinterm Berg: Der sortenreine Wein sei auf lange Sicht doch der bessere. Außerdem sei es gewiss schwierig, Schillerwein zu verkaufen.

»Schiller ins Ausland verkaufe, dees geht natürlich net«, widerspricht einer am Tisch, »aber bei uns im Ländle bringt er immer no guts Geld.«

»Und wer kauft den Schiller?« Der Schultes horcht auf. »Weißt einen?«

»Älle paar Woche kommt dr Albert und will Gänsfüßer und Schiller.«

Der Schultes sieht den Pfarrer an.

»Kennsch du de Albert net? So en Ellenlanger, Klapperdürrer … Kennsch den net?«

»Doch, doch, den kenn ich.« Der Schultes hebt die linke Augenbraue. »Und der kommt hierher ins Rebstöckle?«

»Jeden Monat einmal.«

»Lang und dünn …«, sagt der Pfarrer nachdenklich, »… kurz und dick.« Er schaut dem Schultes in die Augen und fragt dann den Bauern gegenüber: »Kommt der Schnellreich manchmal auch?«

»Ja, ja, Herr Pfarrer, säller kommt au her. Der kauft de Wein beim Knöpfles Paul.«

»So, so«, sagt der Pfarrer, »und wann kommt der Weinhändler das nächste Mal?«

»Am Samstag.«

Abel nickt vor sich hin.

»Leider, leider!« Der Schultes zieht ein betrübtes Gesicht. »Herr Pfarrer, ich muss jetzt heim. Meine Pflichten in der Linde … Sie verstehen.«

»Könnten Sie auf dem Heimweg bei der Babette vorbei?« Er zwinkert dem Bürgermeister zu.

»Aber gewiss doch, Herr Pfarrer.«

»Fragen Sie bitte die Babette«, Abel zwinkert wieder, »ob sie morgen zu mir kommen kann. Ich möchte sie bitten, dem Schulmeister über Pfingsten beim Mesnerdienst zu helfen. Der alte Herr ist leider kränklich.«

Der Schultes hat verstanden. »Wenn ich die Babette nicht schnarchen hör, klopf ich an ihr Fenster und frag sie.«

Abel lacht, wünscht dem Bürgermeister einen schönen Abend und sieht ihm nach, wie er sich beim Knöpfle mit Handschlag und einem Klaps auf die Schulter verabschiedet.

Vor Buders Haus miaut es dreimal: das vereinbarte Zeichen. Der Provisor streckt für den Bruchteil einer Sekunde den Kopf aus dem Kernschatten der Scheune.

Der Schultes zischt ihm zu, er solle die Verkleidung verschwinden lassen; heute passiere nichts mehr.

Im Schatten nimmt der Lehrer den breitkrempigen Schäferhut vom Kopf, legt sich den langen Mantel über den Arm und zieht ein Lammfell unter dem Hemd hervor. Dann stopft er alles in einen Sack und tritt ins Mondlicht, das die Gasse erhellt.

»Wart einen Augenblick«, sagt der Schultes und geht zum Eckhaus, klopft an die Scheibe und ruft: »Babette, ich bin's, der Schultes. Mach auf.«

Babette kommt vors Haus, und der Schultes sagt laut, was ihm der Pfarrer eben aufgetragen hat. Er sei mit dem Provisor auf dem Weg vom Rebstöckle nach Hause. Abel bleibe noch ein Weilchen bei den Weinbauern; heute Abend sei Sitzung, das könne für den Herrn Pfarrer eine lange Nacht werden, deshalb komme er in Abels Auftrag vorbei.

Er wendet sich ab, als wolle er gehen, dreht sich dann noch einmal um und fragt leise: »Der lange Dürre, den du gsehen hast, war das net der Albert?«

»Albert? I kenn koin Albert.«

»Den Weinhändler kennst net?«

»I kenn den net«, sagt Babette.

Der Schultes beschreibt ihn nach Größe, Gewicht, Haarfarbe und Kleidung. »Außerdem geht er immer so a weng bucklig.«

»Ja«, sagt Babette, »dees könnt er sein.«

»Also, vergiss net, Babette«, ruft der Schultes laut, »der Herr Pfarrer wartet morgen auf dich. Gut Nacht.«

Schultes und Provisor gehen im fahlen Mondlicht das Wuselgässle hinunter und die Kramet hinüber zur Linde.

»Ich lad dich zu einem Bier ein«, sagt der Schultes und hält die Tür zu seinem Gasthaus auf. Im Schankraum sind nur noch wenige Gäste.

Der Wirt weist dem jungen Mann einen Tisch an, begrüßt die Anwesenden mit Handschlag und entschuldigt sich: Er sei dienstlich mit Pfarrer Abel bei den Wengertern im Rebstöckle gewesen.

Dann zapft er zwei Bier und setzt sich zum Provisor.

»Der Lange, den die Babette gesehen hat«, sagt er zu ihm, »das war bestimmt der Weinhändler. Der kommt alle vier Wochen ins Rebstöckle. Und der Schnellreich hockt öfter auch dort.«

»Und was will der Weinhändler hier?«

»Er kauft den Simsenkrebsler, den sonst keiner in Stuttgart und Pforzheim haben will.«

»Macht er daraus Essig?«

Der Schultes lacht. Die Idee gefällt ihm. Er erhebt sein Glas: »Prost, Schulmeister!«

»Prosit, Herr Bürgermeister!« Der junge Mann verzieht das Gesicht, denn er weiß, worauf der Schultes anspielt: Der Schulmeister sei immer öfter krank, beichtet er, das belaste ihn sehr, aber die Schüler noch mehr. Denn schon die dritte Woche müsse er die beiden Volksschulklassen zusammen unterrichten. Hundertsechzig Kinder auf einem Haufen seien einfach zu viele, um noch etwas lernen zu können.

Aber das sei auch eine Chance für ihn, tröstet ihn der Schultes.

»Warum?«

»Weil du dann Schulmeister werden kannst.«

»In meinem Alter wird man selten Schulmeister, Herr Bürgermeister.«

»Aber die Leute mögen dich, weil du was kannst. Außerdem dirigierst du den Liederkranz. Alle Sänger geben dir bei der Schulmeisterwahl ihre Stimme. Und die vom Pfarrer und von mir kriegst sowieso.«

Der junge Mann wehrt bescheiden ab.

»Doch, häng dich die Woch noch rein. Wenn am Sonntag die Sach mit dem Kälberstrick aufgeklärt ist, dann bist du unser neuer Schulmeister, wenn der alte in den Ruhestand muss. Wirst schon sehen. Aber weißt was«, fügt er noch hinzu, »das besprechen wir morgen mit dem Pfarrer.«

Freitag, 1. Mai 1840

Um vier Uhr sitzen der Schultes und der Provisor im Esszimmer des Pfarrhauses: Es geht um die Schule. Schulmeister Hartmann fehlt, weil er immer noch krank ist.

Pfarrer Abel ist nämlich – wie alle Ortsgeistlichen – Schulleiter der Volksschule und zugleich Vorsitzender des Ortsschulrats. Sein Stellvertreter in diesen Funktionen ist nach dem Schulgesetz der Schultheiß.

Der Provisor berichtet: Ans Lehren sei nicht mehr zu denken; entweder setze er alle hundertsechzig Volksschüler in den Schulsaal im Erdgeschoss, dann müsse er sie in dem engen Raum auf und unter den Bänken stapeln. Oder er lasse die Oberstufenschüler in ihrem Klassenzimmer im ersten Stock, dann müsse er zwischen seiner Klasse unten und der Klasse des erkrankten Schulmeisters oben ständig hin- und herflitzen. Unterricht sei das jedenfalls nicht, und von Lernen könne keine Rede mehr sein.

Pfarrer und Schultes haben ein Einsehen. Sie beschließen, an den Oberkirchenrat in Stuttgart zu schreiben und um einen Lehrer zu bitten. Vielleicht, so wollen sie anfragen, könne ein Absolvent eines Lehrerseminars für Enzheim gewonnen werden.

Abel seufzt, weil er mit dem Schulmeister Mitleid hat und mit dem Provisor auch. Er fordert seine Gäste auf, sich an Kaffee und Kuchen zu laben, was sich die Herren nicht zweimal sagen lassen.

Dann wird aus der Schulkonferenz eine Verschwörung.

»Ich gehe davon aus«, sagt der Pfarrer, »dass der Weinhändler morgen Abend ins Rebstöckle kommt. Ferner gehe ich davon aus, dass dieser Weinhändler einer der drei Männer ist, die in der Nacht zum Palmsonntag um die Zehntscheuer und um den Weinmarkt herumgeschlichen sind.«

»Mit Sicherheit, Herr Pfarrer«, pflichtet der Schultes bei.

»Also müssen wir morgen Abend herausfinden, wer die beiden anderen sind.«

Der Provisor nickt dienstbeflissen.

»Zweitens ist zu klären, wie der Kälberstrick vom Schloss in die Scheune des Häfnerhofs gelangt ist.«

Der Schultes fährt sich nervös in den Hemdkragen; ihn juckt's am Hals.

»Und drittens will ich Gewissheit, wer aus dem Strick die Halsschlinge gemacht hat.«

Der Schultes rutscht auf seinem Stuhl hin und her.

»Keine Sorge, Herr Bürgermeister, sollte der Dubbeler doch seine Hände im Spiel gehabt haben, so werden wir den richtigen Weg zwischen Sühne und Gerechtigkeit finden. Einem Hochgericht in Enzheim würde ich jedenfalls mit aller Macht entgegentreten.«

»So weit darf's net kommen, Herr Pfarrer«, fleht der Schultes, und der Junglehrer schaut entsetzt um sich.

Abels Miene verfinstert sich. »Aber wie stellen wir es an?«

»Drei gegen drei, hoffentlich geht das gut«, gibt der Schultes zu bedenken.

»Nein, meine Herren, zwei gegen drei.«

Bestürzung beim Schultheiß und beim Lehrer.

»Ich schaue mir das von oben an«, sagt Abel, »es geziemt sich nicht für einen Pfarrer, einem Hanswurst hinterherzurennen. Außerdem bin ich zu alt dazu.«

»Sie wollen …«

»… genau. Ich steig mit meinem Fernrohr auf den Kirchturm und schaue, wann der Weinhändler kommt und wo er hingeht.«

»Können Sie das von da oben sehen, Herr Pfarrer?«, fragt der Provisor.

Abel lacht. »Wenn der Weinhändler von Vaihingen her kommt, dann muss er durchs Enztor oder durchs Wengerttor.

Beide Tore habe ich von oben voll im Blick. Ich sehe ihn dann so genau, als würde er einen Schritt vor mir stehen.«

»Und wir, Herr Pfarrer?« Der Provisor schielt ängstlich zum Schultes hinüber.

»Ich teile Ihnen mit, was ich sehe.«

»Brieftauben sind aber nicht zuverlässig, Herr Pfarrer, und wenn Sie uns etwas von da oben zurufen, dann wecken Sie das ganze Städtchen auf.«

Abel lacht aus vollem Hals. »Keine Sorge, Herr Lehrer, ich gebe Lichtzeichen. Die funktionieren immer und sind stumm.«

»Lichtzeichen?« Dem Schultes fallen fast die Augen aus dem Kopf.

»Rotes Blinklicht heißt: Der Weingärtner ist im Anmarsch. Rotes Dauerlicht heißt: Er ist ums Rebstöckle herum. Weißes Blinklicht: Eine zweite Person nähert sich. Und weißes Dauerlicht: Achtung, sie ist um die Zehntscheuer herum.«

»Blinklicht?« Eine einzige Frage aus zwei ratlosen Gesichtern.

»Ich decke die Laterne mit einem Tusch zu und wieder auf, zu … auf, zu … auf …« Abel lacht. »Das gibt das schönste Blinklicht. Noch Fragen, meine Herren?«

»Und wie sollen wir mit drei Männern fertigwerden?«

»Dass der Weinhändler dabeisein wird, das vermuten wir. Und morgen Abend sehe ich ihn ja auch durchs Fernrohr. Um den sollten Sie sich nicht kümmern. Wichtig ist, dass Sie die beiden anderen erwischen, oder wenigstens einen. Dem zünden wir dann so lange ein Licht an, bis er uns den Dritten verrät.«

»Ich such uns zwei Knüppel, Provisor; brauchst keine Angst haben.«

»Aber bloß drohen, Herr Bürgermeister … nur im Notfall zuschlagen.«

»Und wenn wir doch Hilfe brauchen, Herr Pfarrer?« Der Provisor ist besorgt.

»Der Herr Bürgermeister soll eine Laterne hinter die Zehntscheune stellen. Wenn ich zu Hilfe kommen soll, dann schwenken Sie die Laterne direkt vor der Tür zur Zehntscheune. Ich sehe mit meinem Fernrohr genau da drauf. Sogar ein Handzeichen könnte ich von da oben erkennen.«

Samstag, 2. Mai 1840

Seit fünf Uhr in der Früh strahlt die Sonne über Enzheim. Der Himmel ist blau, nur ab und zu ziehen Wölkchen vom Schwarzwald her. Der Winter war nicht streng gewesen, aber lang; bis nach Ostern gab es immer wieder Frost in der Nacht. Und doch steht der Winterweizen gut da. Nur der Raps will nicht so recht wachsen.

Pfarrer Abel ist gleich nach dem Frühstück zur Ruglerwiese spaziert, die Hände auf dem Rücken; dort genießt er jetzt die warme Frühlingssonne. Das Gelb der zeitigen Blumen rahmt die Enz ein. Die Spatzen lärmen in den Bäumen, und die Schwalben schießen übers Wasser.

Er schaut ein Weilchen den Flößern beim Länden zu, dann setzt er sich vor der Ziegelei auf einen Stapel Dachpfannen und zieht Bleistift und Papier aus dem Kittel. Morgen ist Hirtensonntag, der zweite Sonntag nach Ostern, sein Lieblingssonntag im Kirchenjahr, weil es da schon grünt und blüht, und weil er an diesem Tag über seinen Lieblingspsalm predigen darf: »Der Herr ist mein Hirte, mir wird nichts mangeln.«

Die Gedanken sprudeln aus ihm heraus, schneller, als er sie aufschreiben kann. Schon nach einer halben Stunde hat er die Predigt für morgen skizziert. Ausfeilen, das nimmt er sich vor, wird er sie erst am späten Nachmittag auf dem Kirchturm.

Er putzt sich den Hosenboden ab und schlendert durchs Enztor ins Städtle zurück.

Vor der Linde bleibt er sinnend stehen: Noch zwei Wochen, dann summt und brummt es hier. Dann wird er sich beim Schultes einen Stuhl und einen Tisch holen und sich hierher setzen, mit einem Trollinger zur Stärkung und einem guten Buch zur geistigen Nahrung.

Die Lindenwirtin kommt aus dem Gasthaus und leert einen Eimer in die Kandel, blickt auf, sieht den Pfarrer und ruft ihm einen Gruß zu.

Abel geht auf sie zu, gibt ihr die Hand und fragt, ob ihr Mann zu sprechen sei oder ob jemand gerade seine samstägliche Sprechstunde in Anspruch nimmt.

»Noi, 's isch niemand da. Gehen Sie ruhig hinein, er liest bloß Zeitung, der Herr Stadtpräsident.«

Abel lacht, weil er gern lacht und weil ihn die Antwort gaudiert: Offenbar hat's gerade in der Linde gewittert.

Der Schultes sitzt vor dem Schanktisch und wartet auf Kundschaft. Gelangweilt blättert er im *Intelligenzblatt*.

Seine Frau geht vorbei, zischt ihm »Zitz, blöder!« zu, schmeißt voller Wut den Putzlappen in den Eimer, schiebt »Schaff was, du fauler Stinker!« nach und verschwindet in der Küche.

Als er Abel entdeckt, spritzt er auf: »Ja, grüß Gott, Herr Pfarrer.«

Sie begrüßen sich mit Handschlag.

Der Lindenwirt nimmt zwei Henkelgläser vom Regal hinter dem Tresen, schnappt sich eine Flasche Rotwein und geleitet seinen Gast in sein Arbeitszimmer.

Er schließt die Tür und sagt spitzbübisch: »Feind hört mit, Herr Pfarrer.«

Abel kommt gleich zur Sache: Ob Bürgermeister und Provisor für heute Abend gerüstet seien, will er wissen, ob Bedenken bestünden und ob noch etwas zu veranlassen sei.

»Noi, noi, Herr Pfarrer, heute schlagen wir zu!«

»Um Himmels willen, Herr Bürgermeister, verhaften, außer Gefecht setzen … meinetwegen. Aber nicht zuschlagen!«

»Mit einem Bibelspruch werden wir die Bagasch net fangen.«

Abel lacht: »Aber bloß ein kleiner Schlag, wenn es gar nicht anders geht.«

»Sie können sich auf uns verlassen, Herr Pfarrer, wir werden die Herren Verbrecher zart und höflich bitten, ihre Patschhändchen zu erheben und sich gnädig in ihr Schicksal zu fügen.«

Abel winkt grinsend ab und sagt, er habe erst gestern bemerkt, dass es bis halb acht Uhr noch hell ist. Also werden sich die Herumschleicher wohl erst nach acht an ihr schändliches Werk machen.

»Und um zehn ist's vorbei«, ergänzt der Schultes.

»Was macht Sie so sicher, Herr Bürgermeister?«

»Weil seit gestern alle drei Wirtschaften in Enzheim samstags um zehn zumachen, private Feiern ausgenommen.«

Diese Kunde erfreut den Pfarrer, und er sagt, dass er ab fünf Uhr auf dem Kirchturm sitzen, seine Predigt fertig schreiben und dann ein Buch und einen Trollinger genießen werde. Der Weinhändler komme wohl frühestens mit dem Abendläuten, so gegen sechs, weil er erst dann die Weinbauern zu Hause oder im Rebstöckle antreffe.

»Bei dem schönen Wetter wuseln alle Weinbauern um ihre Reben herum.«

»Heißt für den Provisor und für mich: Ab acht sind wir auf der Wacht.«

»Nicht vergessen, Herr Bürgermeister«, sagt Abel und trinkt aus: »Rotes Licht: Der Weinhändler ist da. Weißes Licht: Unbekannte nähern sich. Und weißes Schwenklicht vor der Zehntscheune heißt: Komm und hilf uns.«

»Ich freu mich«, sagt der Schultes und reibt sich die Hände, »ab acht wird gelacht.«

Um acht marschiert der Schultes durch die Krumme Gasse zum Weinmarkt und von dort die Zehntscheuergasse hinab zum Rebstöckle. Es ist schon dunkel, die Sterne blinken, und über der Kirche brennt ein rotes Licht.

Er hat einen alten, bodenlangen Militärmantel umgehängt und eine Mütze ins Gesicht gezogen. Unter dem Mantel trägt er eine Laterne und einen dicken Prügel.

An der Kreuzung zur Langen Gasse bleibt er kurz stehen, miaut dreimal und nickt zufrieden, als ein »Wuff« antwortet.

Im Schatten der Häuser geht er ein Stück die Lange Gasse hinab, dann durch die Schmiedgasse hinüber zur Enztorgasse und weiter bis an die Zehntscheuer. Vorsichtig linst er von der anderen Seite in die Zehntscheuergasse hinein, sieht, dass vor dem Rebstöckle nichts verdächtig ist, und verdrückt sich in die Zehntscheuer.

Aufatmend lehnt er sich neben der Tür an die Innenwand, stellt die Laterne auf den Boden, deckt vorsichtig den Mantel drüber und guckt aus dem Fenster. Tatsächlich, das rote Licht über der Kirche ist von hier aus gut zu sehen. Vorsichtig legt er den Prügel aufs Fenstersims.

Ob ihn der Pfarrer gesehen hat? Natürlich, denn heute ist Vollmond. Außerdem hat das Licht unter dem Mantel auf dem ganzen Weg hierher eine schmale, gelbe Sichel aufs Pflaster gezeichnet. In jedem Fall dürfte ihn Abel bemerkt haben, als die Laterne beim Türöffnen für einen kurzen Moment den Türrahmen beschien.

Der Schultes geht in der Scheune auf und ab. Im Untergeschoss liegen Fässer; darin lagern die Wengerter den Wein, der zum Verkauf bestimmt ist. Und hier im Erdgeschoss sind Verschläge, mit Lattenrost und Vorhängeschlössern gesichert; jeder Enzheimer kann sich gegen eine kleine Gebühr einen solchen Abstellraum mieten.

Wieder schaut er zum Fenster hinaus. Ist nicht …? Doch, da! Ein weißes Blinklicht über der Kirche, links neben dem Dauerrot.

»Jetzt wird es ernst«, murmelt der Schultes vor sich hin. Nervös tippelt er hin und her, schaut alle naselang zum Fenster hinaus und spricht sich Mut zu. Der Mond malt das Fenster als Raute auf den Fußboden.

Da! Das weiße Licht steht!

Er nimmt den Prügel in die Hand und …

Ein Ruck, die Tür springt auf: »August?«

Ein großer Schlapphut, ein dicker Schnauzer …

»Halt! Wer da?« Der Schultes fasst den Prügel mit beiden Händen, sein Herz rast, er ist in Panik.

Drohend dreht sich die Gestalt zum Schultes hin …

Ein dumpfer Schlag, es kracht und knirscht.

Schmerzgebrüll!!

Draußen rennt jemand um sein Leben.

»Wuff!«

»Licht!« Der Schultes wirft den Mantel zur Seite.

»Du, Provisor?«

Vor ihnen schält sich einer aus einem Knäuel von Mantel, Perücke und Hut, blutig im Gesicht. Er wälzt sich am Boden und schreit wie ein Tier.

Daneben liegt ein Gestell aus Draht und Haaren.

Der Schultes lässt den Prügel fallen und schiebt das Ding mit der Schuhspitze hin und her. »Ein Schnauzer«, stellt er fest, »mit Bügeln aus Draht.«

Der Prügel hat die Jammergestalt ins Gesicht getroffen. Ihr Mund ist ein Brei aus Knochensplittern und Blut.

»Sie haben dem Kerl den Schnauzer aus dem Gesicht radiert«, staunt der Provisor und zeigt auf den Boden.

Verdattert steht der Schultes da und schaut und schaut.

»Der Schnellreich!«, schreit der Provisor.

Der Mann am Boden krümmt sich vor Schmerzen. Er jammert und mümmelt unverständliches Zeug.

Der Schultes guckt, bis sich sein Gesicht aufhellt: »Tatsächlich! Die Visage hab ich noch nie leiden können.«

Er stellt sich breitbeinig über den Wimmernden. »Ohne Zähne gefällst mir viel besser. Und für den Haferschleim, den du im Zuchthaus kriegst, brauchst keine Beißerchen.«

Der Provisor schnappt sich die Laterne, geht vor die Tür und schwenkt sie mehrmals hin und her. Einem Nachbarn, der aus dem Fenster schaut, ruft er zu: »Der Schnellreich ist gegen die Tür gerannt. Der Herr Bürgermeister und ich helfen ihm schon.«

Und wie der Schultes dem Schnellreich hilft. Er tritt ihm in den Hintern. Er beschimpft ihn als schleimigen Salatschneck, als ekligen Sidelhocker, als krummen Siach. Er höhnt, das lädierte Maul werde auf ewig schiech bleiben und der ganzen Menschheit ein abschreckendes Beispiel sein.

Und er tröstet zugleich, der Schnellreich müsse sich deshalb aber nicht grämen, weil ihm der Henker demnächst sowieso den Kopf samt Maul abhacken und die Hauptstraße hinabrugeln lasse.

Der Provisor lacht, hilft dem am Boden Liegenden auf und lehnt ihn an die Wand. »Schnell, schnell, Herr Bürgermeister«, fleht er den Schultes an, »wir müssen alle Spitzbuben fangen. Der Schnellreich muss uns verraten, wer ihm geholfen hat.«

Der Schultes hebt den Prügel auf und droht: »Spuck's aus! Sonst muss ich dir noch die übrigen Zähne ziehen.«

Der Schnellreich kapiert sofort, dass sein Spiel aus ist. Er will seinen Hals retten. Lallend gibt er die Namen seiner Helfershelfer ebenso preis wie das Versteck in der Zehntscheuer.

Der Provisor flitzt hinaus, rast zum Rebstöckle und kehrt zerknirscht zurück. »Die Galgenvögel sind ausgeflogen«, schreit er schon von Weitem dem Schultes außer Atem zu.

»Macht nichts«, der Schultes deutet gelassen auf den Schnellreich und verkündet in amtlichem Ton: »Dem lassen wir seinen Mostkopf in jedem Fall abhacken.«

Dann packt er den stöhnenden und um Gnade winselnden Spitzbuben am Arm: »So, jetzt zeigst uns dein Versteck. Und dann machen wir einen Besuch beim Herrn Pfarrer.«

Der Schultes steigt, eine Laterne in der Hand, die Treppe in den ersten Stock des Schlosses hinauf. Hinter ihm stöhnt der Schnellreich, die Hände mit einem Rebenstrick gefesselt. Blut tropft ihm zuweilen aus dem Mund. Dann folgt Pfarrer Abel, und den Schluss macht der Provisor, auch er beleuchtet mit einer Laterne die Stufen.

Außer Atem klopft der Schultes an die Tür zu den gräflichen Gemächern.

»Herr Bürgermeister?« Die Tür öffnet sich einen Spalt und der blasierte Kopf des Leibdieners erscheint.

»Sie wünschen?«

»Ich muss mit dem Grafen sprechen.«

»Sind Sie angemeldet?«

»Nein.«

»Dann tut es mir leid.« Der Diener will die Tür wieder schließen, doch der Schultes ist schneller und stellt seinen Schuh in den Spalt.

»Dir wird es leidtun, wenn du uns nicht gleich meldest. Sagst, dass Pfarrer Abel und ich dem Herrn Graf etwas sehr Wichtiges sagen müssen. Erlaucht hat mir zu Ostern einen Auftrag erteilt.«

Beleidigt wirft der Kammerdiener den Kopf in den Nacken und schmeißt die Tür zu.

Im Nu öffnet sie sich wieder.

»Erlaucht lassen bitten!«

Hochnäsig winkt der Lakai die Besucher herein und entfernt sich.

»I ka nemme«, stöhnt der Schnellreich. Ohne Vorderzähne, mit dicker Zunge und verschwollenen Lippen ist er schwer verständlich.

»Jetzt wartest halt noch ein bisschen. Du wirst dein Manna schon kriegen«, spottet der Schultes.

Der Herr Graf tritt ein und setzt sich an seine Schreibkommode; er ist im Schlafrock. Unwirsch deutet er auf die drei Stühle, die davorstehen, und beäugt stirnrunzelnd den blutenden Gefangenen.

»Was führt Sie zu so später Stunde her?«

Während sich der Schultes und der Provisor setzen, weist Abel den Schnellreich an, sich auf den Boden zu hocken. Dann tritt er einen Schritt vor, entschuldigt die Störung und schildert in knappen Worten sein Begehr: Dieses Subjekt da, das man in Enzheim mit Verachtung den »Schnellreich« heiße, habe eben versucht, gräfliches Eigentum an einen Hehler zu verhökern.

Eigens zu diesem Zwecke habe der Kerl von der Stadt einen Verschlag in der Zehntscheune gemietet, wo das Diebesgut gelagert sei.

Der Graf ist außer sich, springt auf und schreit: »Das wirst du mir auf Gulden und Kreuzer bezahlen, du Halunke!« Er eilt um den Tisch herum und tritt dem Schnellreich in den Hintern.

Der Schultes kann sein Entzücken, dass Erlaucht dem Galgenstrick ans Leder geht, nicht verbergen und zwinkert dem Provisor vergnügt zu.

»Verzeihung, Erlaucht«, beschwichtigt Abel den Wütenden und deutet mit beiden Händen an, dass er noch mehr Unheil verkünden muss: »An dem abscheulichen Handel sind noch drei weitere Personen beteiligt, Erlaucht.«

»Vorführen, an Händen und Füßen gefesselt vorführen, Herr Pfarrer!«

»Zwei sind auf und davon.«

»Und der Dritte?«

»Ist ganz in Ihrer Nähe, Erlaucht.«

Der Graf setzt sich wieder: »Mein Dubbeler?«, fragt er verzagt, »sagen Sie, Hochwürden, mein Dubbeler?«

»Nein, Erlaucht.«

»Dann versteh ich nicht …«

»Ein Weinhändler kauft diesem Subjekt«, der Pfarrer deutet auf den am Boden Schluchzenden, »die Hehlerware ab.«

»Und wie kommt der Mistkerl an mein Eigentum?«

»Der Mistkerl … äh … der Weinhändler kauft sie dem Schnellreich ab … Erlaucht … und der Schnellreich kriegt sie … von Ihrem zweiten Kammerdiener.«

»Was?!«

Der Graf springt auf.

»Windelweich schlag ich ihn! Erdolchen werde ich ihn!«

Er stößt die Tür zum Nebenzimmer auf und trifft seinen Leibdiener am Kopf; der Blasierte hat an der Tür gelauscht.

»Hol er den Spitzbuben!«, schreit der Schlossherr mit rotem Kopf, kochend vor Zorn.

»Pardon, Erlaucht«, sagt Pfarrer Abel, »der Spitzbube ist auf und davon. Übrigens ist uns auch der Weinhändler entwischt.«

Der Graf ringt nach Luft.

»Aber Ihr zweiter Kammerdiener ist nur das Werkzeug, Erlaucht. Der Täter weilt noch im Schloss.«

Der Graf erbleicht; fahrig fährt er sich mit der Hand über die Stirn und flüstert: »Wer?«

»Ihr Sohn, Erlaucht.«

»Welcher?«

»Ihr Ältester … Prinz Philipp …«

»… hol er den Philipp her«, zischt der Graf seinen Diener an, der mit weit geöffneten Augen unbeweglich unter der Tür steht.

In dem Moment tritt Prinz Philipp ein: »Was soll der Lärm, Papa?«

Graf Heinrich springt ihn an, packt ihn an der Gurgel, reißt ihn zu Boden und tritt ihn mit beiden Füßen. »Gesteh, du Lump, gesteh!«

Prinz Philipp gesteht. Alles gibt er zu und noch mehr: Er habe den Dubbeler als Boten missbraucht, der geheime Zeichen und Zettel zwischen dem Schloss und den Schnapsgurglern hin und her getragen habe. Der Häfnerbauer sei ihnen auf die Schliche gekommen und habe versucht, die Hehlerei zu unterbinden. In der Nacht zum Palmsonntag sei der Diener in seinem Auftrag beim Häfner gewesen und habe ihn in dessen eigener Scheune stehend an die Leiter zur Heuluke gebunden, damit er den Handel in der Zehntscheune nicht störe. Der Häfner sei aber noch am Leben gewesen, als der Diener fort sei, das wisse er genau. Wohl im Suff habe sich der Häfner loszubinden versucht, sei umgefallen und habe sich selbst erdrosselt.

Der Graf schlägt die Hände vors Gesicht, setzt sich wieder und sackt auf dem Stuhl zusammen.

Betroffen schauen Schultes und Provisor ihren Pfarrer an, der abwesend wirkt.

Abel geht auf und ab. Seine Schritte hallen durchs Schloss. Dann fasst er sich, bleibt vor dem Grafen stehen und legt ihm die Hand auf die Schulter: »Es wird am besten sein, Erlaucht, wenn Ihr Sohn für ein paar Jahre die Grafschaft meidet, bis Gras über die Geschichte gewachsen ist.«

Der Graf sieht auf, Tränen rinnen ihm übers Gesicht.

»Ihr Sohn hat große Schuld auf sich geladen, aber ich möchte nicht, dass in Enzheim ein Blutgericht stattfindet oder ein Prozess, der Ihr Haus zugrunde richtet.«

Der Graf bedeckt sein Gesicht und nickt.

»Die Hehlerware ist noch in der Zehntscheune, Erlaucht. Wir haben diesem Jammerlappen da«, er deutet mit der Schuhspitze auf den Schnellreich, »den Schlüssel abgenommen.«

»Ich will die Sachen nicht mehr«, flüstert der Graf, »da klebt Blut dran.« Erregt droht er dem Wimmernden mit der Faust: »Zertreten werde ich dich, du miese, kleine Ratte.«

»Ein schleimiger Schneck ist er«, sagt der Schultes und blinzelt dem Pfarrer zu, »den Hals lass ich ihm abschneiden.«

»Gnade«, winselt der Schnellreich und spuckt Blut.

Prinz Philipp steht mit hängenden Schultern mitten im Raum und stiert zu Boden.

»Es gibt zwei Hauptschuldige, Erlaucht: Ihren Sohn und diesen schleimigen Schneck … äh … diesen ruchlosen Menschen.« Der Graf nimmt die Hände vom Gesicht und sieht den Pfarrer aus müden Augen an.

»Was mit Ihrem Sohn geschehen soll, das müssen Sie entscheiden, Durchlaucht«, sagt Abel. »Aber was diesen schmierigen Kerl da betrifft, so schlage ich Folgendes vor: Wir lassen ihm sein schäbiges Leben, wenn er dafür einen hohen Preis zahlt …«

»… Halsabschneiden ist billiger, Herr Pfarrer «, fällt ihm der Schultes ins Wort und blinzelt ihm zu.

»Gnade«, wimmert der Schnellreich, »lieber zahlen.«

»Erlaucht«, sagt Abel, »die Hehlerware hat Ihr Sohn dem Kerl bereits bezahlt. Sie, Erlaucht, meinten eben, Sie wollten sie nicht zurück. Also verfällt sie der Gemeindekasse. Auch der Wein, den der Weinhändler im Keller der Zehntscheune zurückließ, ist bezahlt und gehört damit der Stadtkasse.«

»Das ist nur recht und billig, Herr Pfarrer, aber wo ist die Strafe für diesen Sittenstrolch?«

»Hier und jetzt muss er unterschreiben, Erlaucht, dass er der Hehlerei schuldig ist und der Stadtkasse noch heute Nacht eine erkleckliche Summe übergibt oder überschreibt. Dann kann er sich bis morgen früh davonmachen, um seine Wunden zu heilen, die er beim Sturz in der Zehntscheune erlitten hat. So wird es der Herr Bürgermeister den Enzheimern erklären.«

»Fünftausend Gulden mindestens, Herr Pfarrer«, schlägt der Schultes vor, »so viel hat er heimlich auf die Seite geschafft.«

»Vor fünf Jahren waren nur Haus und Hof sein Eigentum, alles andere hat er verarmten Enzheimern genommen. Also sollen ihm nur Haus und Hof bleiben«, entscheidet Abel. »Alles andere muss er den Enzheimern zurückgeben.«

»Und der Weinhändler, Herr Pfarrer?« Der Schultes sieht Abel stirnrunzelnd an.

»Sie, Erlaucht, und der Herr Bürgermeister sollten dem Weinhändler allen Besitz nehmen, den er in der Grafschaft hat, und der Stadtkasse überschreiben. Zudem sollten Sie ihm auf Lebenszeit untersagen, in Enzheim und in der ganzen Grafschaft Handel zu treiben.«

Der Graf nickt. Den Tränen nahe, mit erstickender Stimme, zischt er seinem Sohn zu, ohne ihn anzusehen: »Verschwinde! In einer Stunde bist du fort!«

Philipp rennt, wie von Hunden gehetzt, aus dem Zimmer.

Der Schultes steht auf und tritt dem Schnellreich in den Hintern:

»Steh auf! Unterschreib, du Lump! Ich brauch dein Geld, damit wir deinen Schleim und Schlonz aus den Gassen kratzen können.«

»Auf unsere erfolgreiche Verbrecherjagd!« Pfarrer Abel prostet dem Schultes und dem Provisor zu.

Der Schultes trinkt ex. Er ist teils durstig, teils erregt. Der Abend hat ihn doch arg mitgenommen. Erschöpft lehnt er sich im Sessel zurück und betrachtet für einen Augenblick die Bilder im Amtszimmer des Pfarrers, die Darstellung des geraden, aber steinigen Wegs zur Seligkeit, das gemalte Gleichnis vom verlorenen Sohn und das Bildnis des württembergischen Königs Wilhelm. Dann meint er treuherzig: »Was für eine segensreiche Wirkung doch so ein leichtes Schlägle haben kann.«

»Segensreich?«, fragte Abel lächelnd zurück.

»Leichtes Schlägle?«, vergewissert sich stirnrunzelnd der Provisor.

»Ja«, bekräftigt der Schultes, »ein ganz leichtes Schlägle war's. An meinem Prügel ist kein einziger Macken. Und segensreich ist die Wirkung allemal. Könnten wir sonst noch in diesem Sommer unsere Straßen ausbessern, die Gassen säubern und Stadtmauer und Zehntscheuer reparieren?«

»Dann hat sich die Verbrecherjagd gleich doppelt gelohnt«, strahlt ihn Pfarrer Abel an, »die Gerechtigkeit hat gesiegt, und fette Beute haben wir auch gemacht.«

»Ja«, sagt der Schultes sinnend, »Verbrecher sind nützliche Leut. Sie bringen den Scharwächter und den Gendarmen ins Brot. Sie sorgen dafür, dass wir demnächst ein schönes Zuchthäusle bauen und uns vielleicht auch noch einen Folterknecht leisten können. Sie schaffen Arbeit für Maurer, Dachdecker, Straßenwärter und für allerlei Handwerker und gelehrte Leute wie Pfarrer, Lehrer und Bürgermeister.«

Der Provisor ist entsetzt, doch Pfarrer Abel schenkt lachend nach und erhebt sein Glas: »Auf die ehrbare Zunft der Spitzbuben. Hoffentlich dürfen wir bald wieder einem Verbrecher zum Wohle unserer Stadt sein Geld abknöpfen.«

Kleines schwäbisches Wörterbuch

Schwäbisch ist zweifellos eine schöne und kreative Mundart. Damit das auch außerhalb Schwabens bekannt wird, folgt hier für nichtschwäbische Leserinnen und Leser eine Wörterliste, die in diesem Roman verwendete Dialektwörter erklärt.

Natürlich deuten die wörtlichen Reden im Text das Schwäbische nur an; lautgetreu geschrieben wären sie schwer zu lesen, auch für Schwaben. Vor allem die charakteristischen Nasal- und Gutturallaute können mit unseren 26 Buchstaben nicht annähernd wiedergegeben werden.

Der Schlossherr, der Pfarrer und der Provisor mühen sich redlich, nach der Schrift zu sprechen. Und das wollen wir augenzwinkernd anerkennen. Der Schultes, der über seinen Flecken noch nicht hinausgekommen ist, bewundert die drei Herren ob ihrer Kunst, die er für ausgefeiltes Hochdeutsch hält. Also strengt er sich an, sich auch gebildet auszudrücken, zumindest dann, wenn er mit diesen drei Herren parliert oder in amtlicher Mission unterwegs ist. Wenn er aber seinem Herzen Luft machen oder irgendwo seinen Senf dazugeben muss, dann kann es leicht sein, dass er ins Schwäbische verfällt, was in diesem Roman nur unzutreffend eingefangen werden kann.

a	ein, eine
äbber	irgendwer
äbbes	etwas
Äbire	Kartoffeln
Äbiresalat	Kartoffelsalat
ächte	echte

ahnd, and	unangenehm, leidvoll, sehnsüchtig
äll	alle, alles, ganz
älleweil	immer
amol	einmal
andre	andere
Aschtand	Anstand
au	auch
awa!	ach was! (ablehnender Ausruf)
Bagasch	Lumpenpack; Steigerungsform: Saubagasch
beschte	beste
bisch	bist du
bissle	ein bisschen
Blätsch	herabhängende Mundwinkel, verdrießliches Gesicht
bleed	blöd
bringsch	bringst
Bröckel	Brocken, Stück
bruddelt	brodelt, köchelt vor sich hin
Brunzer	einer, der brunzt, sich das Wasser abschlägt
bsoffe	besoffen
bsuchsch	besuchst
Butell	Flasche (aus dem Französ. *bouteille*)
däd, dätsch	täte, tätest
de	den
dees	das
deswäga	deswegen, deshalb
Dickfiedle	breiter Hintern
dr	der, den
drum	darum
dusle	duseln, schlummern
em	einem, dem
en	einen
Enteklemmr	Entenklemmer, Geizhals
Epfl	Äpfel
firchtig, fürchtig	furchtbar

Fleckendienste	Gemeindedienste (von *Fleck*: Gemeinde, Dorf)
Gaigel, gaigeln	Kartenspiel, süddeutsche Variante von Sechsundsechzig; wird mit speziellen Gaigelkarten oder mit Binokelkarten gespielt
Galimathias	dummes Geschwätz, Unsinn
Gant	Zwangsversteigerung
Gaude	Freude, Spaß
gaudiert	freut (sich)
gell	nicht wahr (eigentl. *gelt, gilt)*
Georgi	23. April (siehe auch unter *Jörgentag*)
Gicker	junger Hahn
glei	gleich
gloffa	gelaufen
Glump	(despektierlich) Klump, schlechte Sache
gmoint	gemeint
Gockeler	Hahn
Gscheits	Gescheites; *äbbes Gscheits*: etwas Vernünftiges
guck!	schau!
Gulden	offizielles Zahlungsmittel in Württemberg. 1 Gulden = 60 Kreuzer. Es gab 10 und 5 Gulden (Gold), 2, 1 und ½ Gulden (Silber).
gwä	gewesen
Haderlomp	abgeleitet von *Hader* (Streit) und *Lomp* (Lump): Streitkopf, böser Kerl
Hafer	umgangssprachlich: Geld
hälinge	heimlich
Häs	Kleidung; *Wengerthäs*: Arbeitskleidung für den Weinberg
hasch	hast
hee	hin, hinüber, tot
hen, han	haben
Henna	Hühner
Heiligenpfleger	Verwalter des Kirchenvermögens

inspiziert	untersucht, überprüft
isch	ist
Jörgetag	Jörgentag: Georgi (23. April), der amtliche Neujahrstermin
ka	kann
Kandel	Rinne an der Straßenseite, Gosse
kartelt	gekartelt, Karten gespielt
Katzedäpperle	kleine Schritte, Schuh vor Schuh gesetzt
Kittel	Jacke
koi	kein
koim	keinem, niemandem
koin	keinen
kommsch	kommst
koscht	kostet
Kratte, Krätte	Korb
Krautscheißer	Taugenichts
kredenze, Kredenz	servieren, Anrichte
Kreuzer	(siehe auch unter Gulden) offizielles Kleingeld in Württemberg. Es gab 6, 3 und 1 Kreuzer (Billon: Silber-Kupfer-Legierung) sowie ½ und ¼ Kreuzer (Kupfer).
kriegsch	kriegst
Kulleaner	pietistischen Gruppierung, die ursprünglich in Hülben auf der Schwäbischen Alb zu Hause ist
Lällabäbbl	blöder Kerl, Dummschwätzer (von Läll: Zunge)
Lättagschwätz	sinnloses Gerede
Lugebeutel	Lügenbeutel, Lügner
lupft	erhebt, hebt
Malefizaffe	schlimmer Kerl
Martini	11. November; früher: Tag des Winterbeginns
meh	mehr
mei	mein, meine
meinsch	meinst du

mi	mich
Mischte	Misthaufen
Möckel	dicker Kopf
Moscht	Most
mr	man
musch, muasch	musst
na	dann
nei	hinein (gesprochen: *nai*)
nei, Neis	neu, Neues (gesprochen: *nei*)
nemme	nicht mehr
net	nicht
nix	nichts
no!	Ausdruck des Erstaunens (offenes *o*)
no	dann (nasaler gesprochen als *no!*)
noi	nein
nomal	noch einmal
Numerostutzen	Kilometerstein
ohgut	ungut, ungünstig
ohzahlt	unbezahlt, ohne zu zahlen
Oberamt	Kreisbehörde im Königreich Württemberg
oinzig, die Oinzig	einzig, die Einzige
Pelzmärte	Knecht Ruprecht
Provisor	Junglehrer (eigentlich: provisorischer Lehrer)
ra	runter
Ranze	Ranzen, ist im Schwäbischen zweideutig. Bauch (der hat en Ranze vom Saufe) und Rücken (du kriegsch de Ranze voll)
richte	herrichten, ausbessern
's	es
sagsch	sagst
sällre	jener
sau!	lauf! (ursprünglich: Befehlsform von sausen)
saubleed	sau- ist schwäbischer Komparativ und entspricht den Wörtchen so, sehr: bleed,

	saubleed; dumm, saudumm, gscheit, saugscheit
schaffsch	schaffst du (arbeitest du)
Scharwächter	eigentlich: scharfer Wächter; Ortpolizist
scharwenzelt	schmeichelt, kriecht
schee	schön
scheniere	genieren, belästigen, nicht erfreuen
Scheuer	Scheune
schiech	schief, hässlich; net schiech: hübsch
Schlagfluss	Schlaganfall, auch Schlägle genannt
Schlonz	Schleim, Rotz, Schmiere
Schluri	unordentlicher Kerl
Schnitz	in Stücke geschnittene Äpfel, Birnen und Kartoffeln
scho	schon
Schranne	ein kleines Hangstück eines Weinbergs, von einer Weinbergmauer gestützt
Schütz	Wächter: Feldschütz, Stadtschütz, Wengertschütz; in manchen Gemeinden auch anderes Wort für Scharwächter (siehe dort)
se	sie
sei	sein
Seldner	Kleinbauer (von den Großbauern meist gemieden)
Siach	Spitzbube, Halunke
Sidelhocker	(von Sidel: Truhe, Geldtruhe) einer, der den ganzen Tag auf seiner Sidel hockt und das Herumhängen als Arbeit verkauft
Simsenkrebsler	saurer Wein, der nur an warmen Hauswänden (um die Fenstersimsen herum) wächst
sollsch	sollst du
sonscht, soscht	sonst
sott mr au	sollte man auch
Staffeln	schmale, steile Treppenstufen

stät	störrisch, langsam, vorsichtig
strackt sich	streckt sich, legt sich
verdattert	ängstlich, verzagt
verganten	zwangsweise versteigern, verkaufen
vergrabe	beerdigen
verreck!	energisch (auch verächtlich) für *hör auf!*
Vizenalstraße	Gemeindestraße (im Gegensatz zur Staatsstraße)
Visage	Gesicht
Wasen	Wiese
weisch	weißt du
welle	wollen
weng	wenig; a weng: etwas
Wengert	Weinberg
Wengerter	Weinbauer
wern	werden
wetzt	rennt
willsch	willst du
wirsch	wirst
Zehntscheuer	(auch Zehntscheune) Lagerhaus für den Zehnten (Naturalsteuer: 10 Pozent des Ernteertrags)
zerscht	zuerst
zrick	zurück
zsamme	zusammen
Zwilch	grobes Leinen